龙舌剑

民国武侠小说典藏文库·白羽卷

白 羽◎著

中国文史出版社

我的生平

生而为纨绔子

民国纪元前十三年九月九日，即己亥年八月初五日，我生于"马厂誓师"的马厂。

祖父讳得平，大约是老秀才，在故乡东阿做县吏。祖母周氏，系出名门。祖母生前常夸说：她的祖先曾在朝中做过大官，不信，"俺坟上还有石人石马哩！"这是真的。什么大官呢？据说"不是吏部天官，就是当朝首相"，在什么时候呢？说是"明朝"！

大概我家是中落过的了，我的祖父好像只有不多的几十亩地。而祖母的娘家却很阔，据说嫁过来时，有一顷啊也不是五十亩的奁田。为什么嫁祖父呢？好像祖母是个独生女，很娇生，已逾及笄，择婿过苛，怕的是公公婆婆、大姑小姑、妯娌娌娌……人多受气，吃苦。后来东床选婿，相中了我的祖父，家虽中资，但是光棍儿，无公无婆，无兄无弟，进门就当家。而且还有一样好处。俗谚说："大女婿吃馒头，小女婿吃拳头。"我的祖父确大过她几岁。于是这"明朝的大官"家的姑娘，就成为我的祖母了。

1

然而不然，我的祖父脾气很大，比有婆婆还难伺候。听二伯父说，祖父患背疽时，曾经挞打祖母，又不许动，把夏布衫都打得渗血了。

我们也算是"先前阔"的，不幸，先祖父遗失了库银，又遇上黄灾。老祖母与久在病中的祖父，拖着三个小孩（我的两位伯父与我的父亲，彼时父亲年只三岁），为了不愿看亲族们的炎凉之眼，赔偿库银后，逃难到了济宁或者是德州，受尽了人世间的艰辛。不久老祖父穷愁而死了。我的祖母以三十九岁的孀妇，苦斗，挣扎，把三子抚养成人。——这已是六十年前的事了。

我七岁时，祖母还健在：腰板挺得直直的，面上表情很严肃，但很爱孙儿，——我就跟着祖母睡，曾经一泡尿，把祖母浇了起来——却有点偏心眼，爱儿子不疼媳妇，爱孙儿不疼孙女。当我大妹诞生时，祖母曾经咳了一声说："又添了一个丫头子！"这"又"字只是表示不满，那时候大妹还是唯一的女孩哩！

我的父亲讳文彩，字协臣，是陆军中校袁项城的卫队。母亲李氏，比父亲小着十六岁。父亲行三，生平志望，在前清时希望戴红顶子，入民国后希望当团长，而结果都没有如愿；只做了二十年的营官，便殁于复辟之役的转年，地在北京西安门达子营。

大伯父讳文修，二伯父讳文兴。大伯父管我最严，常常罚我跪，可是他自己的儿子和孙子都管不了。二伯父又过于溺爱我。有一次，我拿斧头砍那掉下来的春联，被大伯父看见，先用掸子敲我的头一下，然后画一个圈，教我跪着。母亲很心疼地在内院叫，我哭声答应，不敢起来。大伯父大声说："斧子劈福字，你这罪孽！"忽然绝处逢生了，二伯父施施然自外来，一把先将我抱起，我哇的大哭了，然后二伯父把大伯父"卷"了一顿。大伯

2

父干瞪眼，惹不起我的"二大爷"！

大伯父故事太多，好苛礼，好咬文，有一种嗜好：喜欢磕头、顶香、给人画符。

二伯父不同，好玩鸟，好养马，好购买成药，收集"偏方"；"偏方治大病！"我确切记得：有两回很出了笑话！人家找他要痢疾药，他把十几副都给了人家；人问他："做几次服？"二伯父掂了掂轻重，说："分三回。"幸而大伯父赶来，看了看方单，才阻住了。不特此也，人家还拿吃不得的东西冤他，说主治某症，他真个就信。我父亲犯痔疮了，二伯父淘换一个妙方来，是"车辙土，加生石灰，浇高米醋，熏患处立愈"。我父亲皱眉说："我明天试吧！"对众人说："二爷不知又上谁的当了，怎么好！"又有一次，他买来一种红色药粉，给他的吃乳的侄儿，治好了某病。后来他自己新生的头一个小男孩病了，把这药吃下去了，死了！过了些日子，我母亲生了一个小弟弟，病了，他又逼着吃，又死了。最后大嫂嫂另一个孩子病了，他又催吃这个药。结果没吃，气得二伯父骂了好几次闲话。

母亲告诉我：父亲做了二十年营长，前十年没剩下钱，就是这老哥俩大伯和二伯和我的那位海轩大哥（大伯父之子）给消耗净了的；我们是始终同居，直到我父之死。

踏上穷途

父亲一死，全家走入否运。父亲当营长时，月入六百八十元，亲族戚故寄居者，共三十七口。父亲以脑溢血逝世，树倒猢狲散，终于只剩了七口人：我母、我夫妻、我弟、我妹和我的长女。直到现在，长女夭折，妹妹出嫁，弟妇来归，先母弃养，我

3

已有了两儿一女，还是七口人；另外一只小猫、一个女用人。

父亲是有名的忠厚人，能忍辱负重。这许多人靠他一手支持二三十年。父亲也有嗜好，喜欢买彩票，喜欢相面。曾记得在北京时有一位名相士，相我父亲就该分发挂牌了。他老人家本来不带武人气，赤红脸，微须，矮胖，像一个县官。但也有一位相士，算我父亲该有二妻三子、两万金的家私。倒被他料着了。只是只有二子二女，人说女婿有半子之份，也就很说得过去。至于两万金的家财，便是我和我弟的学名排行都有一个"万"字。

然而虽未必有两万金，父亲殁后，也还说得上遗产万贯。——后来曾经劫难，只我个人的藏书，便卖了五六百元。不幸我那时正是一个书痴，一点世故不通，总觉金山已倒，来日可怕，胡乱想出路，要再找回这每月数百元来。结果是认清了社会的诈欺！亲故不必提了，甚至于三河县的老妈郭妈——居然怂恿太太到她家购田务农，家里的裁缝老陈便给她破坏："不是庄稼人，千万别种地！可以做小买卖，譬如开成衣铺。"

我到底到三河县去了一趟，在路上骑驴，八十里路连摔了四次滚，然后回来。那个拉包车的老刘，便劝我们开洋车厂，打造洋车出赁，每辆每月七块钱；二十辆呢，岂不是月入一百多块？

种种的当全上了，万金家私，不过年余，倏然地耗费去一多半。

"太太，坐吃山空不是事呀！"

"少爷，这死钱一花就完！"

我也曾买房，也曾经商。我是个不到二十岁的少年……

这其间，还有我父亲的上司，某统领，据闻曾干没了先父的恤金，诸如段芝贵、倪嗣冲、张作霖……的赙赠，全被统领"人家说了没给，我还给你当账讨去么？"一句话了账。尤其是张作霖，这位统领曾命我随着他的马弁，亲到顺城街去谢过，看过了张氏那个清秀的面孔，而结果一文也没见。据说是一共四千多元。

我觉得情形不对，我们孤儿寡母商量，决计南迁。安徽有我的海轩大哥当督练官，可将余资交他，代买田产房舍。这一次离别，我母率我妻及弟妹南下，我与大妹独留北方；我们无依无靠，母子姑嫂抱头痛哭！于是我从邮局退职，投考师大，我妹由女中转学津女师，我们算计着："五年之后，再图完聚！"

否运是一齐来！甫到安徽十几天，而××的变兵由豫境窜到皖省，扬言要找倪家寻隙。整整一旅，枪火很足，加上胁从与当地土匪，足够两三万；阜阳弹丸小城一攻而入，连装都装不开了！大抢大掠，前后四五天，于是我们倾家荡产，又逃回北方来。在济南断了路费，卖了些东西，才转到天津，由我妹卖了金戒指，把她们送到北京。我的唯一的弟弟，还被变兵架去了七天；后来亏了别人说了好话："这是街上卖进豆的穷孩子。"才得放宽一步，逃脱回来。当匪人绑架我弟时，我母拼命来夺，被土匪打了一枪，幸而是空弹，我母亲被踢到沟里去了。我弟弟说："你们别打她，我跟你们走。"那时他是十一二岁的小孩。

于是穷途开始，我再不能入大学了！

我已没有亲戚，我已没有朋友！我已没有资财，我已没有了一切凭借，我只有一支笔！我要借这支笔，来养活我的家和我自己。

笔尖下讨生活

在北京十年苦挣，我遇见了冷笑、白眼，我也遇见热情的援

5

手。而热情的援手，卒无救于我的穷途之摆脱。民十七以前，我历次地当过了团部司书、家庭教师、小学教员、税吏，并曾再度从军作幕，当了旅书记官，仍不能解决人生的第一难题。军队里欠薪，我于是"谋事无成，成亦不久"；在很短的时期，自荐信稿订成了五本。

辗转流离，终于投入了报界；卖文，做校对，写钢板，当编辑，编文艺，发新闻。我的环境越来越困顿，人也越加糊涂了；多疑善忌，动辄得咎，对人抱着敌意，我颓唐，我愤激，我还得挣扎着混……我太不通世故了，而穷途的刺激，格外增加了我的乖僻。

终于，在民十七的初夏，再耐不住火坑里的冷酷了，我甘心抛弃了税局文书帮办的职位。因为在十一天中，喧传了八回换局长，受不了乍得乍失的恐惧频频袭击，我就不顾一切，支了六块大洋，辞别了寄寓十六年的燕市，只身来到天津，要想另打开一道生活之门。

我在天津。

我用自荐的方法，考入了一家大报。十五元的校对，半月后加了八元，一个月后，兼文艺版，兼市闻版，兼小报要闻主任，兼总校阅；未及两个月，月入增到七十三元——而意外地由此招来了妒忌！

两个月以后，为阴谋所中，被挤出来，我又唱起来"失业的悲哀"来了！但，我很快地得着职业，给另一大报编琐闻。

大约敷衍了半年吧，又得罪了"表弟"。当我既隶属于编辑部，又兼属于事务部做所谓文书主任时，十几小时的工作，我只拿到一份月薪，而比其他人的标准薪额还少十元。当我要求准许我两小时的自由，出社兼一个月脩二十元的私馆时，而事务部长所谓表弟者，突然给我延长了四小时的到班钟点。于是我除了七八小时的睡眠外，都在上班。"一番抗议"，身被停职，而"再度失业"。

我开始恐怖了！在北平时屡听见人的讥评："一个人总得有人缘！"而现在，这个可怕的字眼又在我耳畔响了！我没有"人缘"！没有人缘，岂不就是没有"饭缘"！

我自己宣布了自己的死刑："糟了！没有人缘！"

我怎么会没有人缘呢？原因复杂，愤激、乖僻、笔尖酸刻、世故粗疏，这还不是致命伤；致命伤是"穷书痴"，而从前是阔少爷！

环境变幻真出人意外！我居然卖了一个半月的文，忽然做起外勤记者了。

我，没口才，没眼色，没有交际手腕，朋友们晓得我，我也晓得"语言无味，面目可憎"八个字的意味，我仅仅能够伏案握管。

"他怎么干起外勤来了？"

"我怎么干起外勤来了！"

转变人生

然而环境迫着你干，不干，吃什么？我就干起来。豁出讨人嫌，惹人厌，要小钱似的，哭丧着脸，访新闻。遇见机关上的人员，摆着焦灼的神气，劈头一句就问："有没有消息？"人家很诧异地看着我，只回答两个字："没有。"

那是当然！

我只好抄"公布消息"了。抄来，编好，发出去，没人用，那也是当然。几十天的碰钉，渐渐碰出一点技巧来了；也慢慢地会用勾拒之法、诱发之法，而探索出一点点的"特讯"来了。

渐渐地，学会了"对话"，学会了"对人"，渐渐地由乖僻孤介，而圆滑，而狡狯，而阴沉，而喜怒不形于色，而老练，……而"今日之我"转变成另一个人。

我于是乎非复昔日之热情少年，而想到"世故老人"这四个字。

由于当外勤，结识了不少朋友，我跳入政界。

由政界转回了报界。

在报界也要兼着机关的差。

当官吏也还写一些稿。

当我在北京时，虽然不乏热情的援手，而我依然处处失脚。自从到津，当了外勤记者以后，虽然也有应付失当之时，而步步多踏稳——这是什么缘故呢？噫！青年未改造社会，社会改造了青年。

我再说一说我的最近的过去。

我在北京，如果说是"穷愁"，那么我自从到津，我就算"穷"之外，又加上了"忙"；大多时候，至少有两件以上的兼差。曾有一个时期，我给一家大报当编辑，同时兼着两个通讯社的采访工作。又一个时期，白天做官，晚上写小说，一个人干三个人的活，卖命而已。尤其是民二十一至二十三年，我曾经一睁开眼，就起来写小说，给某晚报；午后到某机关（注：天津市社会局）办稿，编刊物，做宣传；（注：晚上）七点以后，到画报社，开始剪刀浆糊工作；挤出一点空来，用十分钟再写一篇小说，再写两篇或一篇短评！假如需要，再挤出一段小品文；画报工作未完，而又一地方的工作已误时了。于是十点半匆匆地赶到一家新创办的小报，给他发要闻；偶而还要作社论。像这么干，足有两三年。当外勤时，又是一种忙法。天天早十一点吃午餐，晚十一点吃晚餐，对头饿十二小时，而实在是跑得不饿了。挥汗写稿，忽然想起一件心事，恍然大悟地说："哦！我还短一顿饭哩！"

这样七八年，我得了怔忡盗汗的病。

二十四年冬，先母以肺炎弃养；喘哮不堪，夜不成眠。我弟兄夫妻四人接连七八日地昼夜扶侍。先母死了，个个人都失了形，我可就丧事未了，便病倒了；九个多月，心跳、肋痛，极度的神经衰弱。又以某种刺激，二十五年冬，我突然咯了一口血，健康从此没有了！

易地疗养，非钱不办；恰有一个老朋友接办乡村师范，二十六年春，我遂移居乡下，教中学国文——决计改变生活方式。我友劝告我："你得要命啊！"

事变起了，这养病的人拖着妻子，钻防空洞，跳墙，避难。二十六年十一月，于酷寒大水中，坐小火轮，闯过绑匪出没的猴儿山，逃回天津；手头还剩大洋七元。

我不得已，重整笔墨，再为冯妇，于是乎卖文。

对于笔墨生活，我从小就爱。十五六岁时，定报，买稿纸，赔邮票，投稿起来。不懂戏而要作戏评，登出来，虽是白登无酬，然而高兴。这高兴一直维持到经鲁迅先生的介绍，在北京晨报译著短篇小说时为止；一得稿费，渐渐地也就开始了厌倦。

我半生的生活经验，大致如此，句句都是真的么？也未必。你问我的生活态度么？创作态度么？

我对人生的态度是"厌恶"。

我对创作的态度是"厌倦"。

"四十而无闻焉，'死'亦不足畏也已！"我静等着我的最后的到来。

（二十七年十二月二十日）

目　　录

第一章

乱柴沟剧贼劫镖

自陕西华阴道上，远远地来了一群人，前面领头的是一个骑马的人，振吭高呼"达！摩！"声音沉宏，野外无人，更能远及，这是华阴县永胜镖局保的一支镖，保得有四万两白银，径奔郑州。护镖的镖客有两位，一位叫作潘景林，一个叫作李占成，下有二十几名镖行伙计，另外还有一辆车是给两位客人预备的。那两位客人，一位姓赵，一位姓王，这天行到青云镇，那潘景林和一位客人，忽地感觉不舒适起来，头痛发热，大吐大泻。那李占成对潘镖头道："大哥，怎的了。"潘景林说道："身体不爽，难受得很。"李占成忙请来一位郎中，给二人诊断病症，抓了一剂药，亲自看着煎了。那潘景林叹道："贤弟，不想我会在这里病倒，离所限的日期也差不多了，这可怎好。"李占成道："大哥放心，只这青云镇到乱柴沟，道路比较难走一点，也没什么，都是咱们的熟路。并且，难道咱们还怕什么不成。依小弟看来，大哥尽可在此将养，小弟留下两个人伺候你老，小弟押镖先走，等你老好了，再赶去不是一样吗？"回头对姓王的客人道："王掌柜，我看你老也是病着，走是走不了，我看你老，还是和我们这位潘镖头一块儿在这里养着，等你二人病好了，再一块儿随后赶不好

1

吗？至于赵掌柜你愿意怎么走都可，要不放心，随着镖银一块走也可以。"那赵先生看着王先生卧床不起的样子，有心要同镖车一块走，看王客人委顿憔悴的样子，又不忍舍他而行，想了想，又往外看了看天色，天空上只有薄薄的一片乌云。便转头对王客人道："老王我陪你住两天吧，要是好得快，咱们一块儿赶，否则等你稍好一些，上路送到前立占再看。"那赵先生又摇头道："怎么赶得这么巧，单在这小地方病了，连个好医生都没有。"王先生道："老赵，别陪着我啦，我看你还是同镖车一块儿走好了。"老赵道："你怎样这么小心，没关系，永胜跟咱们不是一天的交情了，你还不放心吗？你不必推辞了，你一人在这孤村小店，那我也实不放心。"说话时意态坚决。王客人也不好过于拂逆好友的一片诚意，并且人在病中，也实在愿意有至近的亲友陪伴着，也就不再说什么了。

这时镖客和客人正在谈话，忽然进来一个镖行的趟子手，此人姓刘名芳，进门慌慌张张便道："李镖头……"说到这里，忽然想起屋中还有客人，便顿住了口。李占成问："刘芳，什么事？"刘芳却也机灵，忙改口道："李镖头，钱师父找你老商量一点事。"说话时，眼望着李镖头，眼珠一转，眼角往外一扫，又微微一点头，又说了一声："李镖头，最好快一点。"又向赵、王二客人，潘镖头寒暄了几句话，匆匆地走了出去。

赵、王二客人只觉得这趟子手是个粗人，带着一阵风进来，却又带着一阵风走了，不由得好笑。那潘景林潘镖头，却把眉头一皱，沉了一会儿，捂着肚子道："哎呀！"喊趟子手杜海道："杜海，你扶我出去走动走动。"杜海道："你老病着呢，在屋里走动不好吗？省得着了风。"潘景林潘镖头摇了摇头，扶着杜海出了门，不奔茅房，直奔李占成住的屋子去。一进门，就见李占成满面忧色，李占成见潘景林进来，忙站起来道："怎不好好养着，反倒出来了。"潘景林先不回答，忙问："二弟，方才刘芳有什么事找你，是不是有人缀上咱们了？"李占成道："大哥，刘芳找我不过是一点小事，没什么关系！"潘景林道："不对，二弟不要因为我有病就瞒着我，你要一瞒着我，我心里一别扭，病就更得厉害了，并且有什么事说出来，咱们大伙商量商量，也好想个办法。是不是有人缀上咱们了？"

李占成眼望着刘芳，心想："这也瞒不住了。"便道："大哥真有眼力。"低声对潘景林道："刘芳和小弟说，咱们的镖银，大概是让人缀上了。"潘景林道："真的吗？"不由低头寻思道："附近这里并没有绿林啊。再说走过的几站，地势也很荒野偏僻，倒没有多少动静，到了这里，会有人看上咱们，不可能……不过这些日子，我只是心惊肉跳，莫非真要出事不成？"想到这里，便对李占成说："二弟，依我看来，前面乱柴沟比较难走，不然……"李占成道："大哥，因为难走，就不走了不成。那么咱们这镖局子是干什么的。"潘景林道："二弟别急，我的意思不是不走，唉，我怎么，我单这时候生病呢？二弟依我看来，派人约请当地镖师相助，一面慢慢走着，等着帮手来了，只要过了乱柴沟就没事了。"李占成道："大哥太仔细了，永胜镖局名气很大，总镖头余公明也是够朋友的人，还真有敢动咱们这镖的吗？"潘景林道："二弟，不是这种说法，树大招风。永胜镖局难免有得罪人的地方，也许有新出手，或饿急了的绿林，饥不择食。我看这不是咱们赌气的事，只愿刘芳这回看错了，并且咱们还是小心为妙。"李占成道："大哥既愿意如此，请人也没有关系，我只是觉得大哥太仔细了。"

当下众人计议了一会儿，各自休息。第二日，李占成押镖起

3

程，潘景林便派人先约请友人相助，免出意外。那潘景林自在青云镇中，一边盼望着，镖车如果经过乱柴沟，最好平安无事，一边盼望请的帮手快来。天将近午，潘景林计算路程，大约着镖车快到了乱柴沟了，这时院子里忽从地上卷起一阵狂风，西北角上的那一片乌云顿时增大，真是快如奔马，四外阴阴沉沉丛聚，顷刻布满天空。潘景林看了，心中不由替镖客们担起忧来，天空中一个霹雳，随着雷声，拳头大的雨点倾盆而下，好大雨，只片刻，沟满渠平，约有半个时辰，雨点才由密而疏，由大变小，变成了蒙蒙的毛毛细雨。正在这时，忽从店门外闯进四人，为首的正是去请帮手的徐顺。这些人浑身上下，全都被雨打湿，徐顺先进屋道："潘师父太巧了，正碰上保镖回来的孙镖头、邹镖头和陈宝光。"潘景林听了，不由得大喜，忙令杜海找店家安顿了众人，那些镖客们洗脸换衣，潘景林这时见众位镖客们，洗完脸后，纷纷探视潘景林病体，问完后各个休息，房中只留下邹雷、孙启华、陈宝光三位镖客。这三人陪着潘景林，问潘镖师找他们有何事故？可是镖银出了什么差错不成？潘景林便把刘芳看出有人跟缀镖车，故此命人约帮手，霹雳子邹雷道："哎呀，既然看见有人跟缀，为何不等我们来了再走，他们人少，假若出了事，岂不……"说时看着潘景林的脸上已然变色，悔恨之情直由脸上现出，孙启华接过来道："凭余总镖头及永胜镖局这点小名气，真个有人摘咱们的牌匾不成。"又转口道："不过咱们也不能大意，还是小心点好。"对陈宝光道："陈贤弟，咱们快点吃饭，领人快赶上去，比什么都强。"

潘景林忙叫店家预备了四份饭菜，慌慌张张吃完了，四人都心急，吃完后，便招呼趟子手们上马直奔乱柴沟而来。潘景林也要去，众人拦阻，潘景林执意不听，众人也无法，只得同奔乱柴沟。这时雨已停住，雨后凉风，彻体寒凉，别人还不觉怎么样，那潘景林不知不觉激灵灵打了一个寒战，仍咬牙前行。众人乘马而行，一瞬时走出二十余里；这一带的青沙，远远的树木森林，被烟环雾锁，西北风雨后气候寒凉。用目往正东观看，乱柴沟不远，大约相隔一里之遥，道路的两旁边一片片的小树，被风吹得树枝乱摇，雨花乱飞。那乱柴沟山坡上的荆棘，倒吊着葛藤，明明地显出乱柴沟的山口。道路两旁，野草黄花被雨摧残，横卧在道旁。车辙的细水，是涓涓的不断。此时除去这些人之外，可称得起路尽人稀，就是不见镖车的踪影。徐顺在马上不觉得吸了一口冷气，就听孙启华颤巍巍地说道："潘师父此事不好，他们的镖车已进乱柴沟，恐凶多吉少。"又用手一指道："你看那边乱柴沟里回来的那个人。"众人抬头一看，远远地望见一人，伛偻而至，等到此人临至前面，向着众人张口喘息着说道："众位镖师父们，可，可，可了不得了，镖银丢失，全班人丧命。"

众人勒马停蹄，愕忡忡一齐观看，就见此人浑身上下一身的黄泥，连面目也辨不清。看此情形，就知道事出意外，遂即弃镫下马。此时邹雷、徐顺、陈宝光等也下了马，一同向前细认来人，不看则可，众人一看，吓得目瞪口呆。此人非是别人，正是车夫李二。孙启华看见李二，明知事变，倒定了一定神，往北面观看，道旁一片树林，又往四外看了看，并无行人来往。遂向众人说道："什么话也不用说了，事已至此，咱们到北边树林里，再细问他一切吧。"潘景林长叹了一声道："也好！"叫道："李老二，你跟我们到树林里，我有话问你。"李二点头，四人遂拉着马匹直奔树林，工夫不大，众人来到树林里面，将马拴在树上。这才向着李老二说道："你不要害怕，也不要着急，事情已然到了这个地步，你慢慢地告诉我们，镖银怎么丢的，伙计们如何死的。"

李老二闻言，不由得两泪交流，口中说道："这个镖车由店内一起身，李师父恨不能一步赶过乱柴沟，他就紧催镖车快走，天虽阴，可是始终也没下雨。这三十里地，一个多时辰，可就赶到乱柴沟西沟口，李师父催我们进沟，前面的趟子手喊着镖趟子，镖车在后面紧走。李师父他的心意打算赶出乱柴沟，就是再下雨也不怕啦。李师父想的倒是很好，不想一进沟，刚走了没有二里路，核桃大的雨点，可就落下来了。那时我在后面也是这么个意思，只要镖车一出东沟口，就是有匪人，可也就不怕啦，车到平川之处，还怕的是什么哪。不想走了没有半里之路，这个雨可就如同搬倒了天河一般，前面的车马可也就走不动啦，雨水已然托了车底。镖车正在进退为难之际，猛听得山坡上面的山石乱响，我一想山石若滚下来，临死落个碎骨粉身，这个时节，人声呼啸，山石乱响，这时候我可顾不了他们啦，我只可往山坡上面爬，往西沟口跑，我若不爬山坡，沟内的水是二三尺深，我跑也跑不动，再说我跑也跑不出多远，山石若是下来，也得把我砸死了；再说四外准有人卡着，跑也跑不出去。这才一横心，凭命由天，只得拼命往上爬，我焉能爬得上去呢，幸而我有一把鱼刀，和一个小鹿犄角，我就仗着这个鱼刀子和这个小鹿犄角。我的左手拿着鹿犄角，右手拿着鱼刀子，我把鱼刀子，戳在黄泥之内，我搬住鱼刀子可就滑不下来。我将身子一用力往上纵，随着把左手的鹿犄角，戳在山坡黄泥之上，我又往上一爬，随着又将右手的鱼刀子插入黄泥之内。我就这么一步一倒，实指望爬上山坡，刚爬了有十数余丈，可巧上面有一块大山石，山石的底下被雨水冲了一道沟。我爬到这个沟内，再想往上爬，再也爬不动了，头一样我筋疲力尽，又有山石阻路，我若不借这山沟团合在一处，只要是一滑，我就得溜将下来。我正在惊怯之际，就听我们伙计喊嚷，他们嚷着说镖车不要啦，赶紧往回跑，人声嘈杂。又听见李师父在下面喊嚷，伙计们留神啊，有了呼啸啦。山头上势若山崩地裂，犹如沉雷一般，顺着我的头顶滚将下来。我心中明知上面有人把石头推下来啦，碰上就得死，我只得将腿往回撤，我的脑袋顶着上面的山石，我将身子团合在这道沟的里头，上面推下来的这些山石，撞在头上，震得我双耳皆聋，准知道必得碰死，我一害怕，可就昏迷过去啦。猛然间我就听人喊嚷，我才微睁二目，偷着往下面一看，雨下得很大，往下面看不甚真。就见下面大约有五六十人，还有十几匹马，蜂拥似的冒着雨往正东去了。我看着马上驮着物件，好像我们车上的镖银。就听下面有人道：'这一回寨主做的这号买卖，可顺气儿。'又听有人说：'伙计们，他们有逃走的没有。'就听有人答言说：'头儿您这是多想，就是那么些山石推下来，他们碰上哪一块也得死，再说两旁的滑泥，一个也逃不了，咱们是放心大胆自得这号买卖。'他们是一边说着，一边往东走下去了。我爬在漩涡之内，大气也没敢出。我容他们走远，我准知道镖银已失，他们大家的性命不能保全。又待了老大的工夫，我这才慢慢顺着山坡爬下来，我才出离了漩涡，脚下的泥一滑，我就连滑带咕噜，溜下来了。我这周身上下，没有一处没有泥，刀子鹿角也丢啦，我仰面往上一瞧，我才想过这个意思来，要没有上面这块山石，再没有这个漩涡，我这条命绝无生理。我这时往东面一看，乱石堆叠，压着死马亡人，砸碎了的车辆。我站在那里发怔，我的身上被雨激得全都湿了，我明白过来，我这才知道雨淋得我身上难受。我才打算回镖局子报信，出离沟口，我只顾低着头寻路，一听前面有人与我说话，我这看见二位少镖主与潘师父。李师父丢镖，与众伙计们丧命，俱都是

7

我亲眼得见。"

就见那潘景林站在那里，脸上的颜色惨淡。孙启华双眉倒竖，眸子瞪圆，一阵阵地冷笑，瞧着李二点头。邹雷厉声说道："咱们已经听明白啦，贼人既是劫镖，他准知道在风雨之下无人知晓，不如你我大家先亮兵刃，趁贼人走之不远，将镖银抢回，拿住贼人，否则也能知道点线索，访出是谁劫的镖，你我好回镖局子交代。"众人答应，孙启华忙说道："李二，你骑着我们的马，奔青云镇长合店，我们要是等到明日天亮不回青云镇，你于明日清晨，赶回镖局面见总镖头，将镖银丢人和我们的所遭所遇，报与镖主，听候镖主的调遣。你可将话记准，千万不可错误。"李二点头应允，遂说道："几位请吧，这个事情交与我办，绝无差错。"孙启华将话说完，回手由马上把宝剑摘下来，用自己的绒绳勒紧身后，回手亮剑。此时潘景林，由背后早把金背砍山刀亮了出来，刀往怀中一抱。邹雷使的是一口鬼头刀，手内擎刀，将刀鞘早就背在背后。徐顺使的是一条三棱吕祖锥，掖在腰间。四人收拾停妥，别人也都收拾好了，将话又嘱咐李二一遍。

众人出了树林，往南直奔乱柴沟而来。临至乱柴沟的西沟口，往里面观看，地下白沙漠漠，雨水横流，两边的山坡皆是黄泥，山沟狭窄。孙启华看至此处，心中暗想："真是天生的险地。"回头说道："三位请看，此沟如此窄狭，你我倒要小心留神。"徐顺在旁边答言说道："你我既将主意拿好，到此不便犹疑，就此进沟。"孙启华只得点头，手中提剑，在前行走，后面三人相随。紧往前走，孙启华越看越怕，走到沟的当中，猛抬头，孙启华就见前面山石堆垒，阻住道路，遂用手往前一指，口中说道："潘师父请你来看，莫非遇险，就在此处。"潘景林手提兵刃，听孙启华之言，迈步向前，众人后面相随。

8

绕过前面这块山石，举目观看，把众人吓得险些骨软筋酥，目瞪口呆。就见前面的车辆被石砸碎，死马亡人，横倒竖卧，脑髓鲜血，溅在山石之上，情景可惨。众人看此景况，不由得心中发酸。潘景林早就两泪交流，仰面向天长叹。左手背刀，右手指着地下的镖局子伙计的死尸，含泪言道："我潘景林若不与众人报仇，誓不为人。"徐顺在旁边说道："潘师父不必在此发愕。你我追赶贼人要紧。"潘景林闻听此言，回头一看徐顺，就见邹雷站在那里，手提金背鬼头刀，在那里暴躁嚷道："你们还不走，尽自在这里站着做什么，倘然若有意外如何是好，不如趁此时机，贼人未能防范，你我急忙出沟，再作商议。"潘景林只得点头，大家绕着地下的山石，遂冒雨往前行走。这一段山沟甚长，好容易出离东沟口。孙启华是个细心人，用目往地下一看，就见地下有马蹄的痕迹、人脚踏的印子，虽然是青沙地，看得很真切。遂向众人说道："你们众位请看，地下的痕迹，看这个方向，贼人向南去了，你我大家趁贼人走至不远，急速追赶，若容贼人去远，再要寻找，反费周折。"

众人闻听孙启华之言，大家一齐说道："言之有理。"孙启华在前，众人在后，看地下的足迹，转向东南，众人顺着东南的小道，追赶下来，再看两旁边一带的树木，被风一吹，树枝儿乱摇，雨星儿乱坠，道旁的青草迷目，满地的青石，就看不出地下的足迹来啦。只得向前行走，又兼着众位英雄，周身上下被雨水淋湿，满目的凄凉风雨，这种苦况不堪设想。众人往前追赶走出约有十五六里之遥，就见前面有一伙贼人，大约有三四十名，各擎刀枪，正当中有十几匹马，马上驮着物件，远看好像镖银的形象。孙启华用手向前一指，遂向众人说道："前面莫非就是劫镖的群寇。"潘景林刚要与孙启华答话，未提防邹雷在旁边一声喊嚷，口中嚷道："前面的贼人慢走，还不把镖银留下，等待何时。"孙启华一听邹雷喊声，遂将脚一顿，口中说道："师兄，你怎么这样性急呀，你不看看前面贼人，贼多势众，你我势孤人单，我没告诉你吗？前面若是贼多，你我暗地跟随，认准了他的巢穴，再为下手。他若是势孤人单，你我就此动手，也可以夺回镖银，如今前面贼众我寡，你怎么反倒喊叫起来啦。"

邹雷说道："兄弟，你别抱怨我啦，皆因前面发现贼人，我本来性子就急，不由得我就喊叫出来啦。其实这也不要紧，今既被他们听见，不如你我杀上前去，杀死几个贼人，先给我们镖局子死去的伙计们报仇解恨，然后有什么事再说。咱们先痛快痛快，发散发散他娘的胸中的怨气。"孙启华一听邹雷的言语，心中暗想："我师兄这个人真是快人快语。"孙启华想跟潘景林相商，与贼人动手的方法。

就听前面有人喊道："后面什么人？"孙启华抬头一看，就见前面的贼人一部分拥着镖驮子走了，一部分雁翅排开，拦住去路。因为邹雷一声喊嚷，前面贼人已然知道，当时就排开了阵势，潘景林见贼人既看出后面有人跟下来，难道说还能退避吗？若是前面的贼人果然没有能人，就势把镖抢回，再捕获几个贼人，可也对得起镖主。若要贼人队中，有能人在内，夺不回镖银，也得缀上他们得点消息。潘景林此时抱定奋不顾身的主意，他是一语不发，提刀直前，直奔正东，向贼人而来。孙启华到此时，明知劝不回潘景林，事已至此，不得不与贼人动手，随着说道："你们看潘师父过去啦，咱们也一齐往上攻吧。"邹雷、徐顺、陈宝光等在后面喊道，别让前面让贼人走了。

此时潘景林跑至群贼面前，举目一看，就见两旁站立约有二三十名，俱都是蓝毛巾包头，身上都穿的是蓝布裤褂，脚下洒鞋白袜，打着裹腿。一个个粗眉大眼，各擎刀枪，都没穿着雨具，浑身上下，被雨淋得已然不成样子。在正当中站着四个人，为首这人，细条身材，身穿白绸子裤褂，绒绳系腰，脚下洒鞋白袜，打着裹腿，煞白的脸面，满脸的红糙面疙疸，两道立眉，一双圆睛，鹰鼻子，大嘴岔，一嘴的板牙，两个锥把子耳朵，约有三十来岁，手中擎一口锯齿飞镰大砍刀，刀背上有三十二个锯齿，这口刀足够一掌宽，刀光烁闪。在他上首站立一人，看年纪在五十上下，身穿青绸子裤褂，足下洒鞋白袜，绒绳系腰，头上青绢帕罩头，黑紫的脸膛，一脸的苍皮，粗眉恶目，阔口獠牙，两耳无轮，右手提着一口大砍刀，站在那里发威。下首站的那一个，身材短小，形容枯瘦，身上穿着一身蓝绸裤褂。脚下青鞋袜，腿上打着裹腿，淡黄的脸膛，两道细眉，三角眼睛，小鼻子，菱角口，看年纪也在五十上下。这二人可都没有胡须，右手擎着一口厚背雁翎式的钢刀，看此人面色阴沉，站在那里，冲着他们四个人乐。紧挨着这个人，还有一人，潘景林看着他分外注目，身穿土布的裤褂，脚下小洒鞋千层底，倒纳鱼鳞带提跟，打着蓝裹腿，青中透黄的脸膛，上面用土黄布手巾勒着头，两道棒槌眉，一双酸枣儿眼，小秤砣鼻子，三角口，两撇掩口花白胡子，手中拿着一口朴刀。潘景林越看此人越眼熟，好像在哪里见过似的，猛然间想起，莫非是他。潘景林想至此处恍然大悟，不由得咬牙切齿，心中暗恨。旁边站着的孙启华，见潘景林并不与贼人答话，脸上现出一种怒容的样子，须鬓皆张，孙启华在旁边问道："潘师父，您既要与贼人动手，因何发怔?"潘景林向孙启华点手，孙启华向前近身，潘景林用手指着下面站着的贼人，这时潘景林在孙启华耳边说道："想当年如此如此。"

　　孙启华转睛思想，方才明白丢镖的前因后果，孙启华这时可就明白啦，在后面闷坏了精明强干的徐顺，急煞了暴躁的邹雷，那么到底是怎么回事呢？提起了这回事可是年份也不算很远，是八年以前的事。

八年前余公明永胜镖局，买卖正兴旺之时，永胜镖局的买卖做不过来，柜上的人不够分配使用，买卖越好，人越不够用的，可巧华阴县北门内，天元银号，是本柜上的老主顾，只要银号有什么要紧的事项，皆由余公明永胜镖局护送，两方交际多年，无论多少银子，永远没有出过错，可巧本柜上有一笔银子，共计五万两，是拨与信阳州联号急用的一笔现款。本银号的掌柜的，派柜上的伙计，把余公明请到柜上和余公明一商量，要是别的柜上的镖银，余公明可不敢应，皆因为是柜上没人；又一想这是多年的主顾，又不好驳，买卖又不好让别人做。银号掌柜的又再三地托付，余公明实在没有法子，才把这号买卖应了。此时柜上又没有人，就是潘景林在柜上帮着料理，余公明意欲命潘景林走这一趟镖，自己不放心。若是他一人前往，倘若路上有一点差错，可就不好办啦，余公明百般无奈，就得自己前往，临走起镖，可就与潘景林商量好啦，让潘景林随同前往。那个时候，潘景林在镖局里，余公明还不那么器重他，皆因他在镖局里日子不多。

余公明将镖车收拾齐楚，带领潘景林与本柜上的客人，由华阴县起镖，经过陕州，行至在崤山山脉，皆因不走凤池县，抄崤山的小路为的是近些个路程。不料想行至鹰爪山的山前，打虎岭的地面，这一带地方，余公明是常走的一条道，知道这条道儿不好走，打虎岭左右，俱都是贼人出没之所，走到这个地方，任凭是谁也过不去。皆因余公明这条道最熟，有几处占山的寨主，也都是走的打出来的交情。只要是余公明的镖，经过此路，也别说他们不敢，都不好意思劫余公明的镖银，皆因如此，余公明才敢放大胆子，由打这条小路上走，虽然如此镖车行至此处，连伙计们全都得多留点神。

那个时候，抱头的喊镖趟子的伙计，就是吴得利。这个地方也是真险，两旁边俱是荒山野岭，树木阴森。当中间车道，路旁的青草，都有半人多高。他这个镖车正往前走，前面有一片树林，这片树林，约有二三里地，对面是丛林，当中是道，将到树林旁边，镖车尚未进入，就听树林子里面，一阵铜锣声音，头里镖趟也不喊了，镖车可就打了盘啦。余公明往前面一看，就见林内，窜出约有五十名喽啰兵，都是二三十岁，俱都是周身上下一身蓝，蓝绢罩头，斜搭麻花扣，脚下快鞋白袜，怀抱鬼头刀。为首一人，长得面目凶恶，大身材，年纪约在五十多岁，身穿青绸子裤褂，脚下白袜，大掖搬尖洒鞋，打着花裹腿，腰中绒绳紧腰，头上青绢帕勒头，结着麻花扣，脸上看，青中透暗的脸孔，三角形的菱角眉倒吊着，深眼窝子，一双金睛叠暴，鹰鼻阔口，鲜红的嘴唇，满脸的黄髯，连鬓络腮，压耳的毫毛倒竖，脸上核桃大的一脸金钱癣，在手中擎着一口锯齿飞镰大砍刀。在前面有一个喽啰的头目，站在那里念道歌儿，说道："咳，此山是我开，此树是我栽，要想从此过，留下买路财，牙边半个说不字，一刀一个不管埋。孤雁的绵羊，将镖车留下便罢，如若不然，小心你们的脑袋。"余公明听前面喊镖趟子的喊的是："头里有了扛梁子啦！"什么是扛梁子，断道劫财的。余公明赶紧由外首下马，剑把朝后，为是从里首下马，顺手由后面亮剑，因为做镖师的，他把自己的兵刃，挂在外首鞍鞴之前，朝前首下马时顺手由前抽剑，他的脸老冲着前面，为是防范敌人暗算，余公明下了马，顺手抽出金光闪烁的龙舌剑。此时潘景林也就下马，相随在余公明的身后。余公明来在镖车的前面，细看前面喊道歌的这个人。余

13

公明认得他是鹰爪山，阴风寨，踩盘子的小伙计，奴随主姓。此人姓姜，名叫姜小五，外号人称旱地蝎子。后面的寨主，非是别人，正是鹰爪山阴风寨，老寨主姓姜，双名天雄，外号人称活阎罗，占据鹰爪山阴风寨多年。余公明早就认识他，就是永胜镖局的镖，时常经过鹰爪山，他可也没有劫过，彼此都是个面子，今日也不知是怎么回事，把镖车给扛住啦，心想这一定有人拢对。

余公明遂将金光龙舌剑，交左手往怀中一抱，迈步向前，含笑抱拳，口中说道："前面莫非是姜老寨主，伙计们都多辛苦，余某向不敢得罪好朋友，也许余某手下人，不知规矩得罪贵山，今天望乞寨主高高手闪个面子，让我们过去，余公明必定要登山谢罪，老寨主高高手吧。"

他哪里知道，姜天雄此次当真带着伙计，专为等的是余公明的镖。这是怎么回事呢，就皆因余公明永胜镖局买卖好！这些年来，一来是自己的买卖的运气好，再者字号也叫得响，虽然走各省的镖，就说潼关内外这些个镖局子，哪一家也敌不住永胜镖局，不免招惹同行的嫉妒。其实余公明也没得罪过人。这些镖局子，因为妒名，在各处给余公明散布流言，就宣扬余公明说的，不是我买卖运气好，我这镖走遍天下，不拘有多名望的大王，也不敢正视我的镖银。别说是劫我的镖，他连正眼也不敢看。其实余公明并没有说过这些话，这就是外面小人是非之口，气恨永胜镖局买卖好，在外面捏造许多不三不四的谎言，为的是在外面给永胜镖局拢对。余公明并不知道其中的原因。

不想这个风言，可巧传到鹰爪山阴风寨姜天雄的耳朵里去啦，还不只听一个人说的，姜天雄为人自负争强，秉性好斗，素不服人，他听见这个消息，他才和他的两个儿子商议。姜天雄这两个儿子，长子名叫姜金彪，别号人称拦路虎。次子名叫姜金豹，人称青眼虎。又请来两位寨主，贺玉、贺云，一同核计，把听得来的言语与众人说了一遍，三寨主贺云向姜天雄说道："大哥这件事，您要慎重，据小弟我想，余公明镖银时常由此路过，他也没有出过规矩；再说余公明武艺超群，可是有一点扎手（不好惹），话又说回来了，他的镖又不出规矩，与你我又无仇恨，别人既不干涉，咱们何必多找这个事呢？再说过耳之言也不可听，这里面也许别人与他有仇，惹他不起，故意造出非言，咱们何必受人愚弄呢？小弟的话，可不一定对不对，大哥您要三思而后行。"大寨主将要答言，旁边二少寨主姜金豹说道："三叔您做事太小心啦，俗语说无风草不动。他要不说，外面也没有那么大的风言，不管他说不说，若是他的镖车由此经过，先劫他一回，也让他知道知道，鹰爪山阴风寨不是好惹的，也减一减余公明的威风。"姜金豹把话将才说完，就见大寨主点头说道："这话也有理，余公明这些年总是一帆风顺，也让他尝尝丢镖的味道。"大家计议已定，姜天雄便吩咐姜小五道："如若永胜镖车过此，早些报来。"

这一日，恰巧永胜镖局的镖车路过此地，姜天雄一看，二子和两位寨主都未在山寨，不由皱眉，想道："余公明这小子好运气。"复咬牙道："没人我也劫你。"

那姜天雄率领旱地蝎子姜小五下山劫镖。双雄抵面，那姜天雄明知前面是余公明，手提锯齿飞镰刀，横刀而待。他听了余公明的场面话，并不搭腔，只将双睛一瞪，说道："余镖主，我久已闻名，阁下威名远震，晃动乾坤，今日姜天雄不才，并非是为劫夺阁下的镖银，专为在此等候阁下，比试武艺。阁下胜得了我的锯齿飞镰刀，任凭阁下镖车通过，如若胜不了我的锯齿飞镰刀，将镖银留下。如若不然，要想镖车由此经过，势比登天，早早当面较量，不必多讲。"余公明听得此言，不由得撞上气来，余公明再三求路，姜天雄坚要比武，那余公明早年也性如烈火，只因久涉江湖把性情柔和了许多，这次所以这样央人。这时余公明说道："阁下既是挡住我的镖车，我苦苦地相求，阁下是执意地不让，非比试不可，余某若要失手，伤了阁下的毫发，休怨余某无理，依我看阁下不必动手，留这个脸面，日后还有相见之时。"姜天雄闻听此言，不由得气冲斗牛，哇呀呀的怪叫，说道："余公明果然大言欺人，来来来！我倒要请教。"遂将刀一摆，垫步拧腰，往前一蹿，高声喊道："你我二人，倒要比试比试。"余公明看姜天雄来的势猛，要摆龙舌剑向前对敌。就在这个工夫，就听身后有人答言，说道："镖主何必亲自动手，不才潘景林愿先献丑。"话将说完，余公明用手相拦，口中说道："潘师父你休前往，此事与你无干，既是姜天雄寨主在此等我，我当奉陪于他。据我看，我不与他动手，难以偿姜寨主之愿，潘师父，你与我看守镖车最好。"潘景林只得点头，往后倒退，吩咐伙计们，谨守镖车。

他自己提刀挡住前面，此时余公明手中顺剑，丁字步一站，说道："姜寨主，阁下勒令要求，余公明只得奉陪。"姜天雄大吼一声，说道："老儿你有多大能为，看刀。"话到人到声音到，姜天雄往前一纵身，左手一晃，右手劈面一刀。余公明一看锯齿飞镰刀离头顶相近，遂将身一矮，向左边一上步，右手一横，直奔姜天雄右腕下划来。活阎罗的刀若再往下落，手腕子碰在剑上，腕子必折，姜天雄他恐怕手腕碰在余公明的剑上，急速往回撤手。未提防余公明的剑，一扁腕子进身便刺，姜天雄将自己飞镰刀，刀头冲下一顺，用刀刃截余公明右臂，余公明随即抽剑往右边一闪，左手剑一指，右手剑"白蛇吐信"，直奔姜天雄咽喉刺

16

来。姜天雄向右一步，将刀往上一立，用了个里剪腕。余公明见刀临手腕已近，随即将剑往左边一带，余公明的剑，正碰在姜天雄锯齿刀的刀刃上，姜天雄虽然力大，余公明往回一带的力量，暗用气功，姜天雄锯齿刀险些撒手。他只顾自己的锯齿刀，未提防余公明的剑，借着一带的力量，顺着姜天雄的膀臂，直奔脖项便抹。姜天雄见剑临近，闪躲不及，只得一长腰，身形向左一转，把脖项虽然躲过，并未躲开肩胛。余公明这一剑，正抹在姜天雄胸前肩臂之上，只听嘭的一声，红光崩现，鲜血直流。姜天雄大叫一声，刀未撒手，往圈外一蹿，口中喊道："余公明，咱们是后会有期。"众喽兵见大寨主受伤，连忙救护上山。

不言姜天雄败走，且说余公明见活阎罗姜天雄负伤率众逃走，便长吁了一口气，将龙舌剑往怀中一捧，遂向伙计们说道："弟兄们起镖。"此时伙计们已将余公明的马匹牵至面前。余公明怀中抱剑，纫蹬上马，此时潘景林也上了马，打头的伙计吴得利，仍然在前面乘马，喊着镖趟子起镖，后面车辆相随，由此直奔信阳州来了。这天到了信阳州，将镖银交兑完毕，余公明颇有戒心，余公明便急忙赶回华阴县镖局子，当时便告诉伙计们，从此以后走镖，不准由崤山小路而行。

且说活阎罗姜天雄，带伤率众，由树林逃走，到了鹰爪山的山寨，急忙检视伤痕，姜天雄右肩头，衣服崩裂，皮开肉翻，血迹遍体，唯有伤口左右，血痕都已干燥。一面命喽啰兵将金伤药预备停妥，又命喽啰兵取水，用水将血液洗净。伤口很重，在肩头之上，有半尺余长，深约有寸许，这一剑刺得实在不轻。遂将汗褂绒绳俱然撒去，用袖绫将伤口的水痕拭干，然后将金伤铁扇散敷好，上面又用金伤膏药贴上。

那姜天雄从来未栽过如此的跟头，只气得暴跳如雷，过了七八天，两位寨主贺玉、贺云和他两个儿子俱都返回山寨，获有很多财帛，却想不到姜天雄受了这样的重伤。二贺同二子问缘由，姜天雄便把独自劫镖，交手受伤的事说了一遍，并言必报此仇。那贺云说道："老大哥不必着急，小弟倒有一计，可与大哥报仇雪恨。余公明武技高强，不可力敌，只可智取，大哥在山上静养，小弟命人打探，若要余公明镖车再由崤山小路经过，小弟命侄男金豹，多带人下山，绊住他，小弟在后面抢劫他的镖银，掳走客人。余公明见客人被掳，他必然与我拼命动手，将他引至八盘山，山势窄狭，令吾兄焦面鬼贺玉，带领姜小五，带着二百名长箭手，埋伏在两边山头之上，容我们过去，开弓放箭，一阵乱箭，再把山上的山石推下来，余公明飞也飞不出去；余公明若是在八盘山不往前追赶，小弟命金豹，带一百名喽啰兵，皆都要弩箭手，截断余公明的归路，小弟等由前面反回来，带领长箭手，由后面开弓放箭，给他一个前后夹攻。镖银也得到了我们手里，大仇也就报啦，大哥何必着急，此事皆在小弟的身上。"

活阎罗姜天雄听至此处，不由得忍痛仰面大笑，随说道："此计甚妙，愚兄就将此事托付在你的身上啦。"随即命人下山打探，贺云听寨主依计而行，随即分派喽啰兵下山打探，这本是贺云的一片宽心话，说给姜天雄听的，姜天雄也不想想，余公明哪能再从这里走，自找麻烦呢。那姜天雄立时又派人下山，秘密打听余公明镖车的消息，不觉数月之久，并未打听出来余公明的镖车经过的消息。姜天雄心中纳闷，暗想：莫非有人将计策泄露。又派旱地蝎子姜小五秘密出山，命他扮作小买卖的商人模样，到华阴县永胜镖局左右，探听永胜镖局的镖车行踪。

这一日众位寨主陪着活阎罗姜天雄，在聚议大厅之上闲谈，此时姜天雄伤痕早就痊愈。大家正高谈阔论之际，见一喽兵由外面来，至大厅说道："启禀寨主，今有寨主的挚友铁算盘汪老英雄前来拜访。"姜天雄闻听，不觉大笑，扭项与二寨主、三寨主贺玉、贺云说道："二位贤弟，大概不认识这位汪老英雄吧！"贺云说道："小弟听着耳熟，一时想不起来。"姜天雄微然含笑，左手伸出两个手指，说道："此人与我二十多年故旧之交，姓汪名春，江湖人称铁算盘。足智多谋，精明强干，掌中一口砍山刀，武艺超群。自从由我占山以来，他并未来过一次，听说他现在弃却绿林，在南阳府做事，不知是哪阵香风把他刮到此处。"遂向喽啰兵说道："有请。"

这时姜天雄同二位寨主及二位少寨主都迎出庄门以外。就见在左门外吊桥上站立一人，细看却是汪春，这二十多年未见，果然面目显着老啦，身量可还是中等身材，就是显着矮一点。身穿蓝袖子裤褂，外罩青袖子大褂，脚下白袜，青缎子皂鞋。脸上生就长脸膛，面部透青，两道细眉，直插入鬓，吊角二目，高鼻梁儿，三角口，雪霜白的掩口髭须。两耳无轮，花白剪子股儿的小辫，手内提着长条儿的蓝包袱。姜天雄一见，赶紧抢步向前，口中说道："我打量是谁，原来是老哥哥，小弟率领孩儿们来迟，兄长请勿见怪。"汪春赶紧说道："姜贤弟，休要折寿于我，贤弟你一向可好，恕过我这几年未能问安。"姜天雄扭头，向后面说道："孩儿们，与你汪老伯父见礼。"二位少寨主一齐向前跪倒叩头。汪春伸手往起相搀，遂问道："这二位小英雄却是何人？"姜天雄闻听此言，往后仰身，哈哈大笑说道："老哥哥，你连他们都不认得啦，这就是你两个侄子。"遂用手指着说道："这个是你大侄子金彪，那个是你二侄金豹，我一说你就想起来啦。"汪春用手拈着银须，上下打量二位少寨主，笑着说道："老弟，你可又怪错了我啦？你我弟兄分手之时，他们尚在幼稚，如今皆成了英雄啦，我怎么能认得哪，看起来这可应了俗语的话啦，后浪推前浪，父是英雄儿好汉。"姜天雄含笑说道："老哥哥，您这是抬爱我们父子。"姜天雄还要与汪春谈话，旁边闪出贺玉、贺云，二人上前与汪春见礼，一面口中说道："老哥哥，这几载未见，你老人家堪可须鬓如霜，小弟这边有礼了。"汪春一面还礼，一面说道："二位贤弟免礼，看哥哥老了吗？"贺玉说道："兄长你老人家的精神尚且不老。"汪春大笑道："兄弟，几年没见，学会了油嘴，到底我还是老啊。"姜天雄道："老哥里边坐吧！寨外也不是说话的所在。有话请老哥到里面再说罢。"

众人进到客厅里，各自落座，谈叙江湖异闻。多年老友相逢，话越说越说不完。那姜金彪由老寨主身背后转过来，口中说道："父亲你老人家，只顾与伯父谈话，天也不早啦，莫若预备些酒，与我伯父接风洗尘，再者也可以饮着酒谈心哪。"姜天雄闻听，看了看天色，鼓掌哈哈地大笑道："只顾与你伯父谈话，竟把他老人家给饿了起来了，错非吾儿提醒，我倒将接风之事忘却了。快往下面传唤，预备酒菜，为父与你伯父接风洗尘。"贺云、贺玉在旁边说道："我们尽顾听话了，我们也把这件事给忘啦。"汪春含笑说道："这是你们老哥儿几个爱惜我啦，尽顾了谈话啦，那么着我还是真想酒喝，咱们就吃着酒谈心倒也好。"他们说着话儿，不多时，头目们已然将桌椅摆好，跟着放好杯茶。老寨主姜天雄站起来让座，汪春只在上首落座，三位寨主相陪。跟着酒菜也到了，二位少寨主往上献酒献菜。老寨主将酒斟好，擎杯相劝，大家彼此痛饮。酒过三巡，菜过五味。正喝得痛快时，见有厅下跑上一人，姜天雄这时停杯举目一看，非是别人，正是旱地蝎子姜小五。姜天雄忙把他喊过来，问他探听余公明的事怎样。那姜小五道："启禀寨主，属下下山，今已将此事探听明白，特来报告……"这句话尚未说完，汪春急忙站起身来，向姜天雄说道："贤弟，此事若关乎机密，劣兄可以暂时回避。"姜天雄遂含笑说道："兄长你太多心，此事我还要与兄长商议，这时他回来更好，兄长你先落座，容我问个明白，然后再求兄长与我筹谋计划。"遂向姜小五说道："你下山这些日子，事情打探得怎么样？"

姜小五道："余公明回到镖局之后，因为与老寨主有动手的一节，他暗地嘱咐镖局内大小的伙计，从今以后，若有信阳州一带的镖，不准由崤山小路涉险而行，皆因有自己的前辙之鉴，怕寨主有报仇之举，寨主若要欲报前仇，再想别的计划。"姜天雄将话听明白了以后，向姜小五一摆手，说道："辛苦你了，也就难为你了，下去休息吧。"姜小五将要转身，姜天雄说道："且住。"姜小五说道："寨主有何事吩派？"姜天雄说道："没事，我赏你纹银十两，账房去领。"姜小五连忙说："谢过老寨主的恩赏。"转身下去。

第二章

铁算盘妙计寻仇

铁算盘汪春，在旁边听老寨主与姜小五说的话，不知是什么事，可把他打在闷葫芦里面，他又不好明着问，遂向姜天雄说道："贤弟，方才之事，我可以听一听吗？难道你和永胜有碴吗？"姜天雄见汪春这一问，不由长吁了一声，说道："兄长，只因小弟好胜。"说着话遂将自己的衣服纽扣解开，将右臂现出来，将身形一转，脊背向着汪春道："兄长你看，我肩胛这处伤痕，近日才得复原。"汪春一看这一道伤痕，虽然是好啦，但是伤口约有半尺余长，遂说道："哎呀，贤弟，这是怎么一回事。"姜天雄一语不发，将衣服穿好，复又落座。姜天雄双眉倒竖，眸子圆睁，钢牙乱咬。先咳了一声，遂不慌不忙，就把听信传言，在打虎岭劫抢余公明的镖车，动手带伤；三寨主贺云在寨中划策，命姜小五打探永胜镖局，方才禀报的情由，从头至尾细说了一遍。复又说道："兄长，你的外号人称铁算盘，你与我算一算，此一剑之仇，怎样能报，也不枉你我弟兄朋友一场。"汪春听完姜天雄的话，沉吟半晌，连连地摇头，口中说道："若要急于报仇，事情很难的。我早就知晓，余公明为人精明强干，老成谨慎，若要设其牢笼，他是绝不涉险做事。若要是以武力报仇，也不是我

22

长他人的威风，弱自己的锐气，恐怕难以完全。"

姜天雄闻听汪春之言，高声说道："若依兄长之言，小弟此仇今生不能报了。"汪春摇头说道："兄长你还是这样的性躁，仇一定得报，可是只能智取，不可力敌。"姜天雄说道："兄长有何妙策？"汪春说道："贤弟别忙，等把我的铁算盘打好了，别说是余公明，就是大罗的神仙，也逃不出我掌握之中，可就是一样，你可别忙。就按贤弟你这样性急，一辈子也报不了仇。"活阎罗姜天雄一听汪春之言，蹙着眉说道："兄长，言之差矣，性紧就不能报仇吗？"汪春含笑说道："不是那么说，古人有云，知己知彼，方可对敌。在这个时候，你要急于报仇，若让他知道消息，这就是打草惊蛇。余公明这个人，本来他就生平谨慎，若是让他得着消息，他再加上一分细心，此仇终难得报。"姜天雄闻听说道："那么怎样才能报得此仇呢？"汪春拈髯微笑，说道："你欲报此仇，必须要不动声色，在冷静里去求，何为冷静去求呢？比如若要欲买这件物件，可别面目上露出非买不可的样子来，你要露出非买不可的样子，他必抬高物价，你若欲防范此人的奸诈，必先与他亲近，令他不疑，拿你当作心腹，然后你从中取事。似乎余公明，生平老成干练，深谋远虑，你稍表一点声色，被他知觉，要想报仇，势比登天。他是断然日夜防范，你虽有千条妙计，也难入手。故而我于他的身上，取冷静主义，就算受害已过，都疑不到你的身上，可就是一样，必须慢慢地入手，趁隙而入；你要是性急，我这条计策不如不说。就算说出这条计策来，也算无效。贤弟，你自己先酌量酌量，吾之计百发百中，决不落空。你若不能忍耐，我作一个闭口不谈，咱们说别的，倒显着开心，贤弟，你想好不好？"姜天雄听了汪春的言词，不觉地笑起来了，说道："不过都说，上了年岁的人牢骚，兄长，我和你求计，你连一个主意也没出，你倒说了不少的忍耐，好些个性紧，还怪我一身的不是，始终你也没说出什么主意来，岂不闷死人吗！只要兄长你说出的计策，我是没有不忍耐的。你放心，我决不能耽误你的妙策。"

汪春听到这里，不觉地也笑啦，遂说道："兄弟你忙了不行，我先喝一盅酒想一想。"说话之间，将酒盅端起来，一饮而尽，复向姜天雄说道："你再与我斟一盅，我索性让你多闷一会儿，我为是锻炼你的暴烈之性。前次你要不是性暴，哪个能削你一剑啊，兄弟我一面喝着酒，我一面说我的计策，若依着我的话，贤弟你还不用亲自下山，就把仇报了。报仇的这个地方，离这里也不远，有一座乱柴沟，沟内狭窄。前些年，我不知谁家镖局子的镖，行至在乱柴沟之内，在沟内被劫。这个抢镖银的主儿，也真够狠，他把乱柴沟山上的山石推下来，不但把镖银得到手里，连人带马，皆砸死在山沟之内，到如今始终也不知谁作的案。你可以就这现成的地利，闲着无事的时候，命姜小五带领几十名壮丁，到乱柴沟山头之上，搬运山石，暗派精明的头目，打探余公明的镖车。寻常的日子，不拘哪个镖局子的镖，行过乱柴沟，千万可别劫，让他的胆子放得大大的。几时伙计打听得余公明的镖车，冒险过沟，也不用贤弟亲自下山，就命二寨主和三寨主，带领金豹、金彪、旱地蝎子姜小五，五十名得力的喽啰兵，埋伏在山头。要是镖车走到沟内，把平日埋伏的山石，由上面往下一推，连客人带镖师，以至随从的伙计一并砸死。若是余公明亲自押镖，那更好了，插翅安翎，他也难逃活命。贤弟不但白得镖银，此仇伸手可报，这个名儿就叫以逸待劳。贤弟，你想此计划如何？说了归齐，还是这句话，性急了可办不了。"

活阎罗姜天雄将话听完，伸手竖大拇指说道："兄长，你说了这么半天，我明白啦。你知道我的性紧，你才乱七八糟地说，你是为了给我报仇，是怕我稳不住性，兄长你自管万安，我的仇一辈子报不了，我都得照着你这计策行事。倘若该当报仇，就是砸不死余公明，将押镖的客人砸死，这一场官司，也够余公明打的。兄长，咱们不必说啦，吃酒吧。"遂着教喽啰兵添酒添菜，大家擎杯，开怀畅饮。这汪春一连住了半个多月才走。

姜天雄果然按着汪春所定的计划，遂命姜小五带领二十名壮丁，在山头上埋伏，搬运山石。姜天雄见埋伏齐备，便秘密派人至华阴县，打听余公明镖车的动作。由年前直顶到转过年来五月间，喽啰兵不断往山中报告，余公明买卖萧条，并没有多少镖行的买卖。不过不是余公明买卖不好，是各镖局子生意都不大很好。姜天雄屡次得报，见无机会，也就把这个事情放在一边，就把这报仇的事情冷淡下去啦。虽然老寨主不以此事在意，唯有少寨主姜金豹，惦记老寨主报仇，仍然暗派心腹在华阴县打探。

八年之后，姜天雄正和二寨主商议要事。忽然，手下人送上一封信来说道："大寨主，有汪春汪老英雄介绍数位绿林豪杰持信到此。"说着话将书信双手往上呈递，姜小五由下首座位站起身形，伸手把信接过来，递给姜天雄。姜天雄接过书信打开一看，信上写着："天雄老弟，别来许久，渴念殊殷，本欲早来拜访，未克如愿。前在贵寨叨扰，荷蒙宠遇优渥，承赏赐川资多金，钦感之情。兄由贵寨僬返南阳后，巧遇旧日良友数人，皆为当时绿林中之豪杰也，刻下东流西荡，无处栖身。兄知我弟望贤若渴，故敢冒昧枉荐，兹令其持函投呈阁下，倘蒙金诺，则感戴无涯矣，专此藉请，武安，不庄。"附名单一纸，下款写的是愚兄汪春拜上，兹将来人姓名，开单列后，计开：鬼头刀韩天寿，花枪陈禄，滴溜旋风邢燕，泥小鬼胡奎。姜天雄将书信看完，掀髯微笑，遂向众寨主说道："我当是哪里来的，原来是老兄汪春，又替我打上铁算盘啦，算计我寨中的人不够用的，替我约请几位朋友，金豹你到外面替我将这几位英雄请进来，待我问一问。"姜金豹闻言应了一声出去，前去迎接。于是鹰爪山上又增加了五位豪杰。

这天，忽然手下弟兄报告，永胜镖局押镖过此，寨主意下如何。活阎罗姜天雄闻听永胜两个字，想起当年一剑之仇，不由得咬牙切齿，说道："二弟、三弟、金豹、金彪，下山随我劫镖。"这句话尚未说完，旁边有人答言说道："大哥何必动怒，此事极为容易。"姜天雄扭回头一看，说话之人，正是三寨主铁心鬼贺云，遂叫道："贺贤弟有何高见？"贺云道："老寨主，您事情未办，怎么又犯了性紧的脾气啦，这不是当年汪老英雄，原来订下的计划，这二三年之内，你老人家把这个事情忘了吧。"姜天雄当时想了起来哈哈大笑道："可不是忘了，汪大哥算是神算。"贺云道："大哥你什么也不用管，赌好得了。"贺云便同金豹等众人上山，看了看山石，又派人打听永胜镖局的消息。过了一天，派出的人回禀报道："永胜镖局的镖车，今日晚间必到青云镇，若不落站，必定加夜过沟。"姜天雄未及答言，就见三寨主贺云以手叩额，说道："此天助我也。"姜天雄扭头看着三寨主说道："三弟何言天助于我报仇雪恨。"贺云站起身形，用手往外一指，说道："兄长请看，外面天色，堪可欲雨，今日就算他们落站在青云镇，明天必然起身。或者起身之后赶上雨，如若遇雨，劫镖后，恰好将咱们劫镖的形迹洗去。"

姜天雄将话听毕，举目往大厅之外观看，果然是满天的乌云，遂说道："贤弟此计甚善，你们四人前往，我有些放心不下，我派韩贤弟等五人，下山接应就是了。"贺云说道："兄长您可是慎重为妙，我们还是先去山沟埋伏为是，您在山外接应。"姜天雄点头说道："贤弟，你们爷四个就辛苦吧。"一面将平日挑选好了的五十名壮丁队，外面预备十头骡子，让他们备好，好预备驮他们的镖银。又将雨衣雨具一并带好，二寨主贺玉遂吩咐各带兵刃，与大寨主告辞，带领兄弟贺云、三少寨主姜金豹、旱地蝎子姜小五等，在外又带了十名精细踩盘子的小伙计直奔乱柴沟而来。这时天气已晚，踩盘子伙计已来报告，这镖车落站青云镇，明日定能过沟。贺云、贺玉闻言点头，遂带领众人直奔北山坡下的树林内，就在林内预备一切。在林中过夜，静候永胜镖车过沟。天近五更左右，贺云命姜小五带领五十名喽啰兵，顺着山坡上山，把原先预备的山石，用铁撬运至山头上，并将山头上边的山石，四外用铁镐刨空，为的是临时往下推着容易些。这时忽然从沟外驰来一人，正是踩盘子伙计，报道："请寨主早做预备，镖车现已启程。"贺云得报，不觉大笑，遂向姜金豹道："贤侄你来看，这可应了汪老英雄的话了，地利人和已有，老寨主此仇，伸手可报。"便吩咐探报的伙计看守骡子，遂向众人说道："趁着此时你我预备十个人装镖银，趁此时机你我先上山。"将话说完，贺云在前，众人在后跟随，出离松林，直奔西山坡，顺着西山坡的小道，曲折而上。

这时天已将近午，天上乌云浓密，地下草色碧青，野草鲜花，香芬可爱。工夫不大，来在山头之上。贺云吩咐喽啰兵先将雨衣穿好，以防暴雨，跟着大家也都将雨衣穿好，吩咐喽啰兵俱都蹲在东面山坡之上，千万不准站起来，恐怕是教保镖的看见。贺云命兄长贺玉，与金豹在此等候，自己带领着姜小五等奔西山头，找了一块山石遮身，露半面往正西瞭望。就见影影绰绰，仿佛像镖车的形象，直奔乱柴沟而来，越看越近，仔细一看果然是镖车，临到镖车进沟，可就将镖旗子看得真切，正是永胜镖局的镖银。那贺云见镖车就要进沟，不觉大喜，告诉大家听他的呼哨，呼哨一起，便自动手，正在准备停当，猛然间核桃大的雨点自天而落。这些人爬伏在山头之上，幸有雨衣护体，大雨如同巨浪一般，众人冒雨仍在两面观望，就见镖车仍冒雨东行，意思要冲雨闯过乱柴沟。哪知雨越下越大，李占成率众意欲冒雨过沟，行至该处，雨水已然托至车箱，车不能前行。李占成意欲在此稍驻，等雨略微住些，再走不迟。怎么着他也想不到此处有埋伏。

这时贺云在山头上面，观看下面车辆不走，若不趁此下手，等待何时。急忙调动众人，随即传令预备，自己一捏下嘴唇，吱喽喽一声呼哨，姜小五等呼哨相和，喽啰兵一齐下手，将山石往下一推，不亚如山崩地裂。李占成等要想逃命，势比登天，最可叹是镖局子伙计们，俱丧在山石之下，死马亡人，肠肚皆崩，无一人幸免。

贺云在山头之上，已看明白，随即传令，我兵退下东山坡。自己带领姜小五、姜金豹并手下喽啰兵，寻路下山来，在松林之内，命踩盘子的小伙计，由树上把骡驮解下来，教他们跟随在后。贺云自己头前引路，进了乱柴沟，进东沟口，往前行走，就见沟内雨水横流。工夫不大，就见前面山石挡路，临近细看，只见被砸的镖局伙计，破腹肠流，脑髓溅在山石之上，裂马碎车，狼藉沟内。贺云遂吩咐喽啰兵，将镖车的软包镖银，搬在骡驮之上，四万两镖银，分在十个骡驮之上，用绳子勒好。贺云遂向三少寨主金豹说道："今事已成，你我暂且回家。"贺玉在旁答言，高声说道："检查检查他们，有逃走的没有。"踩盘伙计接声说道："并无逃脱一人，请寨主放心。"贺云在前引路，口打呼哨聚齐喽啰兵，一齐出了东沟。命喽啰兵牵着骡驮，保着镖银，顺着西山坡往南。贺玉先在头里走，后面贺云、金豹、姜小五等，带着四十名喽啰兵，各擎兵刃，洋洋得意，往正南而来。来到南边的大道，顺道往东。此时雨已见小，贺云遂吩咐喽啰兵，暂且打住。话将说完，姜金豹问道："叔父怎不往前走哪？"贺云说道："贤侄你有所不知，喽啰兵若要穿着雨衣，显着走得慢，莫若把雨衣脱下，那就走得快啦。只要一回到山上，就算平平安安，完全交代了咱们的公事，你想怎么样。"金豹一听，遂说道："那么着也好。"遂吩咐喽啰兵将雨衣俱都脱下，都放在骡驮之上。本想平安劫了镖银，再想不到潘景林等自后赶来。

那贺云、贺玉见后面有人追来，不觉纳闷，在山上明明看清无人逃走，怎么刚离开乱柴沟不远，就有了人追赶呢？他们再也想不到潘景林因病落后走。那姜小五看清是潘景林，即向众位寨主说道："前面这人，可是潘景林，咱们大家可要留神。"此时铁心鬼贺云说道："既然他们后面追下来，众位可别忙，咱们先预备动手。"遂教姜小五押着骡驮先回山寨，再教三十名踩盘的小伙计分两拨五个人，去通知外面巡风接应的那十五个人，护镖先走。此时贺玉吩咐喽兵往两边一闪，一边五十名，各擎刀枪，挡住去路。姜金豹在当中丁字步一站，手提锯齿刀。上首贺玉，下首贺云。贺玉手擎大砍刀，贺云提着雁翎刀，迈步向前，一声喊喝，说道："后面什么人，敢斗胆前来送死，尔等报名，你家寨主刀下不死无名之鬼。"对面潘景林，早就把主意拿定啦，镖银丢去，李占成等众人丧命，自己岂能独生，错非孙启华、徐顺相助，以无用之身，办有力之事，自己早就把心一横。虽然带病身躯，又被暴雨这一激，又是四肢的酸疼；方才在乱柴沟，目睹众镖师遇害的惨况，此时也就顾不了自己的劳累，心中想着欲作困兽之斗。听贼人之言，不由得气往上撞，双目尽赤，厉声喝道：

"呔！"真是声若霹雳，山谷响应，说道："尔等鼠辈，难道说不认得潘景林吗？"待话说完，垫步向前一纵。

贺云一看潘景林来得势猛，遂将雁翎刀一摆，自己想先下手为强，后下手的遭殃，左手向潘景林面门一晃，右手抡起雁翎刀，向着潘景林的脖项刺来。潘景林见刀临近切，身形向左一转，右手刀抡起来，向贺云右手腕子就剁。贺云见潘景林用刀剪腕的招数，随即左腿往回一撤步，用手一扁腕子，刀刃冲外，往回一撤，用刀由底下砍来，想将潘景林的手腕斩断。他尽顾用刀刃找潘景林的右手腕，没防备潘景林将刀往回一撤，跟着蹦起来，左腿一踢，使的是飞身跺子脚，这一脚正踢在贺云肚腹之上。贺云站立不稳，往后一仰身，栽倒在地。潘景林跟着就是一刀，刀刚举起来要往下剁，就听右边喊声："休伤吾弟，看刀。"潘景林就听右边金刃劈风声音，向着自己斜肩带臂而来，潘景林不能再刺铁心鬼，还不敢扭项观看，若要一回头，这一刀非砍上不可。潘景林受过明人的指教，并不回头，跟着一个箭步跳出圈外，赶紧转身一轧刀，瞪睛观看，见一人手提大砍刀，岔步发威。潘景林一声断喝，说道："什么人，竟敢暗算你家镖师。"就听对面一声喊嚷，说道："我正是你家二寨主，贺玉。"

潘景林咬牙切齿，正要向前动手，就听旁边答言说道："潘师父，稍微休息，待我将他废了。"潘景林扭头一看，原来是邹雷、孙启华、徐顺，各擎兵刃赶上前来。要按着孙启华的主意，若要追上劫镖的贼人，他们要是人少，就可以向前动手，他们要是人多，在暗地跟随。探明白了他们的窝巢，然后再想法子。俟至追上贼人，孙启华一看贼人众多，不料邹雷一声喊嚷，贼人止步亮队。孙启华正要与潘景林商议，就见潘景林提刀直前，与贼人当场动手。潘景林刀法精奇，与贼人双战，孙启华见此光景，也就不能不动手啦，遂与邹雷、徐顺等人说道："你我大家齐上。"孙启华手中擎剑在前，正遇上贺云，他一翻身刚爬将起来，手中擎刀，意欲报一脚之仇，将要扑奔潘景林；这时孙启华迎至面前，一声断喝，说道："咳！好贼休走。"贼人未及答言，就听潘景林高声说道："众位，可别放走了他们，我认得，他们是鹰爪山阴风寨的群寇，他们欲报老镖头一剑之仇。"孙启华闻听，这才明白其中的缘故，口中说道："贼子你们原来如此，快报姓名，剑下纳命。"

贺云一听潘景林喊他们是鹰爪山的，知事已败露，就是不通姓名，他们也知道啦，遂说道："小辈，尔等问你家二寨主，姓贺名云的便是，尔要通你的名姓。"孙启华瞪睛说道："老子便是孙启华。"话将说完，手起剑落直奔贺云头顶击来。贺云往左边一闪，右手擎刀，使了个外剪腕。孙启华向左一迈步，往回一撤剑，将剑一横，用剑尖向贺云胸膛一划，贺云将刀一立，刀头冲下，来截孙启华的剑首，孙启华撤剑，二人战在一处。此时邹雷手擎金背鬼头刀，一声喊嚷，声若霹雳，直奔姜金豹而来。姜金豹手持锯齿飞镰刀，喊喝一声："来者何人？"邹雷厉声说道："小辈，若问你爷的姓名，我姓邹名雷，别号人称霹雳子。鼠辈，你也通名姓，好吃俺一刀。"姜金豹说道："二少寨主，姜金豹是也。"话到声音到，一摆刀，向邹雷斜肩带臂劈来。邹雷见刀临近，并不还招，向右边一上步，姜金豹的刀就落了空啦。邹雷见他刀一落空，跟着右手刀一摆，向姜金豹脖颈便砍。姜金豹将刀撤回，用了一个里剪腕，奔邹雷的右手腕一截。邹雷一撤身，姜金豹的刀往里横着一推，这一招名叫金刀断蛟。邹雷将身一矮，就势用了一个扫堂刀，向姜金豹连脚骨便剁。姜金豹将右腿一提，腰中用劲往起一纵，这一招叫作旱地拔葱，顺着刀跳将过来。姜金豹虽然将邹雷这一刀躲过，可是吓了一身冷汗，心中暗想：好厉害，错非是我躲得快，不然双腿截折，遂高声喊喝："伙计们风紧，缓着点……扯活。"这就是他们调坎儿，且战且走。他这句话刚说完，就听北面哎哟、扑通一声，可把姜金豹吓了一跳，扭头一看，原来是喽啰兵头目孙成栽倒在地，身带重伤。

那潘景林看贼人提刀暗算，自己往圈外一跳，撤身一看，见贼人手提大砍刀，潘景林问道："尔叫何名，报名受死。"才将话说完，就听对面贼人说道："潘景林，你连三太爷都不认得了，我就是鹰爪山二寨主贺玉。"把话才说完，贺玉将刀往前一顺，用了个乌龙入洞，向着潘景林胸膛便搠。潘景林见刀离胸膛相近，稍微往左一闪，右手刀随着往起一立，用金背刀的刀背，将贺玉的刀往上一挂，只听当的一声，贺玉的刀，可就被潘景林的刀挂开。潘景林可就不能留情啦，跟着一挫腕子，潘景林的刀头，就直奔贺玉的面门劈来。此时贺玉，想躲万难，堪堪丧命。喽啰头目孙成，一看二寨主性命难保，他想由后面暗算潘景林，手提着花枪，绕至潘景林的身后，照准就是一枪。那潘景林刚要结果贺玉的性命，就听后面花枪的声音，直奔后腰而来，潘景林受过高人的传授，并未回头，他并不管贺玉，将刀顺着左边，刀头冲下往回一撤，随着一转身，自己的刀，正贴在后面孙成的枪杆之上。孙成意将撤枪，哪里可能，刀顺着枪杆往里一撩，孙成擎枪的前手四指，被潘景林一刀削落。跟将刀往上一提，潘景林用了个反臂劈丝，这一刀正剁在孙成左肩头之上，呀呀一声，扑通栽倒。贼人打算爬起要逃，这时正值徐顺赶到，跟着一脚，将贼人踹着爬伏在地，徐顺跟着照着腿上可就是一刀，孙成就动不了。

镖客、贼人战在一处，镖客是拼命死战，贼人渐敌不住，且战且退，镖客一直追上去。潘景林等人追出约在三里之遥，前面一座山寨，贼人欲要逃走，潘景林等众人绕着岭追赶。猛听见前面"当啷啷"的锣声一片，孙启华后面喊喝："众位留神，前面恐怕是贼人的余党。"众人止步，就见约有一百多名喽啰兵，往两边一闪，为首五位寨主，当中一人甚是凶猛，掌中金背鬼头刀，两旁的寨主一个个相貌狰狞，在下首的，手捧兵刃，怒目横眉，潘景林就知道是贼人的接应到了。孙启华众人一看，众寡不敌，人家又是生力军。众人也都明白，呼哨一声，施展飞行术，一阵狂奔。姜天雄率众赶了一程，便吩咐收队护着劫来的镖银回山去了。那众英雄因人数不敌，死战枉送性命，便跑了回来，跑回约三里地左右，方止了脚步。那潘景林直走到方才动手松林之前，向徐顺说道："你看看方才砍伤那个人，可是被人救走了没有？"徐顺闻听，依言顺着树林一找，就见受伤的这个人，被砍伤肩头大腿，鲜血淋漓，呼咳不止。徐顺回头对潘景林说道："贼人尚且未逃，我捎着他吧。"徐顺向前将刀往右手一背，此时潘景林将孙成伸手提起，放在徐顺肩头之上。徐顺用左手扶住，孙启华在后面保护，直奔乱柴沟头而来。此时天色已经不早，这个时候虽然是雨过，满天的乌云乱走，正西的天空，红日被浮云遮起，现出一层层的晚霞，相映着乱柴沟碧青的青山，这时潘景林带领邹雷、徐顺等，进了东沟口，往前行走。走到丢镖之处，潘景林实在是不忍再看那被害的镖师死的那种情况，遂吩咐道："这个地方危险，咱们可得快走的为是。"众人急忙赶回了店中，走进屋内，潘景林将包袱打开，拿出专治内伤的八宝紫金锭来，拿起个茶碗，叫伙计打一点老酒，让孙启华把药研开。

众人擦了擦脸，各自检视自己，受伤的上药，换衣的换衣。

33

忙了一阵后，又把捉住的孙成，带过来让他坐在炕沿之上，教伙计把脸盆拿出去，与他泡了半碗水。潘景林把水接过来，说道："朋友，你先把这碗水喝下去，定一定神，我与你有话说。"孙成抬头看了看潘景林，说道："你老贵姓？"潘景林道："你要问我呀，我就是余镖主的弟子，名叫潘景林。"孙成闻听，点了点头说道："久仰得很，我有件事跟您商量。"潘景林说道："朋友你自管说，我只要办得到，决不能含糊。"孙成听着说道："我已然被获遭擒，身带重伤，血流过多，你就是放我，我也不逃走，我走不了啦。你这个意思，我也看出来啦，你给我敷药止疼，用水定神，我已经感激不尽啦。你这个用意，你为的是探听鹰爪山阴风寨那姜天雄所用的计策。你是怕我不说，这是套我的实话。你让我说也行，此时我跑不了，我也活不了，你若教我说实话，也成，我当时得求个舒服。你把我绑绳给我解开，我把水喝下去，稍微地缓缓这口气儿，我必说实话。其实我也明白，说也是死，不说也不能活，如若你不给我松绑，你还教我说实话，那可没别的，我是情愿死，我是决不发一言。"

潘景林将孙成的话听完，说道："你这个话，我也听明白啦，你准知是被获遭擒，说与不说，你也不想活了。其实把那个理由想错啦，我们与鹰爪山寨主有仇，有你无仇，不过你是山中的一个头目，你若有话实说，我决不伤你的性命。你若肯帮助我们破鹰爪山，事毕之后，我们还得重用于你，松绑的一节，何必你相求，这也没有什么问题。"一面说着话，潘景林伸手将他的绑绳儿解开，命邹雷将他扶起，坐在炕上，让他舒服舒服四肢的血脉。然后潘景林把水递过去，孙成接过水来，慢慢地喝下去，将水喝完，把碗放在炕上，然后向着潘景林叹了一口气，说道："少镖头，论起来我可不当实说，山中老少寨主，均待我不错。

今天被获，我若不说，你们众位也不能饶我，我一定是说实话，说完了就在乎你们啦。你要问，这次乱柴沟劫镖的一事，也不是一日的准备。"孙成就把当年打虎岭劫镖，老寨主被余镖主砍伤一剑，欲报此一剑之仇，铁算盘汪春划策，三寨主贺云，秘密打探，在乱柴沟埋伏，镖头中计，劫镖归山，自己被擒，前后事从头至尾，滔滔不断，细说一遍。潘景林听完，这才明白，叹了气道："冤冤相报何时是了。"遂命陈宝光回永胜报告余总镖头去了。

第三章

余公明善后赴援

陈宝光走后，孙启华、邹雷、徐顺，向附近镖局借了些银两，埋葬了死去的镖师伙计，把捉来的孙成，也杀了算是给死者报仇。一连住了五日，第六天正在清晨，孙启华等大家梳洗已毕，正在屋中吃茶，就听店门外，人声嘈杂，有人喊道："我们进店，门洞儿的人闪开。"孙启华站起来，隔着帘笼观看，就见前面有三匹马闯进店门，后面还有两辆轿车，前面马上正是小黄龙姚玉，后面是陈宝光，轿车里面坐的正是老镖师余公明。

书中交代，这一天镖局门口，来了一个人，站在门口说道："众位辛苦，我与众位打听打听，这是永胜镖局吗？"原来余公明正在镖局中闲坐，照料柜事。余公明举目观看，由外面进来一人，此人身量不高，年纪很轻，身穿蓝布裤褂，头上蓝手巾包头，蓝纱扎腰，脚底下洒鞋白袜，打着裹腿。脸上看，大约有十八九岁，圆脸膛，通红的脸，看着像太阳晒的，浑身上下一身尘垢，脸上是一脸的土，面部上现出一种着急的样子。两道浓眉，两只大眼睛，额头丰满，方阔海口，大耳有轮。就见他站在大门的门口，与两旁连坐着的伙计打听永胜镖局，就听伙计对他说道："不错，这是永胜镖局，你找谁？"就听那人说道："众位，既是永胜镖局，有劳众位与我通禀一声，我见本镖局的镖主。"就听伙计问那人道："你找哪一位镖主呢？"就听那人说道："众位，我打听这位镖主姓余，双名公明，江湖人称镇西方龙舌剑，乃是成了名的一位侠客。"伙计接着问道："朋友你贵姓？"就听那人说道："我是南阳府人氏，我姓李。"

余公明站在院里，听那人说是南阳府的人氏，他姓李，赶紧抢步向前，来到大门的门洞儿，向那人说道："你找余公明吗？"这镖局的伙计，见镖主出来，大家一齐站起，遂向那人说道："这就是我们镖主，你有什么事，过去见他就行啦。"姓李的那人听里面说话，举目一看，心中暗含佩服，果然名不虚传。别看他年纪高迈，精神焕然。看老英雄中等身材高着一拳，生就的细腰扎臂，猿背蜂腰，身穿土黄色河南绸子大褂，里面白绸子裤褂，青缎子云鞋白袜，腰中扎一根黄绒绳，灯笼穗排子飘排。往脸上看，面若满月，两道蚕眉一双虎目，额头丰满，唇似涂珠。生得三山得配，大耳垂轮，白剪子股的小辫儿，颏下一部银髯，根根见肉，生得精神百倍，不由心中佩服，往前抢步，口中说道："您就是余老太爷吗？"说话间双膝跪倒，向上磕头，口中说道："老太爷在上，小子有礼。"余公明伸手相搀，说道："你叫什么名字？"那人站起身形，上下又细看了看余公明，口中说道："您就是余镖主官印公明吗？"余公明含笑说道："正是我的名字，难道还有假吗？"那人说道："小子名叫李进，我这次太巧啦，我来到，就见着你老人家啦，不然可把我急煞，您这里有僻静的所在，我与你老谈谈话。"余公明情知有事，伸手拉着他的手道："你跟我向这里来，上柜房内谈话，倒也清静。"遂转身拉着李进的手，奔柜房，后面姚玉相随，来到柜房门首，启帘笼，一同进了柜房。

到柜房并不落座，余公明说道："李进，你有何话说，当面快讲。"李进看着旁边站立一人，脸上现出一种难色，有话不肯照直说。余公明早就看出来啦，遂说道："他不是外人，是我徒弟姚玉，他是我的心腹，你有话只管说无妨。"李进闻言说道："话倒没有多少，就有一封紧急的书信，请你老人家拆阅。"说话间随手把蓝布汗褂纽扣解开，敞开怀，原来他里面贴身围着一个小黄包袱，纱包扎上。就见他这小黄包袱，上面拿针线缝得甚密，见他恭恭敬敬地把缝线拆开，里面是一个绵纸包儿，里面却是一封书信，就见他把这一封书信，恭恭敬敬往上一递。

余公明接过书信，就见上面写着呈余镖主公明拆阅。并没有下款，后面封口写着八个字："内有要言，严守秘密。"余公明知道事关紧要，冲着他们两个人一摆手说道："你们转面。"他二人只得面向外站，余公明看了看他二人，这才背转身形，由上面将书信拆开，把里面信纸取出来，举目观看，不由得大吃一惊！赶紧随手把信纸装在信筒之内，叠了一叠，贴身带在腰间，复又转身叫道："李进！"这时李进听余镖主呼唤，只得转过身来。余公明叫道："李进，书信之内情由，大概你必知道。"李进说道："老太爷要问，小子一概尽知，可就是不敢明言。"余公明说道："你说的也是，莫若你与我耳语。"李时只得向前，将口放在余公明耳边，低声悄语，如此如此。余公明将话听完，不觉得叹息了一声，说道："也难为你这一片的忠心，你可要言语上谨慎，你就在我这柜房住几天，等我把柜上的手续办完，我决不误你，你只管放心，此事都在我的身上。"李进点头。又叫李进与姚玉相见。一面叫镖局子伙计到厨房预备饭菜，就命李进同桌而食，用完了晚饭，就留在这柜儿里面安歇。一夜晚景无事，次日清晨，余公明等起来，梳洗已毕，拿钥匙把银柜打开，由里面拿出一个存款的折子，遂叫道："姚玉，你拿这个折子，到通达银号，将所存的现款五千两，全数提出来，套上咱们柜上的轿车，把它拉到柜上来，我有急用。"姚玉接过取钱的折子，到外面叫伙计套车，奔往通达银号。余公明在柜上等候。大家吃完了早饭，就见姚玉从外面进来，后面跟着镖局的伙计，往柜房里头盘款。工夫不大，将银两俱都搬到柜房。姚玉回禀老师，请老师过目。余公明站起身形，临至近前一看，俱是口袋布打的软包。姚玉拿着个单子，请老师过目查点，余公明一看，是五百两一包，一共十包。看着银两皱眉，向姚玉说道："你这个孩子怎么这么糊涂，我没告诉你吗？我有急用，我不要整宝，我用的是散碎银两，这个整宝，还得过火，把它熔化了，还得过了枷剪，把它们剪碎倒不要紧，那得费多大事。"姚玉笑嘻嘻地说道："师父您别着急，弟子早就算计到了，这里面并不是整宝，俱都是散碎的银两，里面是五十两一封，十封一包，不但是十封一包，银子先用纸包好了，外头又复上一层布，然后才把包打好，您当时用也可，往远路去带着也可，若不然弟子怎么去了这么大的工夫呢，就因为这个事麻烦。要按着通达银号柜上，他愿给整宝，皆因弟子与通达号柜上掌柜的伙计都熟识，这才跟他要的散碎银两，为的是咱们用着方便。"

余公明听姚玉之言，看了看姚玉，说道："你倒是伶俐，正合我意，那么你就休息休息去吧，回头我还有事。"姚玉将要转身，就是这个时候，柜房的帘儿一启，由外面进来一人，手内提着马鞭子。余公明不看则可，一看不由得打了一个冷战。来者非是别人，正是弟子陈宝光，余公明一见，就知道镖银有失，因为这次计算路程，还不到回来的日子。余公明不容说话，遂冲着陈宝光说道："宝光什么话不用说，你先坐下歇息，回头我再问你。"陈宝光一听，心中也就明白啦，知道镖主怕走漏风声。陈宝光便在旁边一坐，将马鞭子放在桌子之上，一语不发。余公明遂教姚玉让厨房预备饭，又问道："宝光，方才你回来的时候，没有人与你说话吧？"陈宝光接着说道："镖主你老放心，回镖局子，什么话我也没说。"余公明点了点头，知道陈宝光意会。等了不大的工夫，厨房把饭开了来。余公明看着陈宝光吃完了饭，厨房将皿盏拾了去，这才隔着帘子往外面一看没人，又命姚玉往外面看着点，若有伙计们来，别叫他进来，又看了看柜房之内，没有外人，就是李进、姚玉。遂把陈宝光叫至面前，低声说道："陈宝光，镖银如何？伙计们性命如何？你慢慢告诉我，我好想主意。"陈宝光闻听一怔，说道："镖主，您怎么会知道啦。"余公明说道："并非我知道你们的事，再者我一见邹雷、孙启华、徐顺三人没回来，命你回来报信，你脸上气色又不好，其中必有重大的关系。这个事还用我问，我一见你回来，我就猜着了，你不要着忙，你慢慢地告诉我。"陈宝光一听余公明这片言词，心中自然是佩服，遂把由镖局子里起身，潘镖头得病，住青云镇长合店，李占成起镖，乱柴沟冒雨丢镖丧命，邹雷、孙启华、徐顺、潘景林等在树林内划策，追贼动手，巧捉孙成前后事细说一遍，又道："潘师父命我回来报信，以后的事情可就不知啦。小子临起身之时，少镖头嘱咐请镖主多带银两前往青云镇，办理善后之事。"余公明容陈宝光将话说完，顺口说道："真是福不双至，祸不单行。"叫道："陈宝光，事情我俱都知道啦，你千万不可走漏了风声，我自有办法。"回头叫道："姚玉，咱们镖局子里，现在还有多少名伙计？"姚玉闻听，即刻答道："现在还有四十名得力的伙计。镖师有两位，现在已经告假回家，大概明天就回来。"余公明与姚玉说道："今日晚间，叫四十名伙计将兵刃备齐，明日五更天随我起身。"姚玉心中明白，知道有事，又不敢多问。余公明又告诉姚玉，你们晚上把兵刃备齐，将你们马匹备好，明日预备一同起身。又教他告诉柜上赶轿车的车把式，别教他们出去，明天早晨把车套齐了，等候出车。余公明将事交代完了，这几个人都不知道余公明是怎么个用意，只得按照师父所说的预备。

到了晚饭后，天刚到掌灯的时候，余公明把银柜启开，把柜里的散碎银两取出，带在身边，把柜上出入的账本，均都包在一个包袱内，就是姚玉、陈宝光，虽然久跟老师在一处，也料不出来老师是什么用意。余公明把自己的兵刃包裹，均都收拾齐毕，到了晚上，大家安歇，直到天交四鼓，余公明起来，命伙计烧水，大家梳洗已毕，告诉姚玉把马匹备齐，唤伙计们到院中听候训话。工夫不大，就见姚玉由外面过来，说道："启禀恩师，车辆套好，马匹备齐，伙计们都在院中伺候。"余公明向姚玉说道："知道啦！"余公明由柜房来到院内，见伙计们一个个背后背着包袱，各带兵刃，站立院内，余公明向伙计们说道："众位弟兄们，我余公明养兵千日，用兵一时。只皆因宝生祥的镖银，在太行山，被困在山谷之内，今有陈宝光报信，望众位随我前往，誓必把山贼赶散，救镖车出险。望诸位都跟我辛苦一趟，今天咱们大家早一点走，免得街坊知道，不然他们必要问，咱们若是一说，显着咱们镖局名誉不好听。我打算命你们十个人一拨，暗暗地出东门，在东门外小树林会齐，咱们再一同走，众位可能肯出力吗？"一来也是余公明素日待伙计恩厚，再者镖局里也免不了丢镖，大家一听，齐声答言说道："镖主您只管万安，这有什么呢，这都是我们分内之事，那我们就分拨儿先走吧。"余公明说道："既如此，你们就多辛苦啦。"伙计们一声说道："镖主你老不用嘱咐。"说话间，伙计们大家分拨出了镖局。余公明看着伙计们走后，这才把镖局看门的伙计老五叫进柜房，随手把刚剪的银子拿出来，凑在一处，放在天平里。秤了秤，三十六两，余公明说道："老五，我这里有三十六两纹银，交给你。我们走后，你一人看守镖局，顶到晚上，你要如此如此，千万不可与我误事，你将事情办好，也不枉我素日恩待你一场。"老王闻听，连连地称是："我一定照你老人家所说的话办理。"

余公明将话说完，由柜房内走出来，叫姚玉、陈宝光，将柜房的银两搬出，放在两辆轿车之上，一辆车拉两千五百银子。把包裹拿出来，俱放在前面的车上，命李进坐在后面那辆车上，让老五把马拉过来，姚玉、陈宝光骑马，把包裹扎拴在马上。余公明自己坐在前边那辆车上，这才告诉赶车的起身。赶车的摇鞭，车辆出离镖局门首，奔往华阴县东门。其时城门刚开工夫不大，车辆出了东门，越达了关厢，走了约在五里之遥，就见坐北的一片小松林。见众伙计们俱在此处等候，为首的伙计，抱着镖旗子，看着车辆来到，冲着车辆一摆旗子，余公明叫车辆站住，由车上跳下来，冲着众伙计们说道："你们众位多辛苦，把镖旗子插在车上。路上要有人问，就说去太行山要镖。"伙计们闻听，只得答应。把镖旗子拴在车辆门柱之上。余公明复又上车，由此起身，赶奔青云镇而来。

那余公明到了青云镇，邹、徐、孙三人迎了出来，余公明道："潘景林呢？"孙启华答道："他现在旧病又犯了。"余公明道："我先看看潘景林去，他在哪里？"余公明进入病房，轻轻地来到炕边，看了看潘景林，因为是潘景林又旧病复发。这次，似乎病体又加重的样子。便低声叫道："潘景林，我来看你的病来了。"潘景林微睁二目，看了看余公明，颤巍巍地说道："镖主，你的事还不够办的，还挂念我的病。"将话说完，遂长叹了一声道："镖主我对不住你……"那余公明道："你说的哪里的话。这生意，本就是刀尖子上的买卖，本不敢说一定保准不出错，镖银现已有了眉目，你放心养着吧！"又说了几句安慰的话，随即出屋，又要去看死亡的墓地，要设祭一奠。孙启华命人买来祭物，到了墓地，余公明把买来的火香，每坟墓之前，各烧四炷香。命邹雷、姚玉、孙启华、陈宝光，站立在自己背后，命徐顺告诉他们容我奠祭已毕。你们在坑内点着钱纸，将祭桌上五供摆齐，点着了蜡烛。唯有李进，没有他的事，让他站在旁边。余公明亲自致祭拈香，把四炷香插在香炉之内。徐顺斟酒，余公明恭恭敬敬，将酒杯高举，亲自口中念道："众位弟兄，为吾经营，乱柴沟死的情形可惨，今我无可致祭，烧化钱纸，清酒一杯，我余公明誓死替诸位复仇。"余公明将祝词念毕，将酒洒于地上，复又恭恭敬敬磕了四个头，方站起身形，不由得两泪交流，就是两旁边的伙计，见镖主待死去的伙计们这一分的恭敬，不由得众人也就悲惨起来。余公明向众位伙计们说道："你们众人同事一场，也当致祭。"众人等也轮流祭奠了一遍。此时徐顺已然把钱纸早就点着啦，容钱纸烧化，然后将祭席搬下来，作晚上的菜。余公明看着众人收拾已毕，这才带着徒弟们回奔店中。

余公明回到店中略稍休息了一会儿，静坐沉思，想了一刻，叹了一口气，命姚玉预备包银子的桑皮纸。又教邹雷由桌子底下搬出一包银子来，教他把绳子打开，把里面十封银子取出，俱都放在桌子上。此时姚玉已经把纸由外边取来，余公明命姚玉站在旁边包银子，余公明把桌子上五十两一封的银子十封，俱都打开，放在一处。另将散碎银两，称了二十两一包，包了许多包，余公明便命孙启华将本镖局的伙计招齐，孙启华答应，不一时由外边进来，向前说道："师父，弟子奉命已把伙计找齐。"那镖局子伙计在外面说道："请问镖主有什么分派。"余公明道："只因镖局子里头我有一点办不开的事，你们暂时不必回镖局，我每人给你们二十两银子，你们暂且回家，在家中听候我的信。若要不见我的信，可别回镖局。"众伙计们听镖主之言，也不知怎么回事，只可就是点头答应。余公明说着话，将银子一包一包地递给伙计们。伙计们只得接过银两，与镖主告辞。余公明笑着说道："你们候信吧。"众伙计们只得接了银子退出去，各自归家。余公明所办的事，不但伙计们不知道怎么回事，就是连他四个徒弟，也不知道是怎么回事。不但他的徒弟不知怎么回事，就是跟随他多年的徐顺，也摸不着头脑。到底是怎样回事后文自有叙述。

却说余公明将伙计们开付已毕，回头问道："徐顺，外面车辆马匹可曾备齐。"徐顺回禀道："早就备齐啦，在院中侍候着呢。"回头又问道："李二在哪里呢？"李二正在西里间侍候潘景林，听外面镖主这里问他，随即由西里间走出来，说道："镖主，你老问我有什么事，我在这里哪！"余公明说道："我教你把景林送到家里，你可知道山西省南交界，阳城县，孝义村，你到那里，一询问潘景林住宅在哪里，一问便知，你把他送到家中，沿路可要小心服侍，千万可别出差错，我这里有书信一封。"说着由腰内把写得了的那封信，拿出来交与李二。又教李二雇了一辆车，他自己先去看潘景林，就见潘景林半倒半卧倚在枕头上，看那个样子，比昨天显着精神。余公明率众人来到屋中，迈步来到炕下说道："景林，今日你的病症，如何哪？"潘景林一见余公明进来这一问，遂说道："镖主，贱躯染病多蒙镖主请医调治，自从昨天吃下药去，今天透着很精神，就仿佛病症失去大半，今天不知不觉地我坐起来，腹中还显着有些饿，周身还显着有一点力气，若要是再吃一点东西，还可以能吃得了。这剂药吃下去，真透着大见好。"余公明一听潘景林之言，搭着坐在炕沿之上，说道："我打算送你到镖局子将养，怎奈镖局里面人也多，也不得静养。我想派人把你送到家中，一来有人可以服侍你，再者你也没什么挂念着，我就势给你多带几个钱，决不让你有内顾之忧。李二他伺候你也相宜，我就派他把你送到家中，镖局里的事，你也不要管，都有我哪，你就不用挂念着我啦。"余公明一面说着话，看着潘景林的情景，似乎愿意到家中将养，便不再让他说话，只安慰了他几句，便叫姚玉、邹雷，扶着潘景林上车。潘景林扶着姚玉、邹雷，挣扎着站起身来，身形晃了两晃，好在两旁有二人搀扶着他呢，慢慢地一步一步，对付着出离上房。走到院内，便觉着一阵阵凉风刺骨，不由得口中说道："喝，好冷。"余公明在旁边，心中明白，知道他身体微弱所致，其实天气正在暑热，余公明在旁边答言说道："景林，既然你身上觉着冷，莫若再穿上一件衣服。"潘景林说道："那倒不必，坐在车上就可以避风。"说着话来到车前，车把式把车凳拿下来，潘景林登着车凳，众人连搀带抱，把潘景林安置车辆之内。余公明又教李二把潘景林的包袱，和他的金背砍山刀拿来，都放在车内。余公明爬在车辕之上说道："景林，你一路平安，到家中替我问候，所有的盘费，我就交与李二啦，你自放心。"此时车把式把车帘已经放下来啦，余公明嘱咐了李二一遍，沿路上小心，不可在道路上耽误。李二点头答应，与镖主告辞，赶车的摇鞭儿，径直去了。

余公明看着他们出离了店门，这才转身奔了上房屋，众人相随，来到屋中。余公明这才教陈宝光，由桌子底下，把五百两银子搬出来，放在桌案之上。余公明伸手把绳子解开，从里面取出两封银子计一百两，交与孙启华、姚玉，说道："你们各带纹银五十两，拿包袱包好了，扎在你们的马上。"复又说道："你们把你们的兵刃包裹，也就扎备齐了，咱们可就要起身啦。"余公明低声说道："咱们车辆上乱柴沟。"众人闻听，点头说道："是啦。"后面五人骑马，相随在车辆之后一同出离店门。张掌柜的带着伙计们送到店门外，张掌柜的与余公明彼此抱拳，看着他们奔东镇口去了。

余公明和众人，一直奔了乱柴沟，到了乱柴沟，四顾无人，随教众人下马，进了树林，将众人教在一起，余公明回手从兜裹之中取出书信，命大家观看，吓得众人痴呆呆发愣。这才明白余公明为何遣散众人。书信里头原文是什么哪，书里头内容写的是：启者顷为本会干事李殿元之仆人李进报称，家主人李殿元，前奉何腾蛟密报，着家主人在河南省南阳府设宏缘会，以期广搜人才，共聚大众。不意事机不密，寄函，中途将密函遗落，被伪地方官察觉，致将家主人逮捕，并累及多人，搜捕余党，阁下及日躲避，并请相机设法援救，实为公诣，此致余会友。大家一看，俱都茫然不解，唯有宏缘总会四个字，正在犯禁之时，才吓得众人呆呆发愣。这才明白余公明这一番的举动，清朝对谋反的事，亲友株连，俱是死罪，余公明岂敢大意。

原来自吴三桂占据云南，由康熙十四年起兵，欲复大明的疆土，各省有志之士，众意为保持汉族起见。不料吴三桂优柔不断，不思进取以致马保、张国桂、杨遇明、王辅臣等相继失败，李成栋举义未成，郑成功败走台湾。唯有大明湖南总督何腾蛟，为满清蔡荣，图海战败，遂投入川。自知各路举义未成，遂率领残败的余众，尚有十营，马步将校，只有数十人，内中有一人，乃是何腾蛟的心腹，此人姓马名奎，武艺超群，对于各种的兵刃，无一不精，人送外号称为赛展雄。他本是少林寺的门人，总理何腾蛟全军中军，只皆因兵败，随入西川。何腾蛟不敢在西川逗留，即入大金川，就在雪山的山脉，有一座大岛，名目黑风岛。这座山岛，三面是水，一面是山。若有一人把守，可称得起万夫难过。何腾蛟看此山出产丰富，可以在此屯兵，遂在此山创造房屋，在山中有十营兵丁，开垦种地，开伐山中的土地，以作久居之所。若满清不能相容，可以由黑风岛这条僻路直通云南、孟买，由孟买有股山路，可以直通外国。扎下宏缘会的根基，是为宏缘会的大本营。

第四章

飞毛腿失函惹祸

何腾蛟为掩清朝眼目，成立了宏缘会，明为宣扬教义，暗地却招纳草野英雄。这一天，何腾蛟因有要事，修了一封公文，命飞腿谢云，由金川起身，赶奔河南南阳府，在路途之上谨慎小心，将公函贴身带在兜囊之内。路途之上，非止一日。这一日，到了南阳府的西门。天色已晚，一来是沿途的劳乏，再者又因赶路，腹中饥饿，打算买一点现成的吃食。飞腿谢云正扬着胳臂递钱。在这么个工夫，由后面来了一个白钱扒手，这个贼人叫作快手刘，名叫刘华。此人乃是河南著名的大贼，铁算盘汪春的徒弟。此人原是夜间窃取偷盗的飞贼，只因铁算盘汪春在南阳府本府当教师，他又在本地做买卖，为的是借汪春的势力，他才拜汪春为师。汪春知道刘华手底下很快，这才收他作了门人弟子，为的是每月多少得孝敬俩钱儿。这天刘华出来打算在西关大街作两号买卖，为的是花着好方便，可巧一眼就看见飞腿谢云由西边来，身上是一身的尘垢，两眼发直，好像从远处而来。兜里面透着发鼓，好像兜里头带着钱财似的，刘华可就跟下来啦。只因谢云走得快，无法下手，可巧谢云饿啦，要买蒸食，从兜里掏钱，向前一递，一伸右胳臂递钱这么工夫，刘华在后，看见便宜来啦，自己也作为买蒸食的，从谢云的身后，顺着右边后面往上一挤，用左手捏着四文钱，在谢云的后面喊道："掌柜的，我也买两个蒸食。"刘华虽然上面举着手说着话，其实右手顺着自己的衣襟底下伸过去，用两个手指头，探入谢云的兜囊之中，用二指一捏是纸，他以为必是一包钱钞，其实并不是钱钞，就是宏缘会紧要的那一封公函。两个手指头用力往外一夹，就把这个包儿夹出来啦，左手把蒸食接了过来，转身就走。飞腿谢云丢失公函，他连个影子也不知道。

刘华以为这一包定是钱钞，遂找了个僻静的短巷，把纸包拿出来，看了看四外无人，打开一看，这一看并非是钱财，原来是一封书信。看着像平常的信件，不是钱财，心中很烦，原打算把它撕了一掷。一看上面写着这个人的名字，是本处有名望的人。刘华认识字又不多，上面写的是内交李殿元亲拆；后面看了看写着八个字：内有要言，旁人勿拆。刘华知道李殿元是本处的一位绅士，心中想着，这是谁给他来的信呢。又一想我也没什么事，莫若拆开看一看。伸手把信从上面拆开，从里面取出来，一看写的竟是行书字，最末写着宏缘，底下这个字还不认识。在这个不认识字底下，一个会字。刘华一看见这几个字，吓得他一吐舌头，急忙把信折叠折叠，带在他的腰间。心中暗想，当今康熙旨意，下给蔡荣将军，驻师郑州，为五省宣抚使兼办善后事宜，搜集各省密探的报告，现今前明逃亡的旧臣，设立宏缘会，流亡各省，欲谋举事，扰乱疆土。唯有南阳府吃紧。前者我听老师汪春提过这件事，还让我留心在意。现在府内派密探各处调查，严缉密捕，到如今本府内未得着确实的情形。这封信里面有宏缘会这几个字，莫非李殿元与宏缘会有什么关系，心中说道："先等一等，做买卖不做买卖倒是小事，我把这封信，明天一清早送进去，交与老师教他老人家看一看，就知道怎么一回事啦。"自己将主意想好，转身回家。

第二日刘华便去见汪春，汪春正和一个老友谈天，是他师父的挚友名叫焦通海。刘华一听这人不是外人，连他师父在衙门里当教师，都是这位的介绍，可要论起焦通海这个人，他也是少林寺四派之一。何为四派呢？若要提起来，话可就长啦。僧道两门，始兴于秦汉之间，是时正在汉朝的时代，从西方印度来了一位高僧，欲在中国传道，此僧名叫金禅，他从印度至中国，行至山西五台山，站在五台山中台山顶之上，一看中国，旺气甚盛，早晚必有圣人出现，他可就没敢在中国传道，他仍回印度去了。从金禅在印度传道，传至二十五代，是时正是中国梁武帝那个时候，印度出了一位圣人，称为达摩尊者，他也想到中国来传道。由西方海渡进入中国，行至陕西、河南交界熊耳山，自己恐怕道行浅薄，就在熊耳山面壁一住九年。这位达摩尊者，运用的是内丹的气功，行功十二，站功十二，坐功十二，这就是三十六个架子。行功十二，名字跑字功；站功十二，练得是骨肉生肌，身若钢铁；坐功十二，到打坐之时，腿拧成麻花，腿心朝天，手心朝天，搭在小腹之上，微闭二目，沉着下气，眼观鼻，鼻观口，口问心，舌尖顶上腭，气贯丹田，运用气功，吸呼天地之灵气，得日月之精华，倒转三车，别名叫渡雀桥，恶气由鼻孔而发，功夫既久，可能修的返老还童，发白皆黑，牙掉重生，此为还童不老，长生之术。如今相传达摩三十六精义，即此术也。九年术成，投奔河南嵩山，入少林寺，遂传弟子六人，就是阿尼、阿然、阿元、阿衡、喏喏、圣广。达摩尊者传大徒阿尼之时，在少林寺正南，有一座尼姑庵，庙名永泰庵，永泰庵的尼姑，名叫永泰，第二个徒弟，就传授的是她，从此乱派，若不然直传到如

50

今。大凡和尚称呼尼姑，都称为师兄，皆因他的派大，俗家称尼姑，称为二师父。此等称呼，皆从此而起。达摩尊者，留守山门，永泰不在此数。圣广赶达摩，西渡黑海（所有书中达摩渡江的故事，即此典也，并非渡长江，是渡黑海），由此传为四派，后分为八刹，分东西南北四派。至今相传，每刹必有二位僧人入朝少林。每一年少林寺，必有一位高僧，西渡黑海，朝天竺国雷音寺，直传到如今，仍然还是这个规矩。所以说汪春的这个朋友，也是少林的宗派，他是四派之一。北派就是五台山，小雷音寺。达摩分派之时，留下江湖黑话之际，就派了孔雀和尚，维持小雷音寺。以武术传遍天下，遂立北派。

孔雀和尚的大徒弟，名叫黑虎，此人受孔雀和尚的真传，遂自立一家，名叫黑虎门，此人手黑心狠，名术之中，狡猾百出，可称天下无敌。此人品行不端，专爱偷盗窃取，奸淫掠抢，无所不为。后来被他师父孔雀和尚所知，孔雀和尚亲自下山，将他治伏，成为废人。若论他的武术，可称得起天下绝艺。只皆因他行为不正，后人无人习学，往往小说中有黑虎门的朋友，就是黑虎这一门所传。惜此拳腿之功，奥妙无穷，神鬼难测的招数，为黑虎人品所累，至今不能存在，埋没无遗，诚为可惜。

汪春这个朋友，就是北派黑虎门的人，此人姓焦，双名通海，他原籍是大名府的人氏。这个南阳府的知府杜尊德，也是大名府的人，由京都刑部郎中转缺之时，转到南阳府知府。彼时焦通海，他本是京南一带的大贼，外号人称抱头狮子，皆因人命案太多，无处栖身，以旧日同乡之故，他才投到京师的杜尊德宅内。杜尊德知道他武术高强，遂将他留在宅中护院。以至杜尊德调往南阳府知府，又恐怕道路南行，携着到任，带的行囊又多，遂请他沿路保护，把他带到任上，又有同乡之情，沿路上他又很尽心劳累，遂派他为府衙里头的密探。

刘华见师父，行了礼，说道："师父，弟子今天得了一封信，上写有宏缘会字样……"话未说完，汪春忙道："什么？快拿来我看。"刘华将信取出递与汪春，汪春接过来一看，信已经拆开啦，信封上写的是内交李殿元先生亲拆，后面写着八个字：内有要言，旁人勿拆。随手把信笺从信里面取出来一看。上写：本会自成立以来，我朝人民来归者，刻已接踵而至，然本会会址地处偏僻，山川为阻，远隔重洋，虽有志士，亦难投至，必须多设分会，方足以广范围而张势力。除在福建设分会外，着派本会干事李殿元，在河南南阳府设立第二分会，并着该干事李殿元，兼充分会会长，总理会中一切事宜，该干事自当激发天良，各尽乃心，复我大明疆土而后已。本总会长，誓死灭贼，理无用顾，凡我同志，亦当务本初衷，毋背此盟，相应函达查照，此致李干事兼第二分会长李殿元。委托随寄，下款写着宏缘总会公启，末尾写着宏缘总会长何腾蛟。名上盖着篆字图章，系光复大明宏缘总会会长之章十二个字。

汪春将密信看完，把肩膀一晃，胡子一捻，倒吸了一口凉气，把舌头一吐，说道："喝，这样重大的事件，单让你遇上啦，这是闹着玩的吗？"

焦通海在旁边坐着，听得糊里糊涂，遂向汪春说道："大哥，什么事你这么大惊小怪的。"汪春把舌头一伸，说道："焦贤弟，咱们是走运哪，这封信若不叫我这个徒弟得到手里，别说连咱们哥俩的事情干不了啦，就是连咱们官府也受不了。"焦通海说道："你老人家说了半天，倒是什么事呢？"汪春说道："兄弟你也不问，你一看这封信，你就知道啦。"说话就把这封书信递与焦通海。焦通海不看则可，这一看吓得脸色焦黄，皱着双眉向刘华问道："贤侄，这封信，你是从哪里得来的？"

刘华一听焦通海问他，赶紧说道："老伯，您可别笑我，这是小子我的见识，皆因我做黑道儿的买卖不够用的，我这才作白道儿的生意，我为的是多剩几个钱，好用着方便。再者说衙门口儿这一帮穷神，我那一炷香烧不到，他们也得找寻我。"遂就把在西关跟下一个外乡人，就把他买蒸食窃取的情由说了一遍。"我以为里面是钱钞，便拿到僻静巷口，我打开纸包儿一看，原来是平常的一封书信。我打算把它撕了一掷，我一看有本府著名的绅士李殿元的名字。我一想自己也没有事，打开看看吧，唯有最后的几个字，我看着诧异。上头宏缘两个字我认不准，底下'会'字我认得，当中那个字我还不认得。皆因我听我师父说过，让我留一点神，圣上有旨，命蔡荣蔡将军，驻在郑州，严防宏缘会，文书已行到本府。我师父让我各处留心，我看见这封信，我怕李殿元与宏缘会有什么关系，我把这封信拿到衙门来，叫我师父看看，里面有什么关系没有，可巧焦大叔您在这里啦，这更好啦。"

焦通海说道："好小子，从前我真没看出你有材料做这一档子事，你就算对啦。可有一样儿，事关机密，小子你可别往别处去说啦，事情重大得很，事情要完了，不但大人有赏，连我也亏不了你。"回头向汪春说道："老哥哥，这个事应当怎么办？"汪春向焦通海说道："这个事还能迟误吗？不若禀见大人，即把此事回明，迟则生变，贤弟你想怎么样。"这哥俩刚才商议完毕，就见帘子一启，从外面进来两个人，倒把焦通海、汪春吓了一跳。定睛细看，一看前边走的是少爷杜新，后边的是伺候少爷的书童。一见少爷进来，这哥俩赶紧站起来啦，就听少爷对他师父说道："老师，刚才我打发张福、赵才这两个小子，到外面看看你老在把式房没有，这两个小子也不回去，我在书房等得着急，我这才带着进儿上这里来啦。焦师父也在这里哪，其实我倒没什么事，我为的是叫汪师父把我这趟六合拳，再给我熟悉熟悉。"汪春、焦通海遂往旁边一闪，遂说道："少爷请坐吧。"

杜新随着入座，看桌子上有一封书信，顺手拿过来一看，将书信看完，遂大声说道："李殿元私通宏缘会，这封信你们从哪里得来的？"汪春赶紧摆手说道："少爷，事关机密，你可别嚷。"杜新说道："这个事情也没有多大的要紧哪，再说这屋里也没有什么外人，你们这个事情打算怎么办。"焦通海向杜新说道："我们还没有回禀大人哪。这个事情也不是忙的，总得慎重行事，听大人堂谕。"杜新向焦通海说道："那么着也好。"刚把这句话说完，杜新在桌子上一趴，口中不住哎哟哎哟直叫。焦通海问道："少爷，你老怎么啦。"杜新遂说道："你们不知道，我犯了腰酸啦。进儿，你赶紧给我捶一捶。"焦通海道："进儿赶紧过来，慢慢与他捶打后背。"杜新喊道："进儿，你别使劲，震得我五脏疼。"进儿遂说道："我没敢使劲，这不是慢慢地捶吗。"杜新说道："你轻一点砸，不要紧，你不知道我的五脏全是坏的吗？"焦通海说道："少爷，你老坐着，我到里面回话要紧。"说着话，焦通海出了把式房，向东直奔上房去了。

焦通海进了上房，杜知府问他有什么事？焦通海看了看左右，口中说道："大人，事情机密，请屏退左右，方敢明言。"杜尊德对下人说道："你们暂且下去。"众人只得退出。焦通海看家人退出去，遂将那一封要紧的公函取出，双手呈与杜尊德。杜大人将书信接过来，以为是平常的书信，看了看信皮，遂把书笺取出来。不看则可，一看吓得面目更色，不住地摇头说道："这还了得。"又说道："通海，此书信从何而来。"焦通海说道："跟大人回禀，这是我手下人刘华无意中得的。"杜尊德听焦通海之言，不由得皱着眉说道："李殿元他是本处的一位绅士，岂能擅捕呢。我的意思，恐怕惊动本处的监生员，与本处的治安有关系。我这个意思，打算往上行文，听上宪的交派，再作道理，你想怎么样。"焦通海听着摇头道："大人，这倒不必，你老人家请想，这个事情，是一时都不能缓，若要日久，必当生变。您想，丢失书信人，今又在逃，未能当场就捕。他既然将紧要的公函失去，他必然设法报告宏缘会的机关，李殿元既是宏缘会的首领，据我想，本地宏缘会余党，不止李殿元一人。若要稍一容缓，再上行文，若等回文发到，李殿元闻风在逃，这个公事，你老更不好交代啦。"

杜尊德听焦通海之言，点头皱眉道："你言之有理，那么应当怎么办呢？"焦通海道："大人，此事关系重大，又有宏缘会这封公函，与何腾蛟这颗图章，不如用个稳军计的法子，请大人派人将李殿元请至衙中，就提有要事相商。李殿元若是来到衙内，大人将他让至书房，用言语盘问他，若要看出形迹，书房外预备差役，就当场把李殿元捕获。我暗中带领自己的徒弟和多名快手，到李殿元的家中，搜查他的文件。若要查出李殿元和宏缘会来往的私函，然后再搜捕他的全家，拿至衙门，听大人的审讯。若要搜不出来他的密函，派官兵围住他的宅院，将李殿元看押，然后再将这封私函，一同行文郑州，听候蔡将军、图海侯爷钧谕，再行处理。就算这封信是假的，大人因为清理地面起见，也没有多大的处分。大人您想这个主意如何？"

杜尊德一听焦通海所说的这片话，甚为有理，说道："事已至此，也就得这么办。那么我就派人去请李殿元，也就不必知会外班，你就带着徒弟在书房外伺候，以备捉拿李殿元，这件事都交给你办了。"

焦通海离了书房，把捉拿李殿元的计划与汪春一说。汪春道："这个事情，教刘华到下处，把徒弟们叫到把式房来，不用告诉他们什么事，等他们到了这里，再告诉他们。刘华，你可快去快来，你就辛苦这一趟吧。"刘华向汪春道："师父，你老放心吧，慢不了。"说话间，刘华出了把式房，奔了下处去了。焦通海跟着落座向汪春问道："少爷哪里去了？"汪春笑话道："贤弟，你看看你给荐的这个徒弟，这还练武？方才坐着，腰就疼起来啦。你走之后，腰倒是不疼啦，肚子又疼起来啦。进儿搀着他上茅厕去了。"焦通海听汪春之言，不由好笑，叫道："大哥，当初我荐您在这衙门里教武术，我没告诉你吗，这是个养老的地方，你管他练不练哪。"

再说杜尊德回头叫刘福道："你把我的护书给我拿来。"刘福转身由桌案上将护书拿过来，双手递与杜尊德，杜尊德把护书打开，从里面拿出一张名片，向刘福道："福儿，你去一趟吧，你到李殿元的宅内，拿我的名片，就提本府请同城乡绅，并举监生员，在本府的花厅见，讨论本地治安，务必请老员外来府商议，就提本府在花厅恭候，千万驾临。"刘福儿将名片接过来，转身出了书房，直奔马号，教马夫备了一匹马，出离马号，直奔北关庙青竹巷而来。

刘福到了李宅，将名片递上去，李殿元正在家中闲坐，见杜大人的名片，不由一愕，便问刘福道："大人何事相请？"刘福回答不甚知道，大概讨论治安和修筑文庙问题，各位绅商俱已驾到，只等你老人家一人。李殿元听完点头，吩咐家人好好看家，我去去便来，命刘福先回，他带了翰墨，出离青竹巷，进北门，直往府衙。来在府衙门首，就见衙门差人，俱在门口坐着闲谈。

李殿元叫书童翰墨将名片拿出一张来，自己接到手内，亲自向前递过。众公差一见是李员外来到，赶紧都站起来，垂手侍立。皆因众差都知道李殿元是本处的绅士，因此俱都站起来，恭恭敬敬向前说道："员外来到衙门有什么事？"李殿元带笑说道："你家大人约我参加讨论本处的治安，有劳众位与我通禀。"遂将名片递过去，将话说完，旁边转过一位值日的班头，双手把名片接过去，说道："员外，你老稍候，待下役与你通禀。"李殿元说道："那么阁下受累吧。"值日班头转身往里走，由仪门直奔书房，只见刘福在书房外坐着，役差递上名片，刘福心中暗想道：真来啦。伸手把名片接过来，向外班说："你在外边站一站。"刘福随即出了回事处，拿着名片上了外书房。来到书房门首一看，在门首外站着四个人，却是焦通海的四个徒弟，一个叫劫江鬼解德山，一个叫矮脚鬼解德海，一个叫花刀郑英桥，一个叫闪电腿时元，站在廊檐下。书中暗表，知府杜尊德，见着刘福的回禀，准知李殿元已到，秘密地埋伏下了四个人。

这时见刘福走了进来，举着名片回禀道："李殿元求见。"杜大人向焦通海一挥手，焦通海会意，四人藏起，杜尊德这才向刘福儿说道："请！"刘福儿擎着名片出了书房，直奔二堂，由大堂穿了过去，来到衙门口，就见李员外站在门首。刘福遂向李殿元说道："大人里面请。"刘福将名片一举，转身在前引路，李殿元和书童翰墨，过仪门至大堂转过屏风，将到二堂，就见杜尊德在二堂之下，笑嘻嘻地说道："哎呀，原来李员外到此，恕我未能远迎。"李殿元见大人迎接，遂向前一拱到地说道："民人蒙大人相约，焉敢不到，岂敢劳动大人远迎。"杜尊德笑道："老绅士太谦了。"说着话携手揽腕，一同进了二堂，直奔书房而来。来到书房门首，有人启帘；杜尊德执手相让，一同进了书房，就往里面让座，再三地谦让，仍然是杜尊德上座，李殿元下首落座。刘福跟着献茶。杜尊德与李殿元茶罢搁盏，李殿元抱拳笑道："适才呼唤李殿元，听说大人为讨论本处的治安，在府里茶厅会议，听说并有本土的绅士，与同城举监生员，怎么大家还不来呢？莫非俱在花厅。"杜尊德闻听，遂将须微笑道："老绅士，这个事情，也不必约集同城读书的功名人，就是各位乡绅，也不必劳动，只因本府接到上宪的公文，内开大明朝的逸臣，接连盗匪在南阳府欲谋不轨。本府接到公文遂派密探各处调查，近日屡次得报，他们在各处设立宏缘会，欲扰乱南阳府。本府得报后，甚为惊骇，终未得有确实的消息。今有人报告，言说阁下与宏缘会很有关系，所以为地面治安起见，也就不必惊动乡绅父老，就把阁下一人请来，就可以商酌。老绅士若能知道宏缘会的底蕴，老绅士只管明言，本府必当格外的保护。阁下若要知悉，不肯明言，本府要按着公事办，与老绅士的脸面上，可就不好看啦。若依着本府的主意，还是实说为是。"

李殿元将杜尊德之话听完，不由的心内暗吃一惊，自己暗想："杜尊德这句话，正戳在我的心头。"又一想："我在宏缘会做事机密，并无人知觉，莫非他以言诈我。"自己心里头拿定了主意，我自己倒要镇静才是。李殿元面目上并不带惊恐，遂和颜悦色说道："老大人，李殿元素日安分，府台是尽知。就是在您治下这些年来，凡有公议事情，或是与本府有益的事情，我是无不尽心竭力。就是这些年，李殿元敢说没有不法的行为，老大人今日反拿李殿元取笑起来了。"将话说完，哈哈大笑。

杜尊德见李殿元不慌不忙，从容地分辩，心中暗含着佩服李殿元，真不愧宏缘会的首领。看他何等的胆量，他明知道事来到当头，你看他口齿何等的伶俐。杜尊德想到此处，不由得脸上往下一沉，说道："李殿元，你太能分辩了，明明有人出首于你，我与你留着很大的面子，你既是不肯实说，我可以给你一个大大的证据。"李殿元听杜尊德之言，明知道自己的事情恐将有漏，不得已就将脸一沉，跟着说道："有何证据，明明是府台故意捏词，李殿元并无冒犯，本身有何劣迹，倒要府台指摘。若无确实证据，便是府台敲诈乡绅未遂，捏词陷害，李殿元就对不过府台，我必就要上诉了。"

杜尊德闻听李殿元一片的言词，不由得勃然大怒，口中说道："好大胆的李殿元，汝叛形已露，欲谋暴动，被本府察觉，本府宽恩，与你留许多的体面，你竟敢在本府的面前咆哮。你所做的事情，都要与国家为难，当然你是目无法纪。本府应当与你一个大大的见证。"遂说道："来呀，先把他拿下。"这句话尚未说完，焦通海由后面抓李殿元，往后一用力。李殿元如何经得住呢，不由得往后一仰身，咕咚一声，栽倒在地。解德山、解德海向前抢步，他们早就预备好啦，按倒推翻，绳缚二臂，两个人往一起一揿，架着李殿元，面向杜尊德，丁字步一站。

李殿元气得颜色更变，气昂昂的复又一阵地冷笑，高声喊道："好你杜尊德，你竟敢欺辱乡绅，凌虐斯文，我把你这贪官……我与你定有个分辩的所在。"杜尊德站起身形，用手指着李殿元，说道："你们大家看看这个东西多狡猾，暂且把他押下去，回头待谕严刑审讯，哪怕你不承认宏缘会的首领，左右与我推下去。外面派人看押，勿令脱逃。"这时郑英桥、时元等，已把书童翰墨捆绑起来，一同押到外面去了。

杜尊德发落完了李殿元，又回头叫道："焦通海，你到外面传本府的谕，同你四个徒弟，外带四十名快手，前往青竹巷搜查李殿元的住宅，勿令脱逃一人，严查他的来往函件，速来回禀，千万不要走漏风声，惊动他的牙爪。"

焦通海说道："遵谕。"转身呼唤四个徒弟，到外面约会班头，挑选精明强干的四十名快手，暗带铁尺、铁链，由府衙起身，一直出了北门，来到李殿元的住宅，就见大门关闭，遂命捕快将李殿元宅院围住。焦通海这才上前叫门，里面并无人答言，焦通海急忙下了台阶，施展蹿房跃脊的功夫，垫步拧腰，蹿上门楼，由里面跳下去，将大门启开。官人蜂拥似的闯进去，欲要拿人，到了里面一看，别说是人，连一条犬也没有。焦通海带着徒弟，你看我，我望你，面面相觑。焦通海向徒弟们说道："咱们师徒奉谕前来拿人，咱们若拿不着人，怎能回府交差。"花刀郑英桥在旁说道："师父，大人不是那么交派的吗，拿不着人，搜查他的来往函件。"焦通海向郑英桥说道："言之有理。"复又向左右说道："你们大家里面去搜，千万可别动他的银钱什物。只搜查他的来往公文信件。"

众人闻听，一齐答应，向里面各处搜查，前后内外搜查数遍，并不见有来往私函。搜到后面祠堂大柜之内，有一个楠木小箱子，上面封锁严密。焦通海吩咐，用铁尺把锁震落，将箱子打开，往里面一看，里面却是李殿元与宏缘总会来往的公函，点了点，一共是四十七件。焦通海看见私函，心中可就放下心来啦。总算是差使有了交代。焦通海吩咐把小箱子捆好，叫徒弟解德山等用棍子搭着；又命二班的班头郑英桥，带领二十名伙计，在本宅的内处栽桩。什么叫作栽桩，这个栽桩就是在宅内安着官人，将大门一关，如若外面有人叫门，官人将大门与他开了，跟着躲到门后，只要人一进来，两旁边的人，由门后出来，伸手拿人，这就叫栽桩。外面官人留下这十名，暗中围着这座宅子，或是见着有人往宅子里打探，或是面生可疑，办案的老在远处地看着，只要看准了，伸手就办。

　　焦通海把官人安排好了，这才带着徒弟，与差役抬着箱子，抬回到府内，见了杜大人道："回禀大人，奉大人的堂谕，往青竹巷李殿元家中，搜捕他的全家，他家中人口，业已闻风远飏，不知何人走漏消息，并未捕获一人。因此搜查他的内外，并未搜查着他的赃证，只在后面祠堂，搜出木箱一个，内有与宏缘会来往的公文，一共四十七件，听候大人检阅。"

　　杜尊德一听，沉吟半晌，摇着头向焦通海说道："要按你所回禀的事，李殿元结连宏缘会，叛反是实，本府细想起来，实在是可怕，错非是你精明强干，外面派的人多，明察暗访，才将此事发觉，不然南阳府必要演成杀人流血的惨剧，这总算国家有福，本地的百姓不该受涂炭之灾，本府免得从中受累，都是你一人之功，本府行文之时，必当保举你就是啦。"焦通海闻听大人之言，向上请安，口中说道："多谢大人提携。"杜尊德说道："你先把外面的箱子搭进来，待本府查看他的来往公文。"焦通海跟着说道："遵命。"转身出去，将箱子拿进来，把箱子盖揭开，将里面的公文一件一件取出来，向上呈递。杜尊德逐件查阅，吓得毛发森然。里面的事情，俱都是何腾蛟命李殿元在南阳府招贤纳士，暗地招兵买马，聚草囤粮，何腾蛟命李殿元在南阳府代宏缘会暗办军火，送往西川。

　　杜尊德越看越害怕，随将公文看完，向焦通海说道："李殿元谋叛未遂，今既被捕，本府要严刑审讯，你到外面传话，本府即时升堂。"焦通海答应一声，退出书房，知会外班，伺候升堂。遂又叫郑英桥将公文装在箱子之内，命时元、郑英桥将箱子搭在大堂之上，放在公案桌旁，预备审讯李殿元。时元、郑英桥二人，将公文放在箱子之内，把箱盖盖好。二人搭着箱子，出离书

61

房，直往大堂而来。

工夫不大，就见焦通海由外面进来，说道："跟大人回，外面八班人役，业已在外面伺候，请大人升堂。"杜尊德向焦通海说道："本府知晓，你也在外面堂上伺候着。"焦通海答应一声，退出书房，杜尊德遂吩咐左右，预备官服，跟班的大家忙乱，伺候大人将官服换好，然后四个跟班的给大人提着皮褥子，拿着水烟袋，和大人应用物件，俱都带齐，杜大人穿上公服，上了公堂说道："带李殿元!"左右一声答应，喊喝声音未了，只听堂下哗啦啦铁链响的声音，就听下面回事的喊李殿元带到，此时对面将全副刑具，早就与李殿元戴好。杜尊德在上面一看，就见李殿元身戴手铐脚镣，铁锁加身，班头把他带在大堂之上，将铁链向堂上一掷，哗啦的一声，口中说道："跪下。"李殿元站在大堂之上，看了看杜尊德，身形向外一转，一阵地冷笑，口中说道："杜尊德，我把你这贪官，只因你敲诈乡绅未遂，今日将你家老爷，如此的作剧，带在堂上，有何话讲，快快地说来，无非仰仗你的职衔，欺压乡绅，你要讲啊。"杜尊德在座上将脸一沉，惊堂木一拍，口中说道："啊，我把你这大胆的李殿元，你竟敢结连宏缘会会匪，欲图扰乱南阳府，施行暴动的手段，今被本府察觉，你来在堂上，还不从实招来，你反倒咆哮公堂，立而不跪，本府就应当重责于你，无奈你的案情太重，本府宽恩，决不加刑，你还不从实招来，等待何时，你如若不肯承认，休怪本府，我可要用酷刑啦。"李殿元闻听杜尊德口口声声，追问宏缘会。不由得心中暗想，我所办的宏缘会之事，并无人知晓，严守秘密，莫非有什么泄露，莫非是别人事犯，连累于我，也未可知。暂且跟他鬼混，看他如何问我。遂将身形一转，面向杜尊德说道："杜大人，我把你这贪官，你若想用些个银两，你尽可以明说，你何必捏词敲诈乡绅哪。此时宏缘会正在犯禁之时，你要捏造字据压迫于我，你说你家老爷与宏缘会结连，也不能凭一面之词，可有什么确实的证据。若无确实的证据，你就是讹诈乡绅，损坏我的名誉。杜大人，我可有些个对不过你，咱们二人到开封府分辩，我可要上诉于你，你可要估量些你的功名，你可要赔偿我的名誉。我问你，捏词敲诈乡绅，赔偿名誉这个罪名，你可晓得。”

杜尊德在座上一声断喊，说道："李殿元，你这个东西着实的可恶，你所做的事情，以为本府不知道，若没有确实的证据，谅你也不肯屈服。"遂吩咐左右先把他勾结会匪那一封密函拿过来。跟班的在旁边，听大人要那封公函，遂把护书打开，由里面把那封书信拿出来，双手呈递，放在公案上。杜尊德随手将书信举起，用手指着这封书信，向李殿元说道："这就是你谋叛大逆的证据，我让刑房念与你听，大概你也就认罪，无可分辩啦。"回头叫道："刑房，将书信念给李殿元听！"刑房书吏将书信接过来。站在公案一旁，高声念了一遍。书吏将公函念毕，双手放在公案之上。杜尊德将信笺拿在手内，用手指着何腾蛟的图章，向李殿元说道："你来看，这是你们总会长何腾蛟的印章，这你还不招吗？等待何时。"

李殿元听书吏念诵公函，心中早就辗转，不由得自己纳闷："这封紧要公函，如何落在他们的手内呢？"回头向左右观看，并未有犯罪之人。心中又一想，这必是下书人不慎，沿路遗失，既无人质对于我，就凭一纸的公函，也不能算我的真实的证据。再说宏缘会的机关，我岂能说呢。只得自己咬住了牙，为大明的江山，就是死于刑下，也不能轻易地招认，只得与他设法分辩。自己拿定了主意，猛听得杜尊德指着图章让他承认，李殿元笑着说道："大人，你既要设法坑陷乡绅，你必要做出一件假书信，再刻出一颗假图章来，你好捏词，不然你以何为凭呢。无非你是做出来圈套，欲设法谋害我，就凭一纸书信，你教我承认结连宏缘会会首，我可有什么招的哪？你可以思索思索，我可以招认，怎么个说法哪。大人你可得与我想一想。"

杜尊德听了李殿元供词狡猾，心中思想：李殿元这个东西，一来他是本处的乡绅，再者他在本地呼唤得又灵通，本府没有正式的把握，想要把他问倒屈服，势必很难。他的口词如此锋利，不若给他这个证据让他看看，他也就无的可狡展啦。"在座上遂把小胡子一捻，叫道："李殿元你这么一说，本府是屈赖你啦，当然是本府不对呀。那么说要是有确实的证据，你能承认吗。"李殿元冲着杜尊德腆着胸膛说道："你若与我找出确实的证据，我也不用你三推六问。"

这时郑英桥，早把箱子搭在公案之前。李殿元此时早已然看见，认得是自己祠堂存放重要公函的楠木箱子一只，不看则可，一看险些吓了个胆裂魂飞。自己定了定神，心中暗想，莫非全家被获遭擒，家中被抄。不然这个箱子如何来到公堂。自己正然心中思想，猛听得上面惊堂木一拍，杜尊德说道："李殿元，这是由你家祠堂里搜出来的木箱一只，内有你与宏缘会何腾蛟来往的公函，四十七件。这是由你家中搜来的物件，大概你没有什么可说的了吧，你若早早承认，宏缘总会设立何处，本府治下，你们的会友共有多少，你全家逃往何处，你要从实招来。如若不然，本府可要得罪你了。你自己想想，如不招认，临到本府严刑审讯，那时你可也得招，不过是枉受严刑。最好你还是承认的对。"李殿元他见了自己的箱子搭在公堂，又听杜尊德这一篇话，自知祸到临头，无奈与宏缘会重大的关系，如何能说呢？俗云，大丈夫宁死堂上，不死堂下。李殿元自己想到这里，才发动了一定的决心，听杜尊德这一问，往后倒退半步，仰面哈哈地大笑，自己早就把生死二字，抛于九霄云外。他遂向杜尊德说道："贪官，你若问我，我也不必隐瞒。我李殿元，乃是大明世袭镇国威山公的后裔，先朝遭闯贼之乱，满人入关占据大明的疆土，屠灭前明的汉族，我辈世受先朝的皇恩，岂肯坐视汉族的戕灭，遂设立宏缘总会，何腾蛟为主脑，总会设立在各商埠群岛，所有大小都市，皆有宏缘会的足迹。就告诉你总会的住址，你也无法抄办。皆在海外，方才书吏念的那封公函，内有山川险阻，远隔重洋，大概我说得不假，你也不必往下追究。至于设立分会，是我李殿元要求前明川湖总督何腾蛟，在南阳府设立分会，是李殿元的要求，回函至此，不知如何落在你手。这就是机关不密，萧墙祸起，今李殿元被捕到案，你若问会友多少人，分会未立，哪里来的会友哪。家眷在逃，我更不得而知。你若问我的本意，就是为光复前明，保全汉族，恢复大明的原状，这就是我们本会的宗旨。"李殿元将话说完，又道："我话已说完，任凭发落，倘要勒令再问，你可休怪李殿元出口不逊。"

杜尊德听李殿元的供词，见他从从容容，并无惧色。明知李殿元发下决心，就是严刑苦拷，他绝不肯吐露他的爪牙，莫若让他先画供收禁，然后修写行文，将搜出来的函件，一并解往郑州，若严刑审讯，李殿元刑下毙命，我又得费一番的手续，想到这里，遂说道："让李殿元画供。"李殿元慨然画供。书吏将供词献与杜尊德的面前，杜尊德看了看原供确实，顺手用朱笔标禁牌，向左右说道："将李殿元带下去收禁，派人看守，勿令通风。"众差役把那李殿元推下去收禁。

杜大人退堂不久，忽有当地绅商十余人求见，杜大人微然一愕，连忙请进，原是本地绅商联名具保李殿元，由一位当地薛公递上禀帖。杜尊德看完，遂向薛公说道："老绅士与众位绅商原有同乡之情，理应保释，怎奈李殿元案情重大，就是他所作所为，连本府也得担着一分处分。既是老绅士众位到此，原是一分好意，无奈李殿元所做的事，连本府也不敢宣布，请老绅士同各位绅商暂且回家，不必担保，日后宣布他的罪状的时候，诸公也就明白啦。"薛公含笑抱拳，向杜尊德说道："既是老大人不赏脸，不肯开释，学生等斗胆敢问，李殿元身犯何罪，学生等可以明了明了。"

杜尊德向薛公含笑说道："论起他的案情，本府不敢令各位乡绅知晓，恐怕走漏了风声，既是老绅士勒令的要求哪，可是要到外面严守秘密。"说着话，顺手就把桌案上这封公函递与薛如彬。薛公双手接过来，由头至尾，细看一遍，不由得颜色更变，摇头咋舌，仍然双手将这封公函放于案上，往后倒退，口中说道："老大人，学生无知，打搅大人的公事，实不知李殿元有这等不法的行为，只知李殿元因事冒犯大人，故敢前来保释。若要知晓李殿元有如此重大的案情，学生等天大的胆子，也不敢具保担负。望求大人恕学生等冒昧唐突，千万恕过。"杜尊德带笑说道："不知者，不怪。再者众位绅商，原是一片热心，保全乡绅的体面，本府也不怪。"说着话，将案上联名的禀帖交与薛公，说道："请众位回府，千万严守此事。李殿元案情，休要在外面宣布。"薛公只得诺诺，接过禀帖，退下大堂，约同众人出离府衙，仍回山东会馆，将此事说明。大家各自作别回家。

哪知杜尊德吩咐郑英桥、时元等，将公案上这封公函，一同收在箱内，搭回书房。杜尊德将公事办完，吩咐退堂，站起身形，离了公位，转过屏风，穿过二堂，直奔书房而来，派人把焦通海请来，杜尊德说道："通海，你坐下，我与你有话相商。"焦通海只得落座。杜大人道："通海，你屡次用心帮助于我，今又访查着如此重大的案件，本府刚才升堂审讯李殿元，他当堂承认宏缘会的首领，又讯他所供确实，唯有不肯承认他手下有多少爪牙。按本府拟用严刑审讯，无奈本府又怕他刑下毙命。只因奉蔡将军图海侯钧札，想将李殿元押解郑州。本府与你商议，我办一份呈文，把李殿元函件证据，及他的原供，一并押解郑州，可就是沿路上危险。恐怕宏缘会党羽知道李殿元被捕，怕他们在半路中劫夺李殿元。我与你商议，想一个万全的法子，只要押到郑州，将李殿元交与将军侯爷，依法惩治，咱们可就脱了关系啦。我想一定非你不可，我又怕你人单势孤，有防范不到的地方。我打算问问你，你手下有无武术高强的能人，或是本府内有成名的英雄，咱们也可请出来，让他协力相帮。我这个用意，就是为慎重起见，你与我计划计划。"

焦通海听了知府杜尊德的交派，焦通海不由紧皱双眉，心中暗想："府台所说的话，句句是实。李殿元既是本处的乡绅，他又结连宏缘会，他手下难免没有党羽，若要由南阳府押解起身，就是这郑州的路上，可也是真危险的。"自己想到这里，不由得更慎重了，遂向杜尊德说道："府台大人，你老所虑的甚是，就是我焦通海，也是这个意思。如果押解李殿元，在路上有点舛错，我焦通海也吃罪不起。府台既教小人约请能人，押解李殿元起解郑州，我焦通海倒想起一个人来，此人武艺超群，也是少林北派的英雄，他是我们本派的人，此人的武术，可就比小人胜强百倍了。如今他前来看望小弟，此人头两天就打算告辞要走，被我苦苦挽留，因此他才中止行期，我打算再款待他几日，再叫他走。这个事情可就太巧啦，正赶上李殿元的案件发生，他现在我们下处住着，尚且未走，可得小人与他商议，不定此人愿意不愿意。此人性傲，大人若备封公函为是。"杜大人道："那有何妨？此人何名？"

焦通海道："此人名叫神手大将楚廷志。"杜大人点头道："那么我就把这件事交付你了。"焦通海道："全在小人身上。"商议完毕，焦通海辞别大人返回下处去了。

知府杜尊德正与曹师爷在书房谈话，由外面慌慌张张跑进一人，来至杜尊德的面前，喘吁吁地说道："启禀大人，大事不好，只因书童李进，陪着少爷在把式房闲坐，少爷一阵肚腹疼痛。李进随同少爷入厕，工夫太大，不见少爷回来。我们不放心，直奔茅厕前去观看，并不见书童李进，只见少爷在中厕之内，不知被何人，用裤带将少爷勒死。我等各处寻找李进，不见踪迹，特地前来报告，小人等恐怕是李进暗害少爷，请大人前去查看。"

杜尊德一听此言，吓了个胆裂魂飞。杜尊德只急得颜色更变，连话也说不出来了。还是旁边曹师爷在旁答言："启禀大人得知，既是少爷被害，旁边又无别人跟随，只有书童李进伺候。据学生想，恐怕李进暗害少爷，这里面还有别的情由，请大人先派人将李进捉住，一问便知。不知大人尊意如何？"知府杜尊德听了曹师爷之言，这才缓过这口气来，杜尊德一世，就是这么一个儿子。本来他素日多病，杜尊德终日就以此事为忧，今听少爷被害，只急得两泪交流，听曹师爷说得有理，急忙传谕："你们到外面知会三班，急忙与我捉拿李进，千万别让他跑了。如果李进逃走，告诉他们我定要重办，叫他们班上务必用心，如若拿住李进，本府还有重赏。"报信人转身出去，传大人的堂谕，捉拿李进。

李进，乃是李殿元家中管家李禄之子，皆因他七岁他娘就死了，他就在宅中跟着他父亲李禄过活。李殿元爱他聪明，身体又长得健壮，李殿元早晨用功，熟练武术的时候，他总在旁边看着。李殿元问他愿意不愿意练，他还是喜欢习学。李殿元时常给他锻炼腰腿，日子一长了，他也有点成效，索性让他一同用功，由七岁上就练，直练至十六岁，他的拳法精熟，俱是李殿元亲传，掌中一口雁翎刀，十八趟闪手花刀，真有神出鬼没之能。

李殿元那时节，正然筹备宏缘会，皆因是杜尊德任南阳府知府，李殿元暗地结合宏缘会未免在知府的身上注意，凡事留心，打算在衙门里安下一个人，作为自己的眼线。倘若自己机谋不密，府衙内有个风吹草动，为自己的事好有人报信。这才命李禄在府衙内结交刘福，李禄托刘福与他儿子李进在衙门里找个事情做，别的事情，李进不能做，最好在衙门里当差，做小伙计，这个差使原是事少人多，总遇不上机会，可巧少爷的把式房，要找个小书童，一半伺候少爷，一半在把式房伺候众人练武。刘福与李禄一商议，老管家李禄倒很愿意这个事情，三言两语就上了工啦。其实李进在衙门伺候少爷，他不为赚钱，就是李殿元暗派李进在府衙内卧底，衙门内凡有一举一动，李进暗暗地报知李殿元。事逢恰巧，今天伺候少爷到把式房闲坐，可巧就遇上刘华，搜得宏缘会的公函，拿到府衙把式房内，面见恩师汪春，因此才与焦通海相见。以至少爷来到把式房见桌案的书信，少爷杜新拿过来一看，那李进站在少爷的身后，少爷没看完，李进早就看明白了。不看书信则可，这一见公函，吓得李进胆裂魂飞，自己打算先奔李殿元住宅报信，怎奈少爷杜新命他捶腰，一时一刻也不能脱离，心中暗自着急。李进见焦通海到里面回话，又因杜新走动入厕，李进又是一番地着急。这一封公函，大人一见着，必然要派兵捉拿李殿元，一家老小性命俱都不保。自己又一想我父子世受我家主人养育之恩，此时正是报主恩德之际。唯有杜新这小子，非我伺候不可，难道说自己眼睁睁看着主人全家被擒。这可没别的说的了，杜新这小子既要入厕，我趁着他在茅厕之中，将狗子结果性命，非是我意狠心毒，实为报答主人李殿元之恩德。自己想到这里，把主意拿定，遂扶着杜新，来到花庭的后面。

李进扶着杜新，进了茅厕，杜新命李进将他的裤带解开，又叫李进扶着他蹲在厕坑之上。杜新复又吩咐李进将他后面的衣服，与他掖好。李进心中暗想：真是你小子该死，莫若我用裤带，将狗子勒死，然后再去报信，令我家主人早早脱逃，不然祸不远矣。自己想到这里，站在杜新的后面，一面给他掖起衣襟，一面把裤带系好了一个活扣，顺着杜新的脑袋往下一套，在后面一紧绳扣。杜新以为是李进与他开玩笑，遂说道："李进别闹。"这句话尚未说完，好狠的李进，两膀一用力，在后面就是一脚。这一脚正踹在杜新的后腰上，杜新身形往前一栽，手扶在地。李进向前一赶步，用膝盖顶住他的后心，两膀又一用力，一紧绳子。此时杜新爬在地上手刨脚蹬，李进猛听得杜新下部出了一个虚恭，腾的一声，李进准知杜新已死。随手将绳子在脖项上拴了一个扣儿，杜新再想活，除非是转世。李进见杜新已死，时不可缓，随即急忙跑回李家见了父亲一说，李禄大惊，忙见主母、公子、小姐，说李主人事犯被捉；主母、公子、小姐，也没了主意。还是李禄有些主张，忙张罗着，收拾些细软，找了车辆马匹，直奔宜昌府宏缘会的会友那里去了。那李进不走，躲在城外一个会友刘治国家中，探听李殿元的消息。

杜尊德因此案重大，办了一套咨呈，命焦通海将李殿元并有书童翰墨，一同押往郑州，交蔡荣蔡将军图海侯爷讯办。并秘密起解，不准外面声张。府衙内又出了一件案子，知府杜尊德之子杜新，被书童李进用裤腰带勒死。里面杜尊德，知道了这个凶信，一面将杜新的死尸抬在后面成殓，一面痛恨李进，派府衙内的人班人役马快手等，悬赏缉捕李进。拿住还要就地正法，如若要是教李进逃走，知府杜尊德还要重办。

过了几日，刘宅派人往南阳打听李殿元的情形，派去的人回来，禀明李殿元的情形，刘治国不由得双眉紧皱，看着李进，说道："你这孩子办事真爽快，刚才的言语你可听见了。"李进说道："小人已经明白的。不知员外怎么设法？"刘治国对李进说道："你不要忙，我倒有主意，回头我派人到外面找一套农人衣服，你把它换上。你带点盘费钱，我写一封密书，你由此混出，往潼关华阴东关路南永胜镖局，面见镖主余公明。此人外号人称龙舌剑镇西方，此人年过花甲，问明白了，再将书信交与他，他必有妥当的办法。你可要沿路仔细慎重，不可大意。事关至要，你千万把我的话记住了。"自己写完了信，复又看了一遍，交与李进。李进双手将信接过来。向家人要了一块包袱，又把衣裳脱下来，把信包好，贴着身将包袱系在腰间，然后将汗褂穿好，化了装，变了脸色。刘治国又命家人取来纹银二十两，给他作为路费。李进收拾齐毕，向刘治国双膝跪倒，口中说道："刘爷爷，我主仆的性命。皆出于爷爷掌中所赐。小人也不敢言谢，小人之心，唯天可表，今日之事，铭于肺腑，咱爷两个，后会有期就是了。"李进将话说完，当时告辞。刘治国又再三嘱咐，命他沿路保重，李进是一一谨遵。临行之时，刘治国命他由后门而走，刘治国将他送出了后门，自己这才直奔前面，照常度日。

且说李进，由南阳府直奔潼关而来。在路途之上，日夜兼程，非只一日。这天出了潼关，来至华阴县的东关，遇着行人一问永胜镖局，这才有人指引路南大门便是。李进来到门首一看，就见门前有许多人，好像镖局子的伙计。又见大门上有一块匾，黑匾金字，上面写的是"永胜镖局"四个大字。这才上前打听永胜镖局，很巧就遇见了余公明正在院中站着，与伙计们谈话。因为听见外头有人询问永胜镖局，他老人家才过来说道，你找谁。李进一听有人问话，举目一看，见余公明气宇轩昂，这才过来接谈。不料果然就是镖主余公明，因此当面投信。

余公明不看书信则可，这一看信，就知道这个镖局开不成了，恐怕玉石皆焚，反而连累了别人，自己这才下了一个决心，歇了镖局。因而带同李进与徒弟们，一同起程来到青云镇，将前后手续办清，并送走潘景林，开发银两已毕。这才带同众人来到乱柴沟以北树林之内，才将刘治国命李进下书，打救李殿元这一封密函拿出来，让大家观看。众人这才明白了老师余公明的这个用意。此时孙启华等将书信看完，仍然交与老师余公明，向恩师说道："师父你老人家这个用意，弟子原先不明，这内中之事，我等也不敢过问。今老师把书信拿出来，我们大家看了，虽然已经知道信内的情由，恩师你老人家对于这件事，怎样的办法呢？"

余公明听了，脸上当时变出一种怒容，只见他双眉倒竖，虎目圆睁，须发皆张，咬牙切齿，说道："唉，你等若问，只因大明锦绣的疆土，遭闯贼之乱，旁人乘隙，垂手而得天下。吴三桂只为陈圆圆，遂引狼入室，不思进取。陈圆圆到手按兵不举，遂至失败。他若忠心，为国为民，聚天下义士，早就将他们赶走，何至受今日之迫。论起来我可不当说，吴三桂只为一女子陈圆圆，忘却君父，遂落于不忠不孝，不仁不义。所以何腾蛟首创宏缘会，聚明朝的遗臣，天下的义士，欲图再举，复还大明的原状，保护民族，不受外人之欺，我等因之加入。就是潘景林潘师父，也是明朝名臣之后，我二人俱表同情。虽然为师开设镖局，一半经营，一半招聚义士豪杰，好参加宏缘会。不意乱柴沟失去镖银，李占成等丧命。就凭为师掌中的一双龙舌剑，再有尔等相助，再约上几位同志的英雄，攻打鹰爪山阴风寨，捉拿姜天雄等群寇，好与镖局的伙计，报仇雪恨，要回镖银，照旧做你我镖行事业，这些个事倒没什么要紧。唯有会友李殿元设立分会，会长何腾蛟用人不当，路途失去密函，因而事发，遂遭此祸。刘治国派义仆李进，前来下书。命我在南阳路上，相机打救，还要劫抢囚车，打救李殿元。咱们这个镖局，万不能再为设立。既不能设立镖局，岂能再有工夫往回夺镖银？并非是为师为丢镖银，无法赔补，难见宝生祥银号经理。镖局这次倒闭，实系环境所迫，只得落个对不起宝生祥银号，弃镖局脱逃之名。我这才将柜上所有的五千两纹银全数提出，办理善后一切，将事情办完，我才敢把书信交与你等观看。然又恐怕事关重大，走漏了风声，倘若消息走漏，岂不成了画虎不成反类犬。如今的事情，你们也都知道了，所以就与你们商议，若劫到囚车，不但镖局不能开，就是连我家中老小，也得躲避。我有心率领你等前往要隘，等候囚车，怎奈无人迁移我的家眷。我打算与你们商议，你们四人，前往方城县东，有一座方城山野狐岭，这条道路，是由南阳府到郑州必由之路。他们囚车若由南阳府起身，非走这条路不可。此处多山，道路幽僻，行人稀少。若在那里等候，准可以抢劫囚车。我打算命你四人，带同李进，作为眼线，在那里等候。如将囚车劫下，救了李殿元主仆，你们就由小路赶奔宜昌康家村，面见康锦栋，就在那里躲避躲避。李殿元他与康锦栋交谊过厚，自有关照，就不用你们分心了。我想带着徐顺，上泗水县，搬取家眷，也奔宜昌康家庄，在那里躲避躲避。咱们那里聚会，再想别的法子，重整宏缘会。如若你们到了野狐岭，就在那里等候囚车，我接取家眷，也得走方城山。你我若是见着，就让徐顺保护着家眷先奔宜昌，我带着你们再等候囚车，如若我赶不到，囚车来了，你们要是抢劫的时候，可要谨慎，千万不可大意。孙启华，你们弟兄四人，就是你精明强干，我将此事，托付在你的身上，你们见机而作。"

孙启华等将话听完，遂向余公明说道："恩师既以重任相托，弟子决不敢大意，那么我们弟兄，就与恩师分手啦。"余公明点头说道："我也就不必再嘱咐了。"余公明将话说完，这才叫孙启华他们大众起身，看着他们进了乱柴沟穿沟而过，余公明这才叫徐顺告诉赶车的快奔泗水县。

余公明回归余家村，暂且不表。那邹雷、姚玉、陈宝光、孙启华，他们四人带同李进，五个人四骑马，由乱柴沟穿沟而过。五个人调换骑着，沿路之上，孙启华想主意，告诉大众："行在路上，有人要问咱们是做什么的，就说是保镖的。李小弟可得把名字改一改，不然，他勒死南阳府知府杜尊德之子杜新，杜尊德必然派人在各处追捕。倘若教人看出破绽，那时候再出点舛错，可就麻烦了。莫若教他把名字改一改，我想把李进两个字改为李有方，把咱们四人的衣裳，让他换一换，倘若有人来盘问，就提他是贩卖珠宝的客人，为的是沿路之上，遮盖众人的眼目。咱们倒不要紧，就是李贤弟他身上背着案件，你们大家想一想这个主意好不好。"众人一听，孙启华说得甚为有理，大家俱都应诺，就按着孙启华的计划而行。沿路之上，暗地小心留神。

这一日正往前走，已经到了鲁山县，孙启华等由渑池县乱柴沟起身。他们所走的道路，由沙石山，走登封山，绕走汝水奔宝丰县至鲁山。鲁山离方城山相隔甚近，孙启华与姚玉、邹雷催马前行，只见道旁的青草，配合着一片片的黄沙，远看翠叠叠的青山，近看树木森森，行人短少，唯有樵夫在林间伐砍的声音。小鸟儿在头顶上乱叫。四人马踏征尘，李进在后跟随，遥望远村，听有犬吠的声音，孙启华向姚玉道："姚师兄，我们走的这条道，是鲁山县管辖。前面那个庄子，叫作寒坡岭，靠着南边的有一座狭岭，这个庄子就以此岭为名，要再走过寒坡岭，可就是方城县的地面啦。莫若你我今天越过寒坡岭，离方城山野狐岭相近有一座庄子，咱们就在那庄子内找店一住，吃完了饭，或是早晨，你我调换着到野狐岭瞭望，俟等囚车到来，咱们再为动手。师兄你看这主意怎么样？这叫以逸待劳之法。"姚玉听完之后，说道："此话甚佳，那么你我急忙催马，紧着赶路。"唯有李进徒步相跟，在后面就受了罪啦，焉能跟得上呢。好在路途之上，他们五个人倒是替换着骑马。今天是李进的班儿，该李进步下徒行，他们一催马，李进气得在后面乱喊，说道："你们四位别忙，我可是跑不动啦。"

孙启华听后面喊叫，这才猛然想起后面李进，在马上笑着喊道："咱们慢着走，把李贤弟落下了。"大家回头一看，也就未免笑起来了。孙启华四人勒住了马，孙启华随着跳下来，说道："咱们两个人换换。"李进在后面跑得喘吁吁说道："你们几位真会拿我玩笑，只顾你们一催马不要紧，我在后面跑得上气不接下气，差一点就断了气。"孙启华笑着说道："得啦，老弟，谁让我们把你忘了呢。我与你牵着马，你先骑两步休息休息。"李进接着说道："也就得这个样，不然我也实在跑不动了。"说着话由孙启华手内把马接过来，便翻身上马。孙启华在后面相随。绕过寒坡岭，走的小道，到了方城县地面。靠着东面黑暗暗的有一个庄村，姚玉等四人下了马，姚玉向前与孙启华说道："贤弟你来看，东面这个庄子，里面大概有店吧，你我不如暂且住宿在此处，然后再探听野狐岭的消息。"孙启华摇头说道："此处不好。"孙启华看了看四处无人，向众人一点手，五个人合到一处，遂向众人说道："你我众人要住在这个村里，如劫车事成，这里没有往北来的道路，必然逃往湖广地面；若劫了囚车，难道你我返回来取马吗？依我说，今天天时已晚，咱们暂且住在此处，明日起身，咱们还是往野狐岭上走，再找下处。你们看这个事情如何。按这个主意怎么样。"姚玉抬头一看，红日已坠西山，天果然是不早啦，遂向孙启华说道："那么就这么办吧，很好，咱们就投奔这个村庄啦。"

第五章

群雄败走

　　孙启华、邹雷、陈宝光、李进等，众人落了店。到了夜间，五人聚在一起，秘密计议。规定了计划，这才轮流打探囚车的消息。一连十余日，才探听囚车明日准能由此经过。第二天，天还似亮不亮的时候，阴云满天，细雨凄风之下，正赶上囚车暗度野狐岭。五位小英雄正赶上囚车到此。论起来这个囚车早就应当过去，他们五个人，非误事不可。这里面有个原因，前文表过，南阳知府杜尊德，与焦通海商议妥当，约同楚廷志保护囚车，若论起楚廷志的武术，实在是天下无双。掌中一杆方天画戟，受过高人的传授，可算得起是魁首。这天杜尊德下密令让焦通海带着自己的四个徒弟劫江鬼解德山、矮脚鬼解德海、花刀郑英桥、闪电腿时元，又在本府外班挑选了五十名快手、一个马快的班头、一个步快的班头，奉知府杜尊德的面谕，并有亲笔的提牌，在外面预备大车两辆，趁着人不知鬼不觉，捧着咨呈押解李殿元及书童翰墨起身。这个意思是不走咨呈，也不等候郑州的回文，怕是走漏了风声，路上出险，迅速急快起身。焦通海就让他们大家收拾收拾兵刃包裹，领取盘费，焦通海又把公事交代明白，教外面班头预备起身。焦通海带着楚廷志，同他这四个徒弟，直奔后面花园把式房。只因铁算盘汪春主意多，所以找他要个妙计，大众这才奔了花园，由西边角门过去，来到把式房。焦通海启帘走进，就见汪春在屋中，手捻着白胡须坐在那儿发愣。汪春一见焦通海进来，向焦通海说道："贤弟，李殿元的事情怎么样？"焦通海与楚廷志随着落座，焦通海就把大人审讯李殿元，当堂供实，并将大人的分派，约请楚廷志协力相帮，带领徒弟预备差役押解的情由，向汪春说了一遍。汪春听着点头，向焦通海说道："焦贤弟，事情你办得总是很好，可有一件你看看我这个事情够多难，总算贤弟你成全我，给我找了这么一个养老的所在，实名教给少爷练武术，其实任什么事情也没有。如今衙内出了这种事，少爷又被李进勒死。少爷已经是死啦，大人派人各处捉拿李进，如今李进脱逃；其实这个事情，与我没有关系。可有一件，我在衙门里头算干什么的呢，这一来我在衙门里头也干不了啦。再者贤弟你与楚贤弟也是艺高之人，就带着几十名快手，由此解押郑州，倘若道路上有点舛错，你准能顾得过来吗。其实我这是多说，你想怎么样。"焦通海回头看着楚廷志，沉吟半晌，遂向汪春说道："汪大哥，小弟没有兄长深谋远虑，我带着楚贤弟到此，为的是把所有的事情告诉你老人家，就怕是有漏空的地方，要是出个主意，小弟实在是比不了兄长您。因此小弟特来向兄长您请教，您给我想个主意，但愿平平安安把差事交到郑州，小弟我可就卸了责任啦，不然，道路之上真要是有点舛错，小弟我可担不起。求您给小弟想一个万全之策。"汪春将话听完，向焦通海说道："贤弟你不用说，方才我坐在这儿发愣，我算计兄弟你一定来，我早就把主意给你想好了。要依着贤弟你的主意，由此起身，赶奔郑州，道路上没有事便罢，倘若有事，准教兄弟你照顾不及。不用说别的地方，就说由此起身，最难走的是方城山野狐岭，那个地方太幽僻，那一条道正是匪人出没之地，真有点悬心。那个地方又是山路，又是要路咽喉，树木又多，容易窝藏匪人。兄弟你想，要押解囚车由那里一过，前面若有人打抢囚车，后面再一堵截，贤弟你到那个时候，可就进退两难，受了包围啦。你虽有擎天之能，也是首尾不能相顾，无法用武，岂不落在人家圈套之内。贤弟你想想我说得对不对呀？"焦通海听汪春这一片言辞，不由得一怔，遂哦了一声，说道："老哥哥，小弟的浅见，兄长你老所想的这个道理，比小弟高得太多。若是依您的主意，应当怎样办才好？"汪春听焦通海之言，笑嘻嘻捻着胡须说道："焦贤弟，此事我与你熟思已久，我早就想出主意来啦。你还得见见大人，请大人调本处的官兵一二百名，由本处守备带领。你先带着你四个徒弟、五十名快手，在前面押着囚车，经过野狐岭。没事便罢，若在前面遇事，我与楚廷志贤弟，带着我徒弟刘华，捧着咨呈，带领二百名官兵，与守备大老爷，随后接应。哪怕他抢劫囚车？这是万无一失之计，我们在远远地跟随，匪人若要抢劫囚车，他看着前面人少，若用夹攻之计，我们赶到，岂不将他们困在垓心，大概连劫囚车的匪人，也难以脱逃，就势当场拿获，就在本处管辖的县境内，讨要车辆一并押往郑州，又是一份好差事。再者用囚车押解李殿元，也不是事。再说这个事，也不是忙的，我这里有张图样，按着这图的样式把囚车做出来，把李殿元装在囚车之内，就把囚车放在那儿叫他们抢，他们也是束手无策。何况咱们在路途之上，严密保护，他们匪徒们要打算抢，势比登天。也让他们知道咱们弟兄的能为，到那时差使也就交代了，你在大人面前也露了脸啦，虽然咱们弟兄可是有交情，我不能不与你细心筹划。贤弟你想想，是按着这个主意呀，还是按着你的个主意呢？"焦通海把汪春的话，全都听明白了，自己也是越想越怕，遂说道："依着您这个主意，莫若我通盘与大人回禀明白，那么这个囚车的图样，您拿出来我看看。"汪春说道："你先稍微候一候。"说着话站起身形，伸手把桌子抽屉打开，由里面拿出一张图样，回身放在桌案之上，把图样打开。焦通海、楚廷志，走到近前观看，正当中画着一辆囚车，就在囚车旁边写着字，四柱多宽，车的尺寸多大，怎样制造，写得清清楚楚。两个人看着点头，焦通海笑着说道："难得兄长您怎么想的，这个囚车若要按着这样造成，沿路就是遇上匪人抢劫，它也是万无一失，怎么您想起这个主意呢。"汪春先笑嘻嘻地说道："兄弟们还是少见，并非是我想的主意，这是按着古时的囚车，无非我是改造而已，你先把这张图样，呈与大人观看，然后再定日起身。"焦通海说道："哥哥，你在此等候，我先拿此图回禀大人，就手动工，打造木笼囚车。"汪春说道："那么我就在此听候。"焦通海拿起图样，奔往里面书房，回话去了。

过了很大的工夫，就见帘子一启，焦通海从外面进来，汪春迎着问道："贤弟怎么样？"焦通海一面落座，一面与汪春谈话，说道："大哥，我到里面去啦，大人已上内宅，原来是大人到里面，照应着少爷成殓，里面太太痛子的心切，两口子俱哭得像泪人一样。里面太太，还跟大人闹了一场，非教大人把李进拿住，替少爷报仇不可。方才大人下来，我又不好意思往上回，恐怕大人见怪。容大人把悲惨之际过去，我把哥哥您这个主意，与大人当面说明。大人很赞承，并亲自告诉我，约请大哥随同前往，并且大人请南阳府总镇商议，调官兵与守备亦随前往，必须等囚车造成了，再为起身，可得多等几天。"汪春将话听明，点头说道："那么着你就传唤木匠，按图赶造木笼囚车。"焦通海说道："兄长，这件事您交给我吧，您不用管啦，您与刘华收拾手下的兵刃，等候起身就是了。"汪春说道："那么你急忙去办好了。"大家将事议定，焦通海吩咐木匠铁匠，打造囚车两辆。把囚车造成了，直费了七八天的工夫。焦通海这才约同众人，与大人回禀明白，官兵预备齐全，命汪春带着徒弟刘华，会同两个守备，一名张祺，一名何辉，率领二百名官兵，在南阳府北门外集合。焦通海带着四个徒弟，用提牌由监狱之内，将李殿元与书童翰墨提出来，押入囚车。这个囚车五尺见方，四围四棵立柱，俱是五寸见方，高三尺，四围做出就仿佛笼条一般模样，皆是核桃粗细般的铁条。四个车轮子，车轮都是铁的，车轴还不是整根的，是两截拼在当中，有三个透眼，上面穿着三个穿钉，穿好了穿钉，是一根整轴。若要遇见劫囚车的，把三个穿钉一撤，车辆往两下一劈，车是不能动啦，人抬也抬不动。两根车辕子是活的，头里用两个牲口拉着，把犯人装在囚车之内，里面是一个椅子，令犯人坐在里头。这个囚车的盖儿，是一面枷，两只手与脖子，用这面枷枷好，把项锁顺着这面枷穿下去，锁在车轴之上。囚车里有两块卡子板，把两只脚卡住，脚撤不出来，连上面枷带下面的卡子板，俱都松大，四围钉上毡子，怕把犯人脖子磨坏了。也不能把腿磨坏，要是长途远路，真要把犯人磨坏了皮肉，押到郑州，不好往上交代。再说他这是要紧的案子，道路之上，还不能叫他受屈。外面早有车夫预备了两辆大车，拉着他们的行囊，并在李殿元家中搜出来的箱子，还有宏缘会来往的公文要件。焦通海带着四个徒弟，把一切全都收拾齐备，这才令神手大将楚廷志先在北门外与汪春集合，楚廷志带好自己的双戟，把小包袱背在自己身上。焦通海带着徒弟各带兵刃，外面两个班头，带着五十名快手，在衙前等候。看见囚车，由衙门里头出来，众人在两下里一分，跟随囚车，一同起身。囚车由署衙顺着大街，走鼓楼奔北门，这一走不要紧，惊动阖城的百姓。众人不敢近前，俱在两边站立观看，暗地议论，有人议论的是李殿元为人忠正，和睦乡里，亲近四邻，但是李殿元加入宏缘会，应该保守秘密，杜尊德怎么会得着了这个消息呢。把一位为国为民的绅士，当场捕获，押往郑州，一定性命难保，真可惜。也有在旁边议论，可惜这样的家庭，又是本地的乡绅，又有财势，入的哪门子宏缘会呢。现在各处严拿宏缘会，这一定是被人引诱的，这一入宏缘会，直落得家败人亡，妻离子散，放着好好的日子不过，自找家败人亡。他们哪里晓得，李殿元因为不愿见大好河山亡于异族之手，乃起而复明，为保全民族起见，别说是家败人亡，就是粉身碎骨也不足为憾。这看热闹的还有这么议论的，李殿元无事要造反，这不是自找倒运吗？一个绅士，你还反得了，这不白白地把生命财产全都饶上了吗？我要有这么大的家当，我决不造反，躺着吃也能够吃几辈子，何必呢？入宏缘会自己找死，偌大的家业白入了官啦，要把这份家业给了我多好。其实这小子是做梦未醒，天生来资格浅薄，他哪里能够深明大义，他哪里知道，明朝锦绣的疆土，大好的民族，受人的压迫。他哪里知道李殿元深明大义，不顾家财，舍身就义，到如今只知有保全民族，光复前明，一死尚不足惜，何况是财产呢？

再说如狼似虎的差役，押解着两辆囚车，囚车内坐定两个血性的男儿，由大街直奔关乡，看热闹的人还是人山人海。由此门经过十里坊，焦通海在头前引路，远远望见树林之内，站着三个人。一个是铁算盘汪春，带着徒弟刘华，后面的是神手大将楚廷志，树林里头隐隐的军队。就见汪春冲着焦通海打手势，是教囚车在前面走的样式。焦通海也接着打了个手势，作为没看见。囚车由此经过，在路上赶站。沿路上打尖的时候，囚车一打住，焦通海命四个徒弟解德山、解德海、时元、郑英桥，擎着军刃，带着官人围护着囚车。焦通海买来吃食，命徒弟端着，往李殿元主仆嘴里头喂食。李殿元自己是个明白人，自知身被缧绁，押往郑州，是绝无性命。见焦通海献上酒饭，在囚车之内，就是一吃一喝，仍然是谈笑自若。这就是一死不足惜，酒饭足安然。至于后面书童翰墨，见主人慨然就义，他也就把死搁在九霄云外。焦通海等候李殿元主仆吃喝完毕，然后他们大家轮流吃饭，打完了尖，往下站赶路。及至晚间，到了住店的时候，找大镇店。开店的看见差役押着住店，开店的就怕囚车进了店，他们一见囚车就觉着头疼。因为什么呢，但凡开店遇见押着差使的住了店，什么房子好，他住什么房；什么好吃，吃什么。第二天早晨，人家都不起身，他们就起身，白吃白喝白住房，一个钱也不给，开店的还是不敢得罪，真惹不起。真所谓"官人下乡，百姓遭殃"，这句话真说得不假。店里头见他们囚车进店，就得认倒运，还得殷勤伺候，若不然稍有一点伺候不到，张口就骂，举手就打，还得忍受。及至他们进了店，焦通海还是处处细心，先把囚车上的锁开了，把差使起下来，趁着溜一溜，带到厕所里，教他们大小便，这个别名叫放茅。然后搀进上房，让他们坐在炕上，内外屋门口，俱都派人把守。四个徒弟把犯人围在当中，瞪着眼看着，手里还拿着兵刃，然后这才预备饭，伺候犯人吃完了，喝完了水，他们才调换着吃饭。夜间轮流坐夜，真称得起时刻防范。及至第二天起身的时候，焦通海先派人在前头打探，前面没有别的危险的地方，这才敢起身。行在大道之上，处处留神，后面还有汪春带着官军，在远远地瞭望。就这么样在路途上，早行晚宿，严加防范！好在还有一样，李殿元在路上饮食住宿，倒不用焦通海操心，吃喝倒是自然，焦通海这一样儿还放点心，真要是李殿元在路上不吃不喝，到店里头病倒，那可真得把焦通海急煞。这个差使比不了平常的差使，平常押解着犯人，说打就打，说骂就骂，要不然挤对差犯的银钱。这个差犯可不行，皆因李殿元，他的案情太重，事关重大，他是宏缘会的首领，国家的要犯，倘若在路上一个饮食不调，道路上染病，真要闹出点错来，到了郑州将军署，无法交代。也难为焦通海这小子，押解起身，不但道路上留神，还是一点委屈也不敢给李殿元受。在道路之上，殷勤伺奉。

这一日已离方城山野狐岭约有一站之地，前面有个村庄，名叫枫柳村，他们就在这村里住下啦。顶到夜晚事情全都办完，他这才与四个徒弟暗地计议，明天一起身，可就是野狐岭，要按着起身的日限，可就走过野狐岭去啦。皆因是汪春的计划，等候打造囚车。一来方城山山路难行，囚车又走得慢，这一来不要紧，却耽误了途程。不怕别的，这个野狐岭，我是知道的，道路最崎岖，行人稀少，正是匪人出没的所在，咱们几个不得不小心。虽然后面有官兵接应，我们想个万全之策。我打算与你们四个人商量商量，今夜晚三更时分，不论你们谁，先到野狐岭探听探听，前面有没有意外的动作，赶紧回来报信。咱们是四更起身，如果把野狐岭度过去，咱们可就放了心啦。倘若野狐岭这个地方，若有意外的变动，咱们可就别走，知会后面的官兵，咱们再商议防范之策，你们哥四个，谁肯辛苦一趟。闪电腿时元在旁边答言，说道："师父，那么三更时分，我到野狐岭探视一趟。"焦通海闻听，说道："很好，你的腿比他们还快一点，可是千万要谨慎小心为妙。"时元说道："不劳师父嘱咐，您就在店内等候就是了。"他们师徒五个人将主意拿定。三更时候，闪电腿时元，收拾利落，手持齐眉棍，知会焦通海，叫店里伙计把店门开开，这才由枫柳村出东村口，直奔野狐岭而来。

时元刚到野狐岭相近，越看这个地势越害怕。也兼着夜深之际，又是天如墨染，两旁边的山坡，林草迷离，山坡上黑暗暗树木丛杂，愁云浓浓，黑雾漫漫，似雨非雨，阴惨惨的天气，道路上无人。脚底下坑坎不平，偶一失神，几乎把自己栽倒。好容易低头寻路，才来到野狐岭山口。时元站在山口，往东北上观看，当中是道，迷离不真，因无月色，又无星斗，怎么能看得真呢。心中暗笑，师父如何这样的胆小，此处虽险，哪里会有匪人，莫若我回去报信，这个地方平平安安就走过去啦，我师父这真是多想啊。自己想到这里，一转身形，寻找旧路而回，赶到他来到枫柳村，天尚未到四鼓。来到店旁门首，上前叫门，店里伙计将门开放，一看是时元，差役大老爷们，也没敢问。时元进来，一看上房屋灯光明亮，自己来到上房门首，启帘走进。此时焦通海，早就知会差役，叫他们大家收拾齐备，就等候时元回来好动身。这时就见帘儿一启，时元由外边进来，倒把焦通海吓了一跳，遂问道："时元，你去这趟怎么样？"时元傲然含笑，口中说道："你老太细心啦，弟子前往野狐岭，我看看没有什么动作，连个人影也没有啊。可是你老细心是好啊。前面任什么事也没有的，就是道路不平，都是些个石块，可就是黑点，咱们得多点几盏灯笼。"焦通海含笑说道："傻小子，只要平安过去，我就认为万幸。还点灯笼？若要夜间一点灯，不是给贼人安眼吗？你先休息休息。"焦通海回头叫道："英桥，你到外面知会他们，咱们起差，就此起身，你们可把兵刃预备手底下。别等着临阵磨枪，总是要谨慎。"郑英桥答道："师父您不用嘱咐，弟子知道了。"郑英桥转身出去，工夫不大，就听外面人声嘈杂，车辆马匹的声音，喧哗了一阵。就这么个工夫，郑英桥启帘进来，说道："启禀老师，外面都预备妥当了，等师父起差了。"焦通海这才将自己鬼头刀背在背后。劫江鬼解德山、矮脚鬼解德海二人在身后背好虎尾三截棍；郑英桥手提金背刀；时元手擎齐眉棍，跟随焦通海奔了上屋，叫看差使的人们，起差使。大家听了焦通海的吩咐，立刻七手八脚，将李殿元及书童翰墨由炕上搀下来。这主仆二人是手铐脚镣项索缠身，身披罪衣罪裙，被恶狠狠的差役连搀带架，拉拉扯扯的，由屋中带到院内。李殿元举目一看，在院中两旁站立的众差役，一个个雄赳赳，手擎铁尺，恶狠狠站立两边。正当中摆设着两辆囚车，车夫持鞭在旁边站立，在前面暗惨惨点着两盏灯，又兼着天如墨锭，对面看不清。店门此时已然开放。李殿元看着心中暗想：什么叫作起解，什么叫作地狱天堂，我李殿元今为光复大明，保全民族，今事犯押，看起来两旁边众差役情同恶鬼，在这凄风惨雨之下，深夜起程，何异人间地狱。李殿元正站在院中发愣，那一般情同恶鬼的差役，早就向前伸手把李殿元主仆二人，押入囚车。焦通海在旁看着上下铁锁俱已收拾完毕，囚车马匹备好，又叫过两名差役，在耳边低言耳语，说道："你们二人千万告诉他们起程，可别误了事。"两名差役答应一声是，转身走出店房。抱头狮子焦通海往下传话，伙计们一同起身。赶车的车夫摇鞭，出离店门，顺着大道，直奔野狐岭而来。他们由此起身，可就苦了开店的啦，由昨夜白吃白喝白住店，还不敢得罪他们，等他们走了之后才长吁了一口气。

焦通海师徒带领差役，押解囚车，由枫柳村起身。道路越走越不平，真是山路崎岖，坑坎不平，天地黑暗。好容易走得东方将然发亮，焦通海吩咐将前面的灯光熄灭，定睛一看，前面正是野狐岭的山口。焦通海吩咐伙计快走，千万不可耽误，此时天尚未发亮，正往前走，一阵阵的凉风，细雨儿纷飞。囚车正在前走，焦通海在后面一看下起雨来了，又一想，囚车正行在险要的所在，虽然是秋冷，没有多大雨，倘若再下大点，囚车走得必要慢。这一慢可不好，要在前面有了意外的变动，这个事情可就不好办啦。想到这里，在后面高声喊道："伙计们，咱们的车辆赶紧往前走。"伙计们在前面答言，说道："慢不了，您只管放心。"赶囚车的车夫摇着鞭，只顾往前赶路。焦通海带着四个徒弟，只顾催着快走，正走到东边树林前面，猛然间就见东面树林里，窜出五条好汉。只有一人挡住去路，前面非是别人，正是那邹雷、姚玉、陈宝光、孙启华、李进弟兄五人！

这弟兄五人，奉师父之命往野狐岭等候囚车，由牛家屯起身，这时天气正在似亮不亮的时候，又赶上深秋的景况。在凄风冷雨下，恰巧遇见囚车，只因孙启华，看见囚车来到，心中又惊又喜。惊的是彼众我寡，若要动起手来，胜负难定。喜的是，事太恰巧，适遇其时。错非四鼓起身，不然就把囚车放过走了。自己这才与兄弟们商议，教他们不要猛撞，自己打算上前答话，他们若是讲面子，把囚车留下，万事皆休，倘若不肯，那时动手，也不为晚，这就叫先礼后兵。孙启华这才手中亮剑，垫步拧腰，向前一蹿，口中喊了一声，说道："咳，行人住脚，把囚车与我留下。"一面说，一面用目观看。就见前面的差役，将囚车打盘围住。由对面走过五个人来，一字排开，站立面前。下首一人，身量不高，五短的身材，身穿一身蓝布裤褂，脚下白袜洒鞋，青脸膛两道棒槌眉，一双圆眼，大鼻头，火盆口，手擎一条齐眉木棍。上首左边站立一人，细条身材，身穿一身白布裤褂，足蹬白袜洒鞋，打着裹腿，白脸膛，两道细眉，一双小眼睛，小鹰鼻子，薄片嘴，两耳无轮，手捧金背刀。正当中站着这三个人，俱都穿着一身青，左右两个人，俱都生得凶眉恶目，每人擎一条虎尾三节棍。正当中这个人，长得甚为凶恶，手擎金背鬼头刀。书中暗表，正是那抱头狮子焦通海，挨着他的那两个人，就是那劫江鬼解德山、矮脚鬼解德海。在上首站的，正是花刀郑英桥，在下首站立的是闪电腿时元。孙启华虽然看出这五个人的凶猛，他是一个也不认识。孙启华向前说道："朋友们，别走啦，在下我有几句话，同你们几位讲在当面。囚车里面，正是我们宏缘会会长，因下书人不慎，此事犯在赃官杜尊德的手内。我们本会得到了消息，特派我们弟兄在此等候囚车。我们是奉总会的差遣，在此等候多时，你们虽是公事，我们也是差使。朋友你们若是讲面子，将囚车留下，众位转身一走，可免伤和气。如若不肯将囚车献与我们弟兄面前，可别说我们哥几个不讲交情，那时动起手来，可别说我们手下无情，你们几位也白把性命饶上。我说对面的朋友，赶快答话，别让我们哥几个费事。"焦通海其实早就看见他们啦，先命马步的二位班头带着伙计们，把囚车保护住啦，这才吩咐各擎兵刃，把前面挡住。见这五个人雄赳赳各擎兵刃，为首的站在面前，对着自己说了一遍场面的话。焦通海一看孙启华年轻，只是五个人，也不敢大意，不知树林里还埋着多少人，暗示余人休得妄动。他自己带着四人，越众上前向着孙启华一阵冷笑，手中擎刀，用刀尖向前一指，遂厉声喊道："对面贼人，好大胆量，你等竟敢在此拦住囚车，还要抢劫宏缘会的会匪李殿元，你们的胆量可真是不小。依我相劝，尔等即刻闪开道路，如若不然，你等可知道抱头狮子焦通海掌中鬼头刀的厉害。"孙启华闻听焦通海之言，一阵冷笑，口中说道："焦通海，某家是良言相劝，鼠辈竟敢口出大言，趁早把囚车留下，尚有尔等一条生路。如若不然，哪一个前来首先纳命。"焦通海闻听孙启华之言，不由得大吼一声，向左右说道："哪一个前去捉拿这个贼匪？"这句话尚未说完，一旁有人说道："弟子愿往捉拿这个小辈。"随着声音，向前一蹿。焦通海一看正是闪电腿时元，手擎木棍蹿到对面贼人的面前。

此时闪电腿时元来到敌人面前，双手把棍一横，丁字步一站，这个架势名叫将军横下铁门闩，冲着孙启华大声喊道："呔，大胆贼人，竟敢目无国法，抢劫囚车，口出大言，还不受死等待何时。"孙启华手中擎剑，微然冷笑，说道："无名之辈，还敢与我动手。"孙启华用剑尖向前一指说道："待我先结果了他。"话言未住，旁边大吼一声，说道："师弟靠后，待兄杀却这个小辈。"随着声音向前一蹿。孙启华一看，正是师兄邹雷，此时邹雷垫步拧腰，蹿到时元的面前，口中喊道："小辈看刀。"左手向时元面前一晃，右手举着鬼头刀，向时元斜肩带背就是一刀，时元见刀来至切近，往回一撤步，将棍一顺，用右边的棍头，向邹雷右手腕便打。邹雷见棍已到，随手往回撤刀，将刀一横，顺着时元的棍，将刀刃向上，一划时元的右手腕。时元赶紧往回一撤棍，用棍一挂邹雷的鬼头刀，左手棍向前，直奔邹雷的头顶便砸，这一招名叫泰山压顶。邹雷随即抽刀往回一撤身，用刀使了一个里剪腕，一剁时元的左手，如果剁上，时元的棍可就撒了手啦。时元赶紧往回撤棍，邹雷刀的招数急快，遂往上一反手，鬼头刀平着向上一挺，直奔时元的脖项。时元赶紧叉步，往下一矮身，用了个缩颈藏头，这一招真险，刀顺着时元的头顶砍过去。时元双手擎棍一转身，用右手攒住了棍，往自己身后一抡，直奔邹雷的左腿，这一招名叫扫蹚棍。邹雷是手疾眼快，刀往回一撤，用了个夜战八方的架势，见棍临身切近，脚尖一碾劲，用了个张飞骗马，身形往外一纵，一骗腿，顺着时元的棍跳将过来。邹雷心中暗想：这个贼，这条齐眉棍真够厉害。见他棍使两头，双手攒棍，使的是阴阳手，这个招数倒换得急快。邹雷认得这招数的门路，他用的招数，名叫泼风八打棍，暗藏三十六招行者棒，错非是邹雷，要换个别人，早就败在下风。对面时元，见邹雷刀法精奇，也认得他的刀法，这招数是闪手刀的招数，用的是闪砍劈剁，剪铡撩扎，刀法门路随手乱转。时元心中暗想，这个贼人这口刀，错非是我这条棍，不然必丧在他的手中。这两个人动手各自留神，分不出高低，论不出上下。

焦通海见自己徒弟时元恐怕不是邹雷的敌手，遂向左边说道："你们谁敢前去相助。"话言未了，旁边一声答言："弟子愿助师弟。"刚要向前助手，就听面前一声喊叫，说道："小辈，尔等竟敢依仗人多势重，尔休要逃走，待我来结果你的性命。"解德山举棍一看，心内暗中羡慕，此人长得美如少女，年纪不大，掌中擎着一口柳叶雁翎刀。解德山不容陈宝光动手，左右手捧着虎尾三节棍，两边一边搭着一节，棍环子都是铜的。虽然是木头的三节棍，这种木头最坚固，三节均是黄檀木做成，拿在手中分外的沉重，若要打在头上，就得脑浆迸裂。他冲着陈宝光，用左手棍一晃，右边这一节抢起来向太阳穴便砸，这一棍名叫单贯耳，遂喊了一声："小辈看棍。"陈宝光见棍来得甚猛，将刀一顺，用了个夜战八方藏刀式的架子，见棍来至到切近，自己用刀向解德山手腕上一砍。解德山见刀来得甚快，急速向回撤右手棍，左手棍趁势抢起来，向陈宝光右边耳根便砸，这一招名叫十字插花。陈宝光见棍来得势猛，遂将身往下一矮，棍顺着头顶过去。陈宝光趁势一顺刀，伏在地上，刀往回一撤，使了一个外缠头，这一刀直奔解德山腿部便砍。解德山见陈宝光刀临腿部相近，他把棍往回一掳，陈宝光赶紧往回撤刀，一长身，用刀尖向解德山咽喉便刺。解德山见陈宝光的刀到，赶紧相还，这二人，也就杀在了一处，胜负难分，这边小黄龙姚玉擎刀向前一蹿，打算帮着师弟陈宝光动手，对面焦通海派解德海迎战姚玉。这二人刀棍并举，也就杀在一处，胜败难分。焦通海自己擎刀，直奔孙启华，口中喊着，说道："小辈，我先把你结果性命。"孙启华一见焦通海，不由得气冲斗牛，遂说道："小辈看剑。"说着话遂用了个举火烧天式，这一剑，直奔焦通海头顶便刺。焦通海用刀相迎，这二人也就打在了一处。此时只剩下花刀郑英桥，见师父与贼人动手，难定胜负，各施绝艺，恨不能把贼人全数结果了，准知道贼人为救李殿元，俱都是宏缘会匪，自己想到这里，莫若协助恩师，把这个使宝剑的先结果性命。手中擎刀，往前抢步，就在这个时候，就听对面呐喊，说道："贼人，你休要暗算，小太爷与你比个雌雄。"郑英桥举目一看，来的这个孩子，岁数不大，身上一身蓝布裤褂，纱包扎腰，脚下洒鞋白袜，打着裹腿，蓝布巾包头，一双手擎着一把匕首尖刀。郑英桥细看，敢情是这小子，原来是南阳府署衙内勒死了少爷，逃走的李进。

那郑英桥见是李进，心中暗想，这劫囚车的一定也是他勾来的，真要把他拿住，可是件好差使，想到这里高声叫道："把你这弃凶逃走的李进，还不束手就绑，等待何时。你将少爷勒死，就应当远远脱逃，尔今日反倒前来送死，今天你还想跑吗，待我将你拿住。"话言未了，话到人到声音到，嗖的一声，郑英桥向前一蹿，纵至李进面前，搂头盖顶就是一刀。李进看见贼人两只眼睛都红了，恨不能将贼人全数结果性命，搭救主人李殿元，早脱危难。见郑英桥的刀临自己头顶相近，随将身形向左边一闪，用右手匕首刀向郑英桥胁下便搠。郑英桥心说这小子好快，遂将刀往回一抽，用了一个搂膝护胁。李进将匕首刀撤回，左手使的匕首刀，跟着向右一转，直奔郑英桥的胸膛，郑英桥将刀一反手，跟着向前一上步，将刀一推，够奔李进的脖项便剁。李进忙一伏身，郑英桥的刀顺着头顶过去啦，李进换式进招，这二人是仇杀恶战。此时两个班头带着五十名快手，保护着囚车。最难过的就是那囚车之内的李殿元，早看见李进率众到此，抢劫囚车，最可恨的是焦通海带着四个徒弟，竭力地抵抗。这五位英雄，与焦通海师徒五个人战在一处，真是刀光闪闪，三节棍环子的声音，又兼着那无情的老天，把天阴得如同墨色，趁着四外的青山，满目秋日的百草，含雨带露，湿满了路旁，两旁边的树木丛杂，愁云密布，阴惨惨细雨纷飞，在这大道之上，拼死仇杀。就见那义仆李进，小小的年纪，我在平时传习他些武器，不料想今日舍命前来救我，但愿上苍见怜，早把焦通海师徒五人结果，成全李进，为他的一片忠心。李殿元正在观看之际，就见前面仇杀恶战，谁也不肯相容。孙、邹五人是拼命恶战，焦通海师徒方面人虽多，无奈不知敌人有多少，也决不敢教他们离开囚车一步，一面担心，一面争战，又盼着后援速来，心悬两地，手脚未免迟慢，就在这个时候焦通海师徒五人，堪堪敌不过这五位小英雄。眼看得焦通海，且战且退，堪可不敌，李殿元暗中祷告上苍："但愿这五位小英雄，当时成功，杀却焦通海等辈，暂解我一时之恨。"

这时胜负已分，那闪电腿时元，棍法虽精，怎敌得了邹雷猛勇，这口刀上下翻飞，时元的右手棍抖开了向邹雷头顶便砸。邹雷见棍来得切近，将刀一顺，向右边一上步，将棍躲过去，反手趁势用刀背往下一砸，时元用棍往回一挂，向右边一转身，稍为一慢。邹雷是手急腿快，趁自己往回撤刀之际，一反手，此时时元的右腿未能抽回，这一刀反背一砸，刀尖正划在时元的右腿之上。时元喊声不好，抽棍往圈外一跳，好在伤痕不重，当时鲜血

92

直流。邹雷趁势追赶，时元无奈，咬牙忍疼，与邹雷招架。就在这个时候，就听那边哎哟了一声，时元用目斜视，原来是解德山带伤。解德山虎尾三节棍，与陈宝光战了多时，陈宝光这一口刀，真是神出鬼入。解德山的三节棍上下翻飞，虽然是棍招熟练，怎奈陈宝光少年英勇，又兼着刀法精奇。陈宝光的刀向解德山的头上一剁，解德山抡三节棍由下面往上一撩陈宝光的刀。陈宝光的招数是虚虚实实，这刀看着是实招，其实是虚招。解德山用棍往上一撩，来势甚猛，陈宝光遂扭身，往后撤步，刀随着往回撤，一转身，手中刀往后一扫，这一招名叫作退步撩阴刀。只因解德山用力过猛，手中可就露了空，再往回撤棍，可就撤不回来啦。陈宝光的刀，直奔自己小腹，真要是扫上，肚腹皆崩。解德山一着急，身形向左一斜，虽然躲过小腹，可是大腿上，就着了刀啦。刀尖入肉，约有一寸有余，哎呀一声，撤棍往圈外一跳。陈宝光岂肯相容，将身一转，用了个夜战八方藏刀式的架势，高声呐喊："小辈休想脱逃，将首级留下。"此时解德山腿部疼痛，见陈宝光蹿过来就是一刀，斜肩带背地劈来，自己只得忍着痛，用棍招架。这时对面郑英桥也带伤败走。郑英桥他的外号称为花刀。今天可遇见对手了，郑英桥与李进要凶杀恶战，正赶上孙启华提剑转身，两个撞了个满怀。郑英桥这才摆刀向孙启华头顶便砍。孙启华见刀来到切近，向前一迈右步，用掌中剑斜着直奔郑英桥的右手腕。郑英桥的刀可就不敢往下砍了，恐怕自己手腕子受伤，急忙往回一撤，只顾往回撤刀，他焉知道孙启华的剑术高强。虽然未挑着郑英桥的手腕，顺着劲一反手，宝剑一平，使了个顺水推舟的招数，直奔郑英桥的脖项。郑英桥是闪躲不及，只得将身往下一矮，用了个缩颈藏头法，虽然把首级保住了，孙启华的剑尖，正挑在郑英桥罩头的绢帕上，剑尖在郑英桥头上划了一道，虽然是微伤皮肉，血可就流下来了。郑英桥吃了一惊，不敢再战，遂撤刀向圈外一跳。孙启华哪能让他逃走，捧剑由后面追来。焦通海正与李进交锋，猛然见郑英桥带伤，只得抛却李进，手提鬼头刀，挡住孙启华。孙启华是一语不发，心中暗地欢喜。押囚车五个为首的，倒有三个带伤，这个囚车就在掌握之中，伸手可得，再把这个为首的贼人，结果性命，去一心腹之患。遂照着焦通海胸膛，举剑便刺。焦通海见宝剑临近，遂将身向右一闪，用鬼头刀冲着孙启华手腕便砍。孙启华见刀来得甚急，左手一推自己的右臂，身形向右一闪，宝剑的剑锋，直奔焦通海的右胁下刺来。孙启华此时动手，是心中坦然，明知道物在必得，不觉得意。一招比一招紧，一招比一招快，真是剑剑狠毒而快，直奔焦通海杀来。

唯有焦通海心中着急，一面动手，一面心中暗想：我奉南阳府杜大人重任之托，押解要犯李殿元，老哥哥汪春说过，野狐岭这个地方危险，真有这等事。匪人在此，果然打抢囚车，我师徒五人，三个带伤，只剩我师生二人，岂能敌挡这五条猛虎似的贼人。心中一想后面的接应，因何不到，倘若来迟，差使如果丢失，如何交卸重责。焦通海一面动手，一面看着荒山野草，风声甚急，这成全人的老天，这小雨怎么反倒下紧了呢。倘若脚下一滑，更不好用武了。自己心急，未免掌中的刀，招数可就显出迟慢。孙启华一看焦通海的刀，心内说，招数要慢，老伙计你要想逃走，恐不可能。想到这里，冲着焦通海递兵刃，一招紧似一招，一招快似一招，恨不得一剑，将焦通海劈为两段，方才称心。这一场仇敌恶战，真是难解难分，唯有李殿元身在囚车之内，虽然官人挡着，看不甚清，却也看出官人要败，一面看着他们动手，一面思想着焦通海害人先害己，彼只知贪功要赏，不顾大义，陷害我李殿元，实指望将我主仆二人押往郑州，邀功受赏，尔等怎么也没想到我宏缘会血性的男儿，不怕死的英雄，在此等候，就像如此的动手，必将焦通海等辈，送入幽冥之路。想到这里，自己唉了一声，遂说道："人见利而不见害，鱼见食而不见钩。"自己打着唉声，用目一看，唯有押囚车的二位班头，五十名快手，人家是久惯办案，刚才前面一劫囚车，彼此都吓了一跳，今见焦通海师徒五人，难以抵抗，堪可不保，二位头目就知道要糟，暗着知会伙计们，预备好了，保护囚车。焦通海正然力不能敌，心中着急之际，孙启华心中暗喜，若不趁着此时下手，等待何时呢。孙启华便高声喊道："弟兄们，马前着点，把柴把点，结果性命。"这是什么话呢，孙启华吊的是江湖的坎儿，吊坎就是江湖黑话，向众弟兄们说马前着点，就是叫弟兄们快当着点；把柴把点，结果性命，柴把点就是办案的官人。孙启华这么一喊，邹雷、姚玉、陈宝光、李进闻听，一个个抖精神，一齐向前用力加攻。焦通海一看，事情不好，师徒五个人且战且退，正在危急之际，猛然间就听一阵呐喊，顺着东西两边的树林内，转出无数的官军，把一干人众，圈在当中。

官人援军赶到。焦通海一见，不由精神增长，气力倍加。孙启华此时也就看见啦，为首的这个人手捧一对画杆方天戟，旁边站着一个年老的，形容枯瘦，手中捧着一口雁翎刀。下首站着一个尖嘴猴腮的小子，手里头提着一口朴刀。带队的一边一名守备，手下的官军，一个个刀枪利刃，寒光闪闪，顺左右向前一抄，把五个小英雄圈在当中。此时焦通海可就放了心啦，为首使戟的，非是谁人，正是神手楚廷志。使雁翎刀的白胡须老人，是铁算盘汪春。尖嘴猴腮使朴刀的，正是汪春的徒弟，快手刘华。在外还有两名守备，一个叫张祺，一个叫何辉。只因前次汪春与焦通海所定的计划，由南阳府集合，汪春打手势，看着焦通海带着徒弟，并由马步的二位班头，带着五十名快手，眼看着焦通海等，押送囚车前走，他们后面保护，前后相隔总在一二里地远近。他们等着焦通海下店动身之后，又停了一会儿，便也动身启程，请二位守备老爷调齐了官兵，又嘱咐众人预备好了，带着官兵出离店房，顺着村内的大街向正东而来。此时天也就是五更已过，头里队伍打着号灯，在头前引路。出离了枫柳村，向东走，越走天越亮，正走之间，汪春忽觉着方城山危险，自己心神不安，便先派刘华骑马先去看看前面的囚车，刘华依言催马而行。走了一会儿，汪春忽觉着雨点飞在面部，自己在马上抬头一看，浓云满天，西北风大吼，吹的道边小树来回乱晃，汪春一看这个雨恐怕下大了，遂在马上与楚廷志说道："楚贤弟，你看老天爷多么不凑巧，单赶上今天下雨。真是越怕什么，越有什么。这个地方要是下大了，还真是没有地方避雨，咱们不能耽误，还得往前赶，看起来当这份差使够多么难。"楚廷志在马上含笑说道："汪大爷，你这个铁算盘，全都算得好，这个下雨，你怎么就没算出来呢。"汪春听着楚廷志之言，忙说道："这个你可不对，你别与老哥开玩笑，倘若能算出来，我也就不受这个罪啦。"说完了，大家彼此就是一笑。就在这个工夫，就见前面蹄声踏踏跑来一人。汪春一看，就是一怔，此人正是三只手刘华，汪春一看见刘华变色，赶紧问道："前面野狐岭的事怎么样？"楚廷志在前面也看见了，就见刘华跑得喘吁吁地向汪春说道："果然不出师父所料，小徒前去打探野狐岭，尚未到达，就见囚车停住，前面有人正在劫车，我焦二叔已经跟贼人动上手了，小子不敢稍停，赶紧回来报信，请老师定夺。"刘华把话说完了，旁边众人听着一怔。汪春回头向楚廷志众人说道："贤弟，你听见了没有，刚才

96

你还说，哥哥的铁算盘不好。你看怎么样，头里有事了吧。看起来哥哥这个算盘不错吧！"楚廷志闻听说道："哥哥，应该怎么办呢？"汪春说道："兄弟你先别忙。"回头又向刘华问道："刘华，你既前去探信，贼人多寡，贼人可曾带了多少贼兵。"刘华忙答道："前面贼人不多，大约就只五六个人。可是来得甚猛，我焦二叔正与贼人动手，小子未敢耽误，急忙返回。"汪春听了点点头，遂向楚廷志说道："贤弟，这个事情也不用我细算，焦二弟细心，先命时元打探野狐岭，前面没有危险的动作，焦二弟才押着囚车前往，到了野狐岭，可就遇上了。若据我想，这些贼人，在此抢劫囚车，他决不是早有预备，若是早有预备，时元不至于探听不出来。这些贼人，不是今天在此巧遇囚车，必是早在店内等候，天天在野狐岭瞭望。若是早有预备，他必要多带手下人，至少也得有个百八十名。据我想，他们一定是巧遇。焦二弟这几个徒弟，能为倒是不错，若真遇见能人，这几个徒弟，可是有点不行。他们这几个的能为，可都在我心里装着，咱们若不是在后面预备，这个囚车还是非丢不可。"楚廷志闻听汪春之言，遂说道："依着老哥您的意见应该怎么办呢？"汪春说道："你先别忙，我先把我这铁算盘打一打。"说着话仰面一想，不一刻说道："有啦，准要是几个人在前面行劫，这个主意，管保叫他们一个跑不了。他们后面若是有的接应，那可没有法子，那只好把囚车给了他们，咱们逃走，不然也得白白饶上。我出这个主意，教官兵不要声张，多预备挠钩套索，叫刘华带着张祺，顺着右边绕至囚车侧面，挡住贼人的归路。咱们哥俩同着何辉，也多预备挠钩，顺着左边抄到前面，把贼人围住，叫小子们插翅难飞，一同擒住，押往郑州，也不枉你我弟兄在大人的面前告了奋勇，拿住贼人，也算你我的功劳。事已至此，不能不这么办。动手的时节，是一齐向前，得力可就在挠钩手的身上，只要搭住了一个，那几个也跑不了。贤弟你想这个主意怎么样？"楚廷志闻听，说道："兄长之言甚是，事已至此，咱们就得这么样办。"

大家商议已定，催队前行，此时天已亮了，前面也把灯笼熄灭。正往前走，就见前面兵丁回禀说道，前面已来到野狐岭的山口。汪春向前一看，两边山势险要，道路不平，路旁的山石堆叠，浑身上下的衣襟被雨打透，衣服都单薄，冷得周身寒凉，又想着在这浓云密雨之下，前面又设伏着杀人的战场。汪春在凄凉风雨之下，心中暗想：我汪春年过花甲，又赶上这么一种险恶的厮杀。想到此处，把心一横，只可调动官兵向前动手，遂向前面兵丁说道："你们闪在一旁，听我调动。"遂向楚廷志说道："楚贤弟，你带队在后接应。刘华你同张老爷带队依计而行，千万不可错误。"自己忙下马，各打开包袱，亮出兵刃，众人俱都收拾齐毕，分两路而行。汪春刘华，各分一百名官兵，暗进野狐岭山口，往两下一分。汪春带着官兵，顺着左边往前抄来。一面走着，一面用目观看，就见远远的大道上，好像动手的一般。汪春这时自己想着主意，临到囚车的左面，楚廷志他也跟着来到前面。汪春一打呼哨，命兵卒一齐呐喊，向前面一抄，把群雄困在当中。

此时孙启华等见囚车的后面有接应的官兵到此，并将自己的归路挡住。此时孙启华等众人遂高声喊道："弟兄们，大家一齐努力，把这群害民的官兵，一个可别叫他们走了，俱都把他们结果性命。"说着话首先仗剑，向前冲闯。这时候焦通海正在危急之际，四个徒弟倒有几个带伤的，堪堪囚车不保，徒弟们性命难逃。在危急万状之时，后面官兵赶到，当时把精神又振作了起来，遂高声呐喊："你等大家努力，休要放走劫囚车的贼人。"这一声呐喊，后面五十名快手、两个班领也帮助呐喊。此时野狐岭就成了杀人的战场啦，两个守备张祺、何辉，带领着二百名官兵往上一围，各擎军刃，喊道："别叫劫囚车的逃走了。"刀枪乱晃，邹雷手中擎刀，见官兵手持长枪，堪可临近，扭身向右一闪，刀顺着枪杆进去，官兵想要脱逃，那焉能来得及。这一刀斜肩带背，将官兵劈死在地，将要往前杀，就听后面金刃劈风的声音。邹雷一转身，使了个鹞子翻身，将后面暗算自己的官兵，连人带刀劈为两段。官军往后倒退，复又往上一围。邹雷见官兵枪刀乱戳，邹雷这口金背鬼头刀，就仿佛是疯了的一般，杀的官兵死尸横卧，血流道旁。这哥五个，不亚如生龙活虎。神手楚廷志在后面督队，见邹雷骁勇无敌，官军难以进前，自己手捧一对方天画戟，一声怪叫，遂喊道："尔等闪开，待我捉拿这个小辈。"官军往左右一闪，楚廷志正与邹雷冲个满怀。邹雷见前面闯进一人，手擎一对画杆方天戟，邹雷并不答言，向前就是一刀。楚廷志见刀临切近，左手戟，往上一穿，遂向右一迈步，左手又往回一撤，此时邹雷刀可就落了空啦。楚廷志趁着他的落空，左手戟像月牙峨眉针，正将在邹雷的鬼头刀上，右手戟一抡月牙子，直奔邹雷的脖项，邹雷的刀是撤不回来，被楚廷志戟上的月牙子咬住，只可撒手。向后一撤步，打算转身逃走。虽然躲过楚廷志的方天戟，未提防后面的挠钩手一齐向前，密密麻麻，将邹雷衣襟钩住，邹雷此时想逃万难，挠钩齐上，将邹雷搭倒在地。孙启华在远远地看见邹雷被擒，被官人按在地上捆绑，自己已知道不好，有心向前解救，怎奈官兵势大人多，再若战久，又恐被官军捉拿，莫若暂且率众人逃走，再设法搭救邹雷。就在这个时候，孙启华抖丹田一声呐喊："弟兄们休要动手，随我来。"一面喊着，一面奋杀。李进、陈宝光与孙启华三人抱在一处，分三面敌住官军，一面动手，一面向东南退去。就把那个小黄龙姚玉，落在后面。姚玉打算向东南逃走，与孙启华合在一处，这官兵如何肯容，四面包围，死也不放。姚玉正在不能逃脱之时，迎面来了一人，正是神手楚廷志。姚玉一看急忙摆刀，向对面来人，嗖的一声就是一刀。楚廷志一闪身，双戟往上一支。姚玉往回撤刀，想要逃走，未防备由后面来了一人，向姚玉腿上一棍，打了个正着，姚玉身形向前一栽，爬伏在地。此时官兵向前，一齐动手，遂将姚玉当场捕获。楚廷志威吓声音说道："焦二弟带着徒弟保护囚车，待我捉拿逃走的三个小辈。"楚廷志将话说完，举目一看，孙启华、陈宝光、李进三人，已经杀出重围，向东南逃下去了。

第六章

怪龙岭高僧赐宝

楚廷志虽看着他们三个人逃走，有意要追，自己又害怕，如若追赶，野狐岭地势危险，倘若再有别的意外，这个事可就不好办了，只可回头。这时汪春正派人将姚玉、邹雷捆绑着推推拥拥，官兵各擎刀枪威吓，就见汪春站在他二人面前，指手画脚，因为离着远，又兼着人多声音众，所以听不清说的什么。自己只得倒提着画杆方天戟，向人群而来。临到切近，就见这两个人横眉立目，楚廷志向前叫道："汪大哥你先别问这两个人，那逃走了的，咱们还是追，还是搜查呢。"

汪春听楚廷志之言，遂说道："楚贤弟，你先别忙。你只顾与贼人动手，你还没看见呢，焦二弟的徒弟好几个带伤，这一干人还真是厉害，错非你我弟兄赶到，这个囚车非让他们抢了去不可。兄弟你先别忙，官兵还有好几十名受伤的，咱们此时先办理这个善后的事情。"楚廷志听了汪春之言，遂说道："大哥，你打算怎么办呢？"汪春说道："要依着我的办法，拿住这两个贼人也不用问，这个时候也没工夫问他们，把他们捆好了。咱们后头不是有两辆大车吗？把两个贼人放在车上，请张祺、何辉带着二十名官兵，到前面村庄找村长，跟他们要人预备绳杠筐箩，把受伤的官兵，搭在屯内将养，然后再请治外科的先生治伤。我回头派刘华奔东南追赶逃走的三匪，随后缀着他们，可千万别抓，倒看他们窝巢在哪里，让他回来报信，咱们再设法。因为野狐岭这个地方危险，倘若要有贼人前来劫抢，那可就不好办啦。我想带着五十名快手，所有的官军与两名班头，押着囚车早离开这个险地。咱们赶到叶县再跟县里头挂号，教本县里头预备刑具，派官人预备大车，协同保护囚车，再押解郑州。张、何二位，让他们在后头慢慢地办理，咱们是先走的为是。"

汪春将话说完，冲着张、何二位说道："你们看着怎么样？"何辉、张祺二人在旁边早就听明白啦，又见汪春调度有方，只得在旁答道："汪老既然如此分派，咱们就那么办。你老到郑州，千万等候着我们，这事求您千万别把我们哥儿俩忘了。"汪春跟着说道："哪里能够呢，咱们在郑州会齐就是了。"汪春等人把主意商定，遂吩咐官军，将拿住的姚玉、邹雷按倒，四马攒蹄式捆好，搭在车上。焦通海命受伤的三个徒弟解德山、郑英桥、时元等人，在伤口上敷好了金创铁扇散，教他们在车上看守那两个被擒的贼人，把兵刃预备在手下。然后教徒弟矮脚鬼解德海携带着兵刃，带着官兵在那左右树林里面，搜查搜查，有无贼人的余党。解德海答应一声便带着官兵搜查去了。

焦通海然后吩咐官军，将那地上所抛弃的兵刃俱都拾起，放在后面大车之上，一面教官军整队，一面与汪春商议就此起身。正在这个工夫，就见解德海带着官军，后面牵着四骑马，来到面前。解德海向焦通海说道："弟子奉命搜查，并无贼踪。只有四匹马，上面俱系着小包袱，大概必是贼人遗弃下的，听师父的谕下。"汪春在旁，跟着说道："你看那包裹里面可有公函书信吗。"解德海随即说道："弟子已经查验过了，里面只有随身的衣服与散碎的银两，并无别的东西。"汪春闻听了点头说道："那倒无关紧要，把马匹系在车后。"汪春看事俱都办完，又看了看张祺、何辉带了二十名官军，往道旁搀扶受伤的官军，并有当场丧命的。那受伤官兵，周身血迹模糊，哼咳之声，惨不忍闻，遂回头看见自己徒弟三只手刘华在那旁站立。汪春向刘华点手，刘华一见，赶紧走至近前，说道："老师有何事分派？"汪春向刘华说道："刚才我交派的话，大概你也听见啦，没有别的，你辛苦这一趟吧。三个贼人向东南逃下去了，你在后面跟踪涉迹，看准贼人的巢窝，不可打草惊蛇，探准贼人扎足的所在，直奔郑州报告，我们在郑州听你的回信，你可要小心留神。"刘华说道："老师差遣，弟子谨遵师命。"刘华将话说完，汪春看着他奔了东南，追赶三个贼人去了。

汪春这种调遣，真是老谋深算。汪春站在那里洋洋得意，只顾他在这里心满意足，他哪里知道在囚车之内的主仆二人，刚才李殿元在囚车之内，看见李进带着四位小英雄，如生龙活虎一般，只杀得焦通海的徒弟三个带伤，只剩下焦通海与解德海师生二人，难以迎敌，堪可落败。若要战败焦通海，五位小英雄必当砸毁囚车，救我主仆二人早脱缧绁。李殿元看至此处，顿觉心中一喜，不啻重睹天日。不料汪春、楚廷志带领官军赶到，将五位小英雄包围，那俩英雄当场被获。这一来不要紧，叹坏囚车内披枷带锁的、恢复前明设立宏缘会的首领李殿元，见二位小英雄被获遭擒，想二位小英雄不能救我，反倒被擒，被押到郑州，也难以有命，事不能成，怎奈天不遂人愿。幸而李进同那二位小英雄，得脱虎口。救自己的那几位少年英雄，我连姓字也不晓得，这二位小英雄也随我身入樊笼。自己想到这里愁肠万转，心若刀割，正在思想之际，猛听得前面喊叫，抬头一看，就见两旁众官军刀枪齐摆，众差役面目狰狞，一齐呐喊"起差"二个字，不知不觉囚车往前行走。李殿元在囚车内往道旁一看，鲜血满地，那受伤的官军倒卧道旁，呻吟呼唤；并有那断头折臂的死尸，横倒竖卧，惨不忍睹。不提李殿元囚车向前行走。

再说那逃走的三位小英雄，奉师命前来打劫囚车，事未成反而折了两条膀臂，难见恩师，含羞带愧，悲愤交集，恨苍天不称人愿。那位小英雄孙启华，领着年幼的师弟陈宝光，与那不怕死的年幼师弟李进，杀开血路，脱离了重围，落荒而走。一面走，一面回头望着，幸好后面官军未能追赶。弟兄们不敢顺着大道脱逃，只得顺着小路穿林越岭，向东南而走。此时正值秋景，又兼着愁云密布，凄风冷雨，三位小英雄在仇杀恶战之际，只累得遍体生津，哪里顾得了冷雨寒风。今脱重围，又行在山僻之处，满腹愁肠；孙启华怎禁得这一种冷雨凄风，不由得回头看了一看，在李进面上发现出一种悲惨形容。

孙启华看了，不由得心中一阵难过，只得壮着精神说道："二位贤弟，你我弟兄虽然事已如此，总算是我孙启华一时的痴愚，误中了贼人的奸计。邹雷、姚玉二位师兄，又被擒获，今总算画虎不成。可是谋事在人，成事在天，虽受恩师之重托，怎奈你我寡不敌众，又将奈何。"孙启华说到此处，止住了脚步，转身复又说道："有负恩师重任，实难与恩师见面。本欲横剑自刎，奈因二位贤弟将何以归，今愚兄转留无用之身，令恩师伤心。我打算与二位贤弟相商，你我将兵刃暂为解下，寻山中小路找一个栖身之所，再问明道路，不知二位贤弟意下如何。"

李进未及答言，就见陈宝光站在对面冷笑，向孙启华说道："师兄何出此言，自古及今，成败难定，虽然你我弟兄一时失算，误中贼人奸计，未劫成囚车，反倒折了你我的膀臂。总算你我弟兄逃出贼人的罗网，大丈夫既有三寸气在，何以为忧。就按师兄您所说的话，我们急忙寻找栖身之所，再作商议，何必做此为难之态。师兄您难道忘了，事到临头须放胆。再者说今日之事，你我弟兄未能得手，若要得手，焉有这群鼠辈的性命。这总算是不该事成，胜者何荣，败者何辱。咱们行在深山，就是说话也得留神，倘若后面有人跟下来，把咱们这话听了去，岂不是反为不美。师兄难道说就忘啦，君子防未然，依我之见，咱们就往下寻路，找相当的所在投宿，明天再起程。虽然有这么点小雨，似乎你我这条汉子也不要紧，何必您发出这种悲惨之词，叫小弟听着不入耳，咱们可是走哇。"说着话，陈宝光把刀鞘由身上解下来，将刀插入鞘内。

孙启华听陈宝光说的这些话，复又把精神壮了起来，说道："贤弟之言甚是，为兄一时痴愚，反不如你。"一面说着话，一面将剑匣由身背后解下来，将宝剑插入鞘内，悬于胁下。遂顺着山道，直奔了正南的山岭。

众人穿过山岭，孙启华止住脚步，向东面一看，一片黑暗的松林，在正南重叠的乱山。扭头往西观看，远山在目，山坡下一条小道，直奔了正西的山道。孙启华在前，陈宝光、李进随在后面，此时李进早就把匕首尖刀藏在衣襟底下。孙启华顺着山坡下来，来在小道，回头向陈宝光说道："此地愚兄实在道路不熟，你们弟兄俩哪一位认识这条道路？"陈宝光看着孙启华摇头，将要开言，李进在旁边说道："少镖头您要问这条道，我可是实在没走过，您看东面树木丛杂，恐怕没有大道。此时天可又不早啦，又赶上阴天，天更黑得早，倘若再迷了路途，咱们可就不好办啦。若是依着小人之见，咱们还是往正西走的对，不怕多绕几里，那倒没什么，只要找着相当的住处，再打听道路，咱们可就不怕啦。我记得由南阳到宜昌，是斜着一直奔正南，走山路，总得绕道，没有一直的道路。"孙启华听了李进之言，说道："那么咱们还是往正西走的对。"陈宝光在旁答道："兄长，事已至此，咱们就奔正西，何必犹豫呢？"孙启华闻听只得点头，先往四外望了望，看看是否有人暗中跟着，这才领头迈开大步，顺着小道，向正西走下来了。走了约在二里之遥，这个天就渐渐地黑了。看了看天，雨却停住了，满天的黑云已散，看前面一片松林，这三人穿过松林。

这时天已经黑啦，到掌灯的时分了。在东闪出一轮的明月，照耀得满天浮云乱走，星月之光，被浮云所遮，行隐行现。往四外观看，山岚瘴气，遍满山坡，一阵阵西北风，吹得身上遍体发凉。孙启华一面看着山谷中凄凉的秋景，一面急忙赶路。三人行走，借着蒙蒙的月色，一看正西有一座矮山坡，远远看着山坡上隐隐好像有民房一般，孙启华遂向李进说道："李老弟你看，那山坡上可有民房，现在天色已晚，不如你我到那里暂为投宿，就便问路，贤弟你想如何？"此时李进身上衣服本来单薄，又兼着夜间清冷，再加上拼杀了半日，早就身体劳顿不堪，恨不能寻找一个下榻所在，遂接着说道："既是这样也倒好，莫若咱们到那里看看。"三人议定，便顺着小路奔了山坡而来。

临到山坡之下，就见上面有一条小路。顺着小道，来到坡上一看，前面有几棵古柏，直入云霄。此时正是月明如画，借着月色一看，前面的房间，并不是住宅，乃是一座失修的古庙。孙启华等来在山门之下，举目一看，当中的山门，两边的角门，有口无门，四外矮墙破乱不堪；里面东西配殿已然坍塌，当中正殿也是破坏不齐，并没有门窗，看这个样式，恐怕没有主持的僧人。弟兄们看着这冷落的庙宇，孙启华向陈宝光说道："贤弟，咱们既来到此处，咱们就到里面看看，里面若有主持的僧人更好，若没有僧人，咱们就在这大殿栖身，也免得露宿，可不知这个庙叫什么名字。"说着仰面往山门上一看，上面有一块匾，字迹模糊，细看才看出，上面写的是敕建白骨寺。孙启华看罢，迈步进了山门，李进、陈宝光相随在后。正当中的甬路，两旁边的丹墀，里面卧着断碣残砖。孙启华顺着甬路来在大殿廊下，往里一看，上面神像模糊，看不甚真。回头再看，见师弟带着李进站在身后，又见阶前流萤弱草，星光乱飞，不由迈步进殿，顺着神橱向后面观看。原来是一座穿堂的大殿，随着转过神橱，就见里面东配殿，俱已坍塌。正中的大殿，殿前的月台，就见月台之上，一片火光，细一看，原来是一个七八岁的孩子，跪在台前，面向正南。那孩子的前面有一个炭炉，上面坐着水壶，这个孩童半爬半跪，在那里吹火，又见大殿之内，隐隐的灯光。

孙启华看见庙内有人，心中暗喜，为的好在这里投宿。遂迈步上了月台，再一细看这个孩童，长得是真好看，看着面目就仿佛很熟，像在哪里见过似的，可是一时想不起来。就见这个孩子身量不高，约有七八岁，身上穿着蓝布裤褂，足下小洒鞋白袜。

往脸上看，圆脸膛，头上梳着团天杵的小辫，扎着青头绳，前发齐眉，后发盖颈，白净面皮，两道浓眉，一双俊目，鼻如玉柱，唇似涂珠，牙排碎玉，大耳有轮，借月色看得分外真切。刚要跟这孩子说话，似乎这孩子知道外面来人，站起身形，回头一看，高声说道："你们几个人是做什么的，因何深夜来到我们庙院？"孙启华将要答言，就听大殿之内有念佛的声音，举目细看，孙启华暗吃一惊，就见由大殿之内走出一个和尚。这个和尚长相古怪，大身材，身穿灰色的僧衣，外罩昆卢褂（昆卢褂就是和尚穿的大坎肩，错非有道行的和尚，不能穿此昆卢褂）。腰中系着黄绒绳，灯笼穗飘摆，蓝中衣，白高筒袜子过膝盖，足蹬开口僧鞋，手拿着拂尘，乃是十八节罗汉竹，上面相衬树棕；往脸上看，黑漆漆的一张面孔，光头顶未戴僧帽。头上亮中透光，前面头发已然脱落，只剩两道白鬓，一双蚕眉，寿毫多长。深目高鼻，唇似丹砂，颏下白胡须，新刮的日子不久。耳垂肩，就是瘦得难看。伸出手来，似乎鹰爪一般。胳膊上奄拉着皱皮，约有一寸多长。

孙启华一看，原来是一位怪僧。孙启华见和尚走出大殿，合掌问心说道："哪里来的檀越，姓字名谁，因何深夜到此，请道其详。"孙启华赶紧抱拳，口中说道："这位禅师若问，我等乃行路之人越过宿头，误至贵庙，打算在这庙内，借宿一宵，明日早行，不知禅师可肯慈悲方便。"和尚闻听，口念南无阿弥陀佛道："檀越说的哪里话来，此庙也非是小僧的主持，小僧也是行脚的僧人，原是行无定所，只因此处幽僻，庙内清雅，此处又无主持，因此带着小徒在此权住，暂为栖身。如若不嫌殿内污秽，请到里面暂为休息。"孙启华弟兄三人一齐抱拳说道："长老方便，我们可就要打搅了。"和尚回头对那孩童说道："徒儿赶快烧水，预备供客。"遂转身说道："三位请，待小僧头前带路。"说着话和尚迈步进殿。孙启华弟兄三人相随来到大殿，就见迎面的佛橱上面的神像，并无五供，只有一个香炉。在佛前铺些蒿草，上面放着两个蒲团，靠着佛橱放着一个大黄包袱，在包袱外面放着一口戒刀。在东面两边有一块青石，在青石上点着一盏油灯，旁边架着火石火镰，虽有这盏半明半暗的油灯，也很黑暗。和尚伸手相让，请众位屈尊，在蒿草上休息，休怪老僧不恭，实在是庙内清苦，休要见怪。孙启华说道："禅师哪里话来，请坐谈话。"孙启华一面说着，三人一齐坐在蒿草之上。此时和尚在一首相陪，

108

孙启华抱拳说道："请问高僧怎么称呼？"

和尚含笑答道："小僧上悟下通，乃陕西人氏。皆因带着弟子，游行至此，小僧观看此地山清水秀，庙内清雅，就在此打坐，就便传授徒弟两手笨拳。不料今日三位檀越深夜到此，小僧款待不恭，未领教三位贵姓高名，家乡何处？"孙启华见和尚问他们的姓名，自己一想，我们做的事，深山幽僻之处，焉能知道呢，何必隐瞒名姓，就是说出真名实姓，也没有什么妨碍，孙启华想到此处，遂说道："在下名叫孙启华。"又用手往下首一指，说道："这位叫陈宝光，他是我的师弟，我们是河南泗水县的人。"又一指李进道："此人姓李，单字名进，乃南阳府的人，与我们弟兄都是莫逆之交，因为一同贸易，贪赶路程，越过镇店，想不到与禅师有缘相会。多蒙禅师收留，我们在此打搅了，还有一事，要与禅师相商。"和尚闻听说道："什么事，阁下当面请讲，小僧愿闻。"孙启华说道："只因我们赶路所走的俱是山场，并未经过村镇，因此无处打尖，整整饿了一天，老禅师这庙内若有吃食，今日暂与我们充饥，明日我们临行时，必然有份人心。不知禅师意下如何？"和尚闻听，遂说道："三位檀越，沿路既未打尖，我们庙里可没有什么好的，只有些馒头，还是冷的，外面有烧的开水，还有几块咸菜，恐怕你们几位吃不下去。如若肯用，那倒现成。"

孙启华闻听将要答言，旁边李进早就饥肠乱鸣，遂在旁边答言，说道："禅师既有馒头，就能充饥，倒是很好很好。"和尚听李进说话透急，明知他们三人是饿啦，遂笑道："这位檀越您稍候一候，待小僧取来大家一用。"说话间站起身形，迈步转至神像的后面，一伸手取过一个白布口袋，放在众人面前，遂说道："众位既未用饭，你们几位包涵着吃吧。"说着话又从神像后面取出一碟子咸菜，也放在众人面前，还向外面叫道："绍先，你看那个水烧开了没有，把它提来。"那孩童回答，声若铜钟，说道："水才烧开。"随着声音，就见这个孩童，手提着水壶，从外面走进来，将水壶放在众人的面前。又从佛柜之内，拿出四个黄沙碗来，孩童用揩布，把碗擦干，然后斟了四碗水，先递与孙启华每人一碗。这时和尚坐在孙启华的对面，这个孩童站在一旁，垂手站立。和尚就见孙启华把白布袋的绳扣解开，由里面将馒头取出，看这馒头每个重有半斤，随手先递与李进，然后又取出两个。陈宝光随手拿来就吃，孙启华看着他二人，心中暗想，要在镖局内，这个干馒头他们绝对不吃，看起来是饥不择食，渴不择饮，到了今日这个时候，白水就馒头也行啦。孙启华看着他们，自己不由得把馒头放在口内，用嘴一嚼，分外得香。借着半明半暗的油灯，一看馒头里面就仿佛有树叶似的，嚼到嘴里，越嚼越香，还透着有点甜味，遂回头向和尚带笑说道："这位禅师，这个馒头里面有什么材料，怎么这么香甜好吃呢。"和尚带笑说道："众位檀越有所不知，这种馒头平常许多人吃不着，这是老僧在天不亮的时候，提着篮子出庙，在后山采得百花的花蕊，百草的草尖，带着露水把它采来的，用刀将它切碎，加上少许的白糖，用面将它掺在一处，再用干面将它揣在一处，搁上少许的白碱，然后团成馒头，用锅蒸好，无论搁放多少日期，它也不干，此名叫作如意百草糕。人要终日吃用，可以健脾养胃，生津化痰，还能强壮筋骨，又能耐饥，所以我们出家人，应当吃这个才好。你们众位吃着觉得怎样呢？"听老和尚所说，点着头心中暗想：我们弟兄奉命打劫囚车，舍生忘死争杀半日，冒雨突风，不顾性命杀出重围，逃至万山幽僻的僧寺，讨和尚一顿馒头充饥。想起来名利二字，何如老僧这么清闲潇洒。

孙启华手拿着馒头正自发怔，猛听得旁边有人说道："檀越你吃老僧这个馒头怎样呢？"孙启华抬头一看，见和尚与他说话。这才猛然想起，刚才与和尚说话之时，自己一时忘神，遂赶紧着说道："这个馒头实在是可吃，总算我们与老师父有缘，讨得您这百草糕。"孙启华说着话，就见这位老僧，目光炯炯，双眸似电，不由得心中一动。看这个和尚，神色也是江湖上的高人，孙启华看着，双手一揖道："我看禅师仪表非俗，定然是得道的名僧。刚才我看包袱上有戒刀一口，我想禅师一定通达武术，一定是世外的高人。小人有缘在此相会，何妨禅师明言，我等可以请教请教。皆因我等也练过几手笨拳，方敢大胆直问。"和尚听孙启华之言，合掌含笑道："阁下既问，实不敢相欺，老僧原是出家少林，拜玄同长老为师，习学少林的拳脚。因小僧年老气衰，何敢再言武术二字。今错非檀越相问，小僧实不敢言及于此。请问三位受过哪位明师的指教呢？"孙启华见和尚一问，不由得心中踌躇不决，蓦然一怔，就听和尚说道："此处幽僻，我看三位必有要事在怀，老僧早就看出来了，皆因不敢贸然动问，今说至此，方敢动问。就是阁下明言，也没有什么妨碍。"孙启华看和尚说话诚实，遂将馒头放在蒲团之上，双手抱拳说道："适才听禅师之言，我等所学的武术，也是少林西派，与禅师同宗。我之恩师他在华阴开设永胜镖局，论起来为弟子不当言讲师名，今日承禅师动问，不可不说。我的恩师他姓余双名公明，江湖人称龙舌剑镇西方。"和尚听孙启华说话至此，遂舒左臂，用手扶着孙启华的肩头，上下细看，跟着说道："汝之师祖莫非少林僧上悟下空（这上下二字原是和尚的称呼，若问和尚的名字，应当请问师父传贵上下，所以著者才用上下二字）。孙启华仰面看着和尚，遂说道："禅师何以知之？"和尚闻听鼓掌大笑，遂说道："大水

111

冲了龙王庙，一家人不认识一家人。老僧名叫悟通，江湖人称诨号铁臂禅师，汝之师祖悟空禅师，乃是我之师弟。你等休要见怪，此乃是门户的关系，并非是老僧攀大，你们休要多想。"孙启华、陈宝光、李进，一齐站起身形，遂向和尚说道："我当是何人，原来是师祖。弟子等多有冲撞，望老人家宽恕我等。"说罢随即下拜。此时和尚早就站起身来，将身一闪，合掌当胸，口念南无阿弥陀佛，说道："你等先坐下，有话再谈。"孙启华请老和尚先落座，然后大家才敢落座，孙启华遂向禅师问道："师祖不在少林，因何在此？"和尚遂向孙启华说道："我在头三年前，行在河南陆安府汤成县，我遇见一个人。论起来也是我的师侄，原是南派的人，后来也受少林的教训，此人根底很好。

"此人名叫潘景林，江湖人称赛李广。并有家传的一条五钩神飞枪，在步下一口金背砍山刀，若论此人能为俱都不弱，就是此人命运乖蹇。家中虽有些个余资，又遭了一场回禄，家业荡然，我遇见了他，便把我让在他的家中。我看他家道艰难，我才问他，因何落到这般景况，自己打算欲谋什么生理。他曾对我言，因朋友介绍，如今在华阴县永胜镖局，镇西方余公明手下，充当一名镖师，现在请假回家。只因余公明待他很好，由柜上支与他纹银五十两，外赠与他路费十五两；命他将银两放到家中，赶紧返回镖局子，皆因镖局内人少不敷。只因老僧很爱惜他，所以他沽酒款待。吃酒之际，我看他妻子徐氏娘子，怀抱幼子，五官相貌甚好，我才一问此子生辰八字，那潘景林对我说明，我才细细地占算，此子命大福洪。我在饮酒之际夸奖此子，潘景林对我说道：'此子将才三岁，他若长成，再过几年我又是一番的为难。'我那时就问他，因何为难呢？他说皆因家中无人，此子难得教育，我又不在家。终归如何。那时也兼带我有些酒意，我与潘景林言说，此子若到七岁，我将他带至少林，传授他技艺，你还有什么不放心吗？那时潘景林离席与我叩首，向我说道：'你老人家既然成全您这师孙，就是如同成全我潘景林一般。'我伸手把他搀起，他又将他的妻子唤至面前，当面说明。倘若潘景林不在家中，此子若到七岁，如师叔到此，命他妻子将此子交付于我，我将此子带回少林，传授他文武技艺，并让他妻子放心，绝无舛错。他妻子当面许可，这才与他分别告辞。我自己觉着倒很后悔，如若将此子带至少林学艺，岂不让他母子分离。我若不领此子，一来有误此子的前程，此子必当荒芜废学。再者出家人不说诳语，我岂能食去前言。无奈这才由上半年到潘景林的家中，将此子带走。那徐氏娘子，倒很满意，并无难辞，将子交我带回少林。我又想少林人多，我若偏袒传授此子，恐庙内人多物议，我这才想起，才来到了此处。此山名叫怪龙岭，庙名白骨寺。这座庙宇年久失修，行人绝迹，这庙中正好传授武艺。"说着话遂用手一指那孩童道："潘景林之子就是他，他名叫潘绍先，今年才十岁，这也是我自找其累。"遂叫道："绍先你过来，你见过这三位师兄。"这孩童转身来至三人面前，和尚悟通禅师遂与孙启华、陈宝光、李进三人引见。孙启华见绍先过来行礼，伸手相搀，各通名姓。彼此大家见礼已毕，然后和尚让座。

大家归座后，和尚吩咐叫绍先过来每人各献白水碗，此时孙启华等已经知道和尚前后的来历，一面喝水，就听悟通禅师问道："你们弟兄三人，据老僧看面带仓皇之色，身上又有血迹，你们一来的时候，老僧早就看得明白，并未敢问，皆因不知你们的来历。今既叙起不是外人，但不知你们因何到此，只管实说，老僧可以与你们划策。"孙启华见悟通禅师这一问，遂长叹了一声说道："我们弟兄是奉师命前来搭救李殿元，在野狐岭劫抢囚

113

车，弟兄五人与官兵动手，一场鏖战，邹雷、姚玉被擒。"遂又将镖局子在乱柴沟镖银被劫，永胜倒闭，直到如今弟兄三人如何逃走，误入白骨寺，前后始末，从头到尾，细说一遍，"不想在此，巧遇师祖，方敢明言，还万望师祖指引道路，我等赶奔宜昌……"

只见悟通禅师向孙启华一挥说道："慢着，你往外听。"说着话和尚用手往大殿外面一指。孙启华随手向外面一看，侧耳闻听。只听得大殿的外面，秋风飒飒，只见殿外明月在天，浮云远退，冷潇潇毫无声响，唯有那风急吹动的声音，充满了耳鼓。孙启华看罢，荒山古寺，远望无涯，唯有秋景在目，遂低声向和尚说道："师祖，外面只有秋风吹树，并没有别的声音。"和尚微笑说道："弟子锻炼耳音，所以练武术所学的，就是一个灵字。练成武术，人体与天体相合，得天地钟灵之秀气，取日月之精华，练得清气上升，浊气下降，不怕你我坐在屋中，外面有风吹草动，应当知晓。何况外面有偌大的动作，你尚自不觉，怎称得起武术家，待老僧变幻一个法术与你来看。"说着话站起身形，一转身向外一躬，脚下碾劲，顺着门口往外一纵，纵到门外一挺身，直蹿到大殿的房檐下，用手向上一点。就见房屋上一物坠落，扑咚的一声，见老和尚随声而下，用手轻轻地提起，一转身纵至殿内，用手提着一物放在孙启华等面前。

孙启华借残灯细看，吓得目瞪口呆。今见地下放着一人，僵卧不动，细看此人身量不高，身穿蓝布裤褂，蓝布巾罩头，背后勒着一口短刀。不但孙启华看着发愕，就是陈宝光、李进也看着咋舌。孙启华吃惊问道："师祖如何知晓外面有人？此人是谁，师祖倒要指示明白。"和尚一听孙启华之言，哑然而笑。遂说道："方才你我正谈话之际，我就听见有人顺着大殿东面墙垛往上爬的声音。我就并未理他，谁想他竟敢斗胆蹿上大殿，顺着瓦楞爬在前，偷听你我谈话。他以为你我不知，其实我早就知晓。就是我往外纵身的时候，这个小辈打算要跑，被我一伸手，用的是点穴法，把他点落于地。今把他放在面前，你们把他捆上，我把他唤醒，问问他因何来此窃听。"

孙启华闻言，向李进说道："你过去把他捆上。"李进答应一声，站起身来先把他脊背上的短刀撤下来，然后解他身上的绒绳，就势把他捆好，用手往起一扶他。李进捆人的这个时候，孙启华向悟通禅师说道："师祖，这个事容易明了，不问可知是我们弟兄劫抢囚车未成，反倒失去两条膀臂。我弟兄三人闯重围，逃走的时候，必是他们，命这人追踪跟下，不问可知，大概此人还是他们得力之人，请师祖将他唤醒，我把他问个明白，好做防范之计。"和尚闻言说道："也可以。"遂说着话，在这个人胸膛用手一拍，就见这个人哎哟一声，缓过气来，孙启华向前将身形一凑，借着灯光往脸上观看，这个人长得其貌不扬，尖嘴猴腮。孙启华含笑说道："朋友，今日你被获遭擒，你姓字名谁？你奉何人差遣？大概李殿元遭难，所有的事你必尽知。你要说了实话，我们必当酌情放你，如若不说实话，你自己想一想，我们能饶你不饶你。你如若不肯实说，我们也有法子制你，你何必还让我们费事呢？朋友你说吧！"被擒的人抬头看了看，又低头看了看自己，叹了口气说道："得啦，什么话也别说，我是错翻了眼皮啦。皆因我没看起这个和尚，没想到如今反被拿住。你要问我。我姓刘单名华，李殿元的事，也由我身上所起。"说着话就把自己的事从头至尾说了一遍。

原来刘华是奉他的老师铁算盘汪春所派，暗地跟踪，追赶下来。若论起这小子的武艺，可没有多大。头一样儿就是黑夜之

115

间，拨门撬户，偷盗窃取，再者就是白昼行窃。若论黑白两道，总算他说得出。若论踩探点什么事，也可数一数二。今奉师父之命，追赶孙启华他们三人。在刘华追的时候，可就看不见孙启华他们的踪迹啦。这小子他并不追赶，顺着道上的足迹，他先把脚印认准；看着这个脚印，一直向东南而去。他这才沿道进了山路，他可就看不见足印啦。皆因地下都是山石，越过这段矮岭，爬在岭上，往正南都是乱石，正东是树林，唯有往西是股小道。刘华这小子，也真难为他，冒着风雨，此时虽然雨停，可是秋风的寒冷，也真够这小子一受的。他想逃走的人绝不能奔往东南，一定是奔正西啦。刘华遂顺着山道向西面来，一面矮着身形向四外留神。猛见前面一片树林，只因孤身一人心中胆怯，将身往地下一爬，顺着树林往里看。恰巧正看见孙启华弟兄三人在林内谈话。事情真巧，若是孙启华他们三人不在树林中谈话，一直奔了怪龙岭白骨寺，这小子还是找不着。所以他爬在地下，看见树林内站着三人，他算着定是逃走的那三个人，原因是，四外荒山，并没有行人在此经过，他才暗暗地在后面追下来了。直跟到怪龙岭白骨寺，看着他们三个人进了庙，他并未敢走山门。顺着东面坍塌的破墙，隐在大殿东面墙垛之下。皆因看见和尚把孙启华三人让进大殿之内，他就在墙垛旁边蹲着，听不见大殿里面说些什么。

刘华这小子，一着急他才想起，不如顺着墙垛犄角向上爬。要按着绿林中窃盗调侃说，这个名叫作盘角子。他以为没有人听见，他才顺着前檐的瓦楞，爬在大殿正当中，对着门口用了一个夜叉探海的架势。两手扶瓦檐，探身形向大殿内观看。和尚与孙启华所说的话，可把人吓了一跳。他这才知道抢囚车的这些人，原来是华阴县永胜镖局镇西方龙舌剑余公明手下的爪牙。他还打算往下听；正赶上孙启华将话说完，和尚用手向外一指，叫孙启华注意外面的动作。刘华一见这风头不顺，打算要逃跑，他没想到和尚这么快，在刚一抬身的时候，和尚伸手一指就点在他的气穴之上，连哼也没哼出来，就随和尚的手掉下来了，虽然被点住，心里头可明白，就跟岔了气的一般，浑身不能动转，嘴内说不出话来，就是缓不过气来。和尚用手在他胸膛上一拍，他这才缓过这口气来。

刘华将气一顺，可就让人给捆上了。今被孙启华一问，自己一想，若是不说也是不行。无奈，只得把奉汪春之命，跟踪涉迹，追赶下来的情由，从头至尾说了一遍。

孙启华听了，复又问道："朋友你既然是铁算盘汪春的徒弟，你又说李殿元的事，从你身上所起，莫若你也说说李殿元的前后详情，我们明白明白，反正你也是得说。"刘华被孙启华问得急迫，又一想刚才一时的失言，说出李殿元的事情，此时不说也还不过口来。又一想反正是活不了，遂向孙启华说道："此事虽由我身所起，所做之事，与我无干，刚才您曾说过，我若说了实话，您必放我逃走，可是这么着，君子须言而有信。"孙启华接着叫道："刘华你放心，我一定放你就是啦，你赶紧着说吧。"

刘华也就不能不说啦，遂把自己无非是夜间窃取偷盗，后来皆因案情太多，才拜铁算盘汪春为师的情形说了一遍。"因为他在南阳府知府杜尊德衙内，教习武术，我是借着他的势力，做白道儿的买卖。白道儿就是白昼掏兜窃取，那李殿元遭事之先，有一天我在西大街，想要几个钱做份买卖。我看见一个行人走道慌张，一身的尘垢，看他像个行远路的人，腰中沉重，我可就缀下来啦。可巧他要购买食物，见他从腰中掏钱，我顺手由他腰中掏出一个纸包。我以为是钱钞，我找了个僻静所在，将纸包打开，

117

却是一封书信。信封的上面，有交付李殿元的字样。我知道李殿元是本地的乡绅，我这才把书信拆开。我一看这封信有关系，我又不敢让别人看，我就把这封信拿到衙门里头，面见汪春。正赶上人称抱头狮子的焦通海与我师父正一处闲谈。我师父问我有什么事，我就把这封书信交给汪春啦。我师父与焦通海一看，我才知道李殿元是宏缘会的首领。这个工夫，少爷杜新带着书童李进……"刘华刚说到书童李进，他见李进在那边坐着，脸上随即带出一种不敢说的样子。李进在旁答道："刘华，你只管说你的，我不怪你。再者这个事情都是我亲眼看见，你可就是说实话，往后还怎么样，你说。"刘华遂又说道："因为少爷一到把式房，看见了那封书信，后来少爷腰疼，都是这位李爷伺候。少爷要入厕走动，这位李爷可就随着少爷上茅厕去了，焦通海与我师父汪春商议好了，焦通海这才拿着书信，奔了里面书房回禀知府。所回禀的事情，我可就不知道啦。后来知府把李殿元骗到府衙，升堂审讯。那时节知府杜尊德随着暗派焦通海，捉拿李殿元，暗中押往郑州。在野狐岭擒获了你们的二位英雄，我师父命我追踪涉迹，跟下你们三位爷台来的。实望跟到庙内，探听虚实，不料被擒，小子一片实言，既然被获遭擒，众位爷台，格外施恩，宽释我这条性命。"

孙启华听完，遂冷笑一声说道："刘华，我倒有心放你，不过怕你回去告诉汪春对我们不利。简直地说你不死我实在不放心。"刘华一听准知道活不了啦，遂说道："唉，我就知道活不了啦，可别让我零碎着受。"孙启华答应说道："你放心吧，刀钝不了。"回头向和尚说道："师祖，我把他提到庙后，结果他的性命，您看如何。"和尚闻听，口念阿弥陀佛说道："此人是万不可留，非是老僧不慈，事到如今只得将他杀了，何必你前往。"遂叫道："李进，若没有此人，你家主人李殿元岂能遭受这场灾祸，他就是你主仆的仇人，你还不与你家主人报仇雪恨。"

李进闻听，不由双眉倒竖，二目圆睁，牙咬得咯吱吱的乱响，厉声说道："师祖之言，确是有理。"说着站起身形，将刘华一手提起，出了大殿，放在甬道的当中，回手拔出匕首尖刀。此时众人俱到，要观看李进怎样雪仇，就见李进把匕首尖刀往口中一含，让刘华双腿着地，倒剪着二臂，如同跪着的一般。

李进右手把刀举起，用手一点刘华，口中说道："我主仆与你远日无冤，近日无仇，尔白昼窃取，巧得宏缘会的公函，你不应该将公函献于贼官杜尊德，致害得我主仆家败人亡。你也无非落一个害人的名目，也没有多大的好处。今可称得起是未曾害人先害己，你害我主仆，我今天也叫你尝尝我的匕首。"李进说到此处，钢牙咬定，把脚一顿，声色俱厉，手擎匕首，厉声说道："我恨你有二目能以窥窃，窃我宏缘会的公函，我今天先挖你的眼睛。"说着话手起刀落，此时刘华被绑，不得动转。正在心惊胆怯之际，就见李进恶狠狠手擎匕首尖刀，光闪闪向面部刺来，一阵发晕。他这一晕不要紧，李进可就得了手啦，左手揪住他的发髻，右手匕首刀扎在刘华右目之内，疼得刘华哎哟一声，李进用手向外一挖，把个泪淋淋的眼珠儿挖将出来，又用刀尖挑着，向自己口中一送，咬得咯吱咯吱乱响。随着抽刀又将左眼珠挖出放在口内，一边嚼着眼珠顺着口角流血，面目改色，余怒未消。此时的刘华，身形乱颤，两个血淋淋的红洞，看着实在是难看，此时李进用刀尖指着他的胸膛说道："我把你这依赖官府陷害好人的恶贼，我倒要看看你的心，是红的是黑的。"话音未了，匕首刀早就刺入刘华的心窝，刘华只一喘气，李进腕子一用力，用刀顺着胸膛一划，来了一个大开膛，里面肠肚迸出。遂将刀向口内一含，用两手的二指，扣住他的左右两肋，用力向左右一分，只听嘭的一声，将刘华左右的肋骨撕开。用刀尖照准里面的人心，向外一挑，伸左手用布捻着把刘华的赤心捏住，右手刀割断里面的心管，将心取出来。

和尚在旁边，口念阿弥陀佛。和尚因为什么念佛呢？皆因看见李进年幼心狠，和尚遂向李进说道："如今你已拿住仇人，将他挖目摘心，难道说还有什么不出气的吗？"李进听了和尚之言，将匕首刀在死尸的身上擦了擦，插入鞘内带在腰间，然后向和尚双膝跪倒，口中说道："错非禅师将贼人拿获，弟子何能报仇雪恨，此皆是禅师所赐，弟子这里参拜。"和尚向李进说道："你且起来。若按江湖绿林的规矩，大英雄杀人灭迹，我命绍先帮着你将贼人的死尸搭在后面掩埋，我等在大殿之内等候。"和尚把潘绍先叫过来，又告诉他一遍，和尚悟通这才带着孙启华、陈宝光回到大殿。

众人来在大殿之内，和尚又把青石上的油灯剔了一剔，然后就座。和尚用手一指说道："你看刘华前来送死，非是出家人妄开杀戒，此人是万不能放。今将他结果性命，总算是大快人心，总算由贼人口中问出李殿元前后被害的情由。若不拿住此人，他在后面跟随，终归也是你们的祸根。这么一来倒是剪草除根，以绝后患。"孙启华说道："师祖，错非你老在此，我们弟兄必为刘华暗算。这也是天网恢恢疏而不漏。报应循环，他是自投罗网，也难怪李进的心狠。他是报仇的情切……"这里和尚正要答话，此时李进、潘绍先由外面进来。李进向前说道："奉禅师的法谕，将死尸掩埋，殿前的血迹打扫干净，我带着潘绍先回来的时候，走到山沟，借着山泉，我二人就便洗了脸。您看看脸上都没有血迹了吧。"和尚一听，笑向李进说道："你没看看，你们三个人衣服上的血迹，谁的身上也不少。就这个样儿走在街市之上，岂不令人生疑。应当把衣服脱下来，都得用水洗一洗，不然你们也是走不开。"说罢，和尚叫潘绍先把开水给每人斟上一碗，跟着大家把百草糕的馒头拿起来，众人饱餐一顿，吃喝已毕，和尚命潘绍先在神橱后面取出一个瓦盆，叫潘绍先他们轮流把衣服洗净，到了半夜之后，衣服晒干了，让他们穿戴齐整，和尚向孙启华道："皆因此山幽僻，我才在这庙内栖身，为的是传习潘绍先的武术，皆因你们到此，又杀了刘华，此处庙内不洁净，我们也不能在此久住。我带潘绍先别寻山场栖身，你们意欲何往呢？"

孙启华闻言，叹了一口气，说道："我们先投奔宜昌康家村。"孙启华遂又把乱柴沟失去镖银，接着李进的书信，奉师命在野狐岭搭救李殿元，事毕在康家村相会，所有与师父相定的计划，从头至尾说了一遍。和尚听了此话，遂说道："你既有前定之约，那么到了康家村，想什么主意呢？"孙启华闻听说道："师祖有所不知，我们弟兄五人原定的计划，如若将因车劫下，救了李殿元老先生，无非是先到康家村，不料因车未能劫成，反中了贼人的奸计，我两个师兄邹雷、姚玉被获遭擒，当时虽不至有性命之忧，必然和李先生一同押往郑州，我们此次到康家村，可就不能说逃灾避祸啦。见着我的恩师，赶紧商议妙策，还得奔往郑州，搭救他们出虎穴，然后再想主意，恢复宏缘会，扩充势力，大家努力，保全我们的汉族。"

和尚闻听孙启华的言辞，口中说道："壮哉血性的男儿。"复又说道："你们若是由怪龙岭起身，可认识道路吗？"孙启华说道："弟子等并未走过这条道路。"和尚说道："此处属方山县管辖，你们若是由此向西南，是奔南阳的大道，这条道你们是万不能走，由南阳奔襄阳，过江城奔宜昌，可是一条最近的道路，你们不如奔东南，可是尽是山道。奔泌阳县经过确山，直奔信阳州，由崇石山直入湖北，由湖北汉阳乘江船转到宜昌，这么走可是避免不少的是非，你们三人可有盘费吗？"

孙启华闻言，皱眉说道："只因我们劫车之时，贴身的衣服包裹路费，现在都已丢失，只因我等战败弃马逃走，哪里来的路费呢。"和尚一听说道："那倒不要紧，我与你们找两块布，把兵刃包好，我再给你们点路费。孙启华，我还有一件事，尚且未能问你，你师父余公明，所传你们的武术，都是什么功夫呢？"孙启华遂不慌不忙，就把师父所教的各种的拳脚，各样的兵刃，与蹿高纵矮小巧之能，从头至尾说了一遍。又把师父亲传青龙剑术一百单八招，从头至尾说与和尚。

悟通禅师听着点头，遂说道："老僧我本当见着你们隔辈人，应当传授你们本领的秘诀，如今我有一事，当与你等说明，你们到了康家村，与你那恩师余公明相见之后，必得设法到郑州搭救那被囚的李殿元与你那两个师兄，他们必是锁铐加身，项带铁链。你们怎样的搭救呢？"孙启华听到此处，不由得双眉紧皱，口中说道："师祖，有何高见，弟子愿闻。"

和尚闻听点头笑道："我有一口得力的宝刀，就是尺寸太短，待我取来与你观看。"和尚说着话，站起身来，由神橱旁边，将那包袱上的戒刀拿下来，放于地下，仍然将包袱包好，老禅师又将小黄包裹拿到孙启华的面前，孙启华一看，里面原来是一口匕首，长约一尺二寸，约有三寸的刀把，龙头的吞口，刀形若龙尾。真金的饰检，绿鲨鱼皮的刀鞘，杏黄带子勒的刀把，相衬两个皮疙疸。就见和尚将刀拿起叫道："孙启华你来看。"孙启华赶紧双手将刀接在手内，一看上面有崩簧，右手握住刀把，左手按住刀鞘，顺手捏崩簧，咪的一声将刀击出来，留神一看。这口刀冷嗖嗖光闪闪，夺人二目，绕眼光芒，电光灼灼冷气侵人。用刀鞘往刀面上一敲，当啷啷的声音，正如钟磬之声，真可称得起龙吟虎啸，稀世之珍，爱不释手。孙启华遂叫道："师祖，此刀真乃宝器。"和尚一听，微然笑道："老僧留此无用，情愿相赐与你。"孙启华赶紧答道："此宝乃祖师心头之爱，弟子岂敢撞夺。"和尚哈哈大笑地说道："你见利思义真不愧侠义的门徒，此宝刀难为稀世之珍，究属杀人利器，出家人最戒的是杀盗淫妄酒。杀为第一戒，要此凶器何用。古人云，宝刀宝剑赠予烈士，孺子正在少年得意之秋，与民族争先之际，堪佩此宝，故而割爱相赠。"孙启华说道："请师祖赐教。"

和尚笑道："提起此刀年限太古，此刀乃出自大禹时所造，禹王愁做孟劳刀。只因禹王治水擒水兽之时，内有一只毒猿，被禹王所擒，用宝链锁住青猿，押在扬州天心井中，唯此链经万年不朽，宝刀宝剑不能断之，因而静坐沉思，此链无宝器可降，愁思终夜，猛然间想起制造大夏龙雀刀所余下的良质，就质铸了孟劳刀一口。此刀小巧玲珑，可惜就是尺寸太短。此刀可能剪金削银，切铁断玉，吹发可过，迎风断草。此刀在战国之时，落于季孙氏之手，后来此刀落于少林，汝师祖将刀赐我，随身佩之已久，我未曾用此刀杀过生命，无非是护身而已，今见汝天生英俊，真可称良材良器，我将此刀赐汝，宝而藏之，不可轻视此宝，日后遇急难之时，可以做护身之用，平时不可妄用，尔可要牢记心头。"孙启华闻听此言，紧转身形，将此刀双手呈与和尚，随即撩衣拜倒，口中说道："多蒙师祖赏赐宝刀，弟子不敢言谢。"说罢向上叩头，遂说道："弟子大礼参拜了。"悟通双手接刀，身形向旁一闪，口中说道："尔且免礼。"孙启华站起身来。和尚将刀双手与孙启华，孙启华用手接了过来随身带好。此时大殿以外星月满天，风清月朗，估量着这天快亮啦，和尚一看，东方堪可发晓，又见孙启华、陈宝光、李进三人饱餐已毕，遂吩咐潘绍先将馒头仍然收在布袋之内，水碗撤去。复又向孙启华说道："天气不早，非是老僧不款留你等，此处也不是你等久居之所，老僧现有散碎白银数两，可以作为川资，你们还是依着老僧之计，抛却南阳绕走武汉奔宜昌，等到天亮再登程不晚。"此时悟通由佛柜内取出零碎纹银一包交与孙启华，和尚又与他们找了两块包布，命他们将兵刃包好。此时天就亮啦，大殿之内的残灯黯淡，和尚遂向孙启华等说道："天可不早啦。待老僧相送尔等出庙，指引你们的道路，休误途程。老僧在此怪龙岭恐不能久住；咱们是后会有期，你们要沿路保重就是了。"孙启华三人听了悟通之言，险些落下泪来。孙启华所想的是落难脱逃，身临荒山，饥腹无宿，今天遇师祖，蒙师祖这一番款待，得其饱暖。顾念同门，并赐宝刀，恩深义重，黎明忽然分别，孙启华三人脸上现出一种不舍的情况来。老和尚合掌当胸，口念阿弥陀佛，遂说道："你们随我来。"说着话出了大殿，孙启华等三人只得后面相随。出离了大殿，就见天色大亮，斜月西沉，东方曙色已升。孙启华三人出了山门，那潘绍先也在后面相送，和尚在前，绕走古柏苍松。顺着山坡的小道，度了怪龙岭，往前行走数步，前面树林，和尚率领众人穿林而过。和尚站在树林之外，用手向正南一指，叫道："孙启华、陈宝光、李进。"三人立在和尚面前，一齐答言说道："师祖有何话讲。"悟通禅师手指着正南说道："由此向南转东，离此不到五里之遥，前面有一段山沟。过了这段山沟，便是大道，直奔汉阳。你们沿路之上千万谨慎小心，你们所做的事，你们自己还不明白吗？"孙启华闻听，唯唯称是，口中说道："勿劳师祖远送，弟子等就此拜别了。"说罢，三人一齐跪倒叩头。和尚将身往旁边一闪，口中说道："你等免礼登程去吧。"三人一听，站起身来，退身告别，转身向正南，顺着小道走下来了。孙启华走出数步，回头观看，见和尚仍然站在树林之外合掌目送，看意思也是恋恋不舍。孙启华不敢回头再看，直奔正南。和尚自领潘绍先回庙去了。

第七章

青阳镇奇人示警

　　单提孙启华三人，往南走了不到三里之遥，就见大道往南岔去，只得顺着东南的小道往前行走。道旁山石堆垒，猛听得山歌高唱，牧童方出。弟兄三人进了沟口，孙启华走至此处，触动乱柴沟的感想，想起与恩师余公明话别之时；如今劫车未成，落荒而走。虽遇悟通禅师，从中成全，如到了宜昌府，见着恩师，有负重任之托，反倒折去两条膀臂，有何面目与恩师相见。自己想到此处，面带忧容，心中一阵难过。孙启华正在思索之际，后面催促快走，孙启华只得点头往前赶路。孙启华正在思索之时，早被那陈宝光看出情景，故而以言语相催。弟兄们说着闲话，已然出离了沟口，远望山坡之下，短篱茅屋，又听得鸡鸣犬吠，才看见道路的行人。孙启华等喘吁吁行步匆忙，弟兄们过了这段山庄，才到了大道。

　　大道上人烟稠密，往来的客商，一个个肩负行囊，往前赶路。孙启华猛一抬头，不知不觉，就见那正东现出黑暗暗一带村庄，遂回头说道："二位贤弟，你们来看，红日东升，正到打尖的时候，你我弟兄在前面镇店打尖，然后咱们再问程赶路，你看如何？"陈宝光未及答言，就听李进在旁说道："少镖头言之甚

126

好，你我打完尖再作商议。"孙启华遂止住了脚步，看了看四外无人，遂叫道："李贤弟，你我弟兄患难扶持，同生同死，从今后把少镖头三个字抹去，如若如此称呼，恐沿路之上令人见疑，遇事诸多不便。再者你我这是什么时候，依我说不如你我呼兄唤弟，省得旁人猜疑，又显得无拘无束，你说好吗？"李进说："小人怎敢。"那孙启华执意不肯，李进推辞不得，只得回答说道："既然如此抬爱，小人谨承遵命。"陈宝光在旁答道："应当这么办，李贤弟太爱拘礼，就凭你所做的事我们就佩服你，你一客气，倒把我们拘住啦。"陈宝光说着话就往前走，孙启华、李进后面相随。

不多时，已然进了西镇口，弟兄三人进了镇口，用目一看。好热闹的一个镇店，大概还是集场。就见东西的街道，南北对面的铺户，往来的行人，十分热闹。弟兄们正往前走，就听北面有人往里相让。孙启华一看，原来是一个小饭馆，门口对面放着十几条饭桌，就在饭桌的外面站着一个伙计，正在那里让客，见他们三人像是行路的模样。孙启华见伙计往里让，遂说道："二位贤弟，莫若在此打尖，我看倒也方便，二位贤弟怎么样？"陈宝光在旁答道："咱们先到里面看看。"孙启华尚未答言，伙计上前说道："三位里面请吧，到里面看看，不合适您再到别处去。"孙启华弟兄三人进了饭馆，灶上掌灶的正在煎炒烹炸，刀勺乱响，屋子里面摆着桌椅条凳，甚是干净，后面是穿堂门，有一段花瓦墙，当中一个月亮门。来到后堂，见两旁的桌子条凳倒是很齐整，孙启华道："伙计，你们这里有雅座吗？"伙计道："有，有。"遂将孙、陈、李三人让进雅座，三人先要了些酒菜吃着。

此时李进早就把杯箸擦抹干净，提起酒壶先与孙启华将酒斟满，后给陈宝光斟了一杯，彼此他们大家擎起酒杯，各自饮酒。

这个时候跑堂的可就忙啦，外面不断地进来饭座，工夫不大，这个后堂的饭座已然卖满。孙启华见饭座很多，弟兄们又不好商量正事，只可饮酒说些不相干的话。就在这个工夫，听跑堂的站在堂口喊叫，口中喊道："你早不来晚不来，你单等着上座的时候来，众位爷台尚未吃完，谁能给你呢。你先到外面转个弯再来，回头若有了剩菜给你留着。"又听有人在外面接声说道："得啦，你不必难为我，我要的是客人们的钱，给我不给我不与你相干，你何必往外赶我呢。"说着话就听有哎哟的声音。

孙启华顺着声音往外一看，就见外面进来一人，看着心中好生不忍，就见这个人年纪太大，中等身材，身穿旧蓝布裤褂，足下穿着一双旧洒鞋，白袜子还是高筒。腰里头系着一根蓝纱包，右手拄着一根半截竹竿。伸出手来炭条相似，胳膊上皱皮有一寸多长，左手提着一个小包袱，包袱上带着好些个尘垢。往脸上看，形容枯瘦，黑漆漆的脸膛。头上谢顶，后面白剪子股的小辫，系着蓝头绳儿，两道残眉，里面长得寿毫堪可遮目，塌眼皮，看不见眼珠。额头丰满，两撇掩口胡须，颏下胡须约有半尺多长，根根见肉，大耳垂轮，低着头，一面说着话，一面往里走。伙计怎么拦，也没拦住他，就听他说道："何必呢。哪不是修好哇。"说着话进了后堂，向各桌上的客人讨要，就听他说道："众位吃不了的剩菜剩饭，赏给我点吃，实不相瞒，我两天未曾吃饭，众位可怜可怜我吧。我是落魄的，万般无奈，实在是腹中饥饿，求众位爷台们赏赐赏赐吧。众位不嫌弃我，可以管我一饱，永世不敢忘报。我还不白吃，我送给您一相，我看过麻衣相，水晶集，董柳庄，不敢说深通相法，不信我与众位说说，可以能断当时的吉凶。哪位先赏给我头一份，众位不肯看相，我决不要求。哪一位愿意看，我就当时在众位面前献丑。"就见他将话说完，仍然挨着去。走了好几桌，连一个给他钱的都没有。转来转去，转到正起。这张桌子不但不给钱，还直赶他，嫌他身上褴褛不堪。吃饭的客人大声说道："你这个乞讨的，你也得看看，你够多么的污秽，满脸的鼻涕，又是眼泪，一看你实在令我呕心。我们还让你相面，你趁早儿躲开，别让我们看着你呕心了。"就听这个老人说道："爷台别生气，既不相面，又不赏给我什么，何必这样嫌我。谚云：'莫笑他人老，转瞬白头翁。'我也不愿意这么老，谁让我上了年纪，这有什么法子，看起来人可别老，人要是老了，讨要都不值钱。"这个老人口里叨叨念念，就转到孙启华他们的桌案之前，口中说道："这三位公子，您看见了没有。那边那几位爷台，也不相面，也没有赏赐，还说了许多的闲话，三位公子爷，您相面吗？"看陈宝光那个样式，就要哄开这个老人。

孙启华忽然心思一转，想和这个老人问问道路。当时便止住陈宝光，向这个老头说道："老人家，偌大的年纪，何必生气，他若不赏给你钱，你不会再上别处去要吗？"孙启华将话说完了，就听这个老人叹了一口气道："三位公子，只因我自幼爱读相法，以相面为生，我也很赚过些钱，开了一座相馆，不过相医不能自医，卜不自卜，我也曾算过我的八字，流年不旺。未想到回禄逞凶，一把火，把我的相馆并所存的积蓄皆烧成灰烬。万般无奈，只可卖卜为生，与人家细批八字，善观气色，也倒可以糊口。不想时运乖蹇，年老气衰，染病在床，以至病体痊愈，衣服当卖一空，还拖欠下店饭账无力偿还。多蒙那店房主东家，慷慨仗义不加催讨，我得以脱身。我想往渑池县寻找弟子，因无盘费，遂落到乞讨之中，至今两日未能一饱，我刚在那边桌上讨要，反招惹出一套闲话。公子看我年老无依，实在可怜，三位公子成全我一饱吗?"孙启华听了老人凄惨的话语,遂触动惜老怜贫之念,遂问道:"老人家您贵姓?"老人闻听,咳了一声,遂说道:"我身贫至此,还敢担贵字吗?不才老朽姓谭,原籍海州人氏。因事流落在此,也算奔忙一世,如今行无定所,三位公子见笑见笑。"孙启华闻听,含笑说道:"老朋友何必这样的客气,富贵乃人生之定数,今日与阁下在此见面,总算是有缘,何在乎这一顿酒饭。你老人家只管放心,我愿你与我同桌而食,你老可能赏脸吗?"老人一听,叹了口气说道:"唉,若能赐我一饭之德,只要我有三寸气,不敢忘报。"孙启华带笑说道:"这算得了什么。"遂向跑堂的说道:"给我们这里添一双杯筷。"跑堂的赶紧过来,向着老人道:"得啦,你真能跟人家三位公子坐在一处,这倒好啦,省得你讨要去啦。"老人家一听,正色说道:"将心田放在当中,处处都有好人。"伙计遂说道:"我给你老把杯箸预备好啦,请你入座吧,小心别吃多了。"

这位老人也不理会他,随即落座,孙启华拿酒起壶来,给老人满上一杯酒,又向跑堂的说道:"你再与我们来两碟菜,再来两壶白酒。"孙启华张罗这位老人喝酒,陈宝光在旁看着,心里很不满意,心中暗想:我们这个时候遇的是什么事,哪有工夫管别人的闲事。自己又不好拦阻,只得随着。大家吃酒,李进看着这位老人酒量还甚豪,孙启华不住地添酒要菜,唯有这个老人大吃大喝,和他说什么话,只是一语不发。孙启华问了几句,见老人不答,心中生气,有心上火,心中又想,做好人索性做到底吧,也就不再问了。哪知酒过三巡,菜过五味之后,老头将酒杯往前一推,不住地定睛细看,孙启华被他看得脸红耳燥,遂向老人说道:"谭老先生,阁下目不转睛看我这是何意?"老人点了点头说道:"未领教公子贵姓?"孙启华见老人问,又不得不说,遂

130

说道："在下姓孙，这是我两个兄弟，一个姓陈，一个姓李。"老者将话听完，点头说道："三位公子休怪老朽言语唠叨，休怪老朽言直口爽。方才我倒并不理会，也搭着我吃了这几杯酒，再猛然一看，三位公子印堂发暗，眼角发青，脸上气色不正，下眼皮发黄。若按着相书上的说法，下眼皮的下边名曰脸部，若是发青，必有口舌是非。若是发黄，有官司当头。眼下发赤，必有血光之灾。何况三位少公子，眼下发黄，印堂发暗。据老朽来看，三位满面暗淡，又透出凄惨的形象。休怪老朽口直，这个相法，往远者说不过十日，十者为贯数，这是往远处说。往近处不过终日，终日就是今天哪，不出今日恐怕有横祸临头。三位可要慎之，休怪老朽口直，别把老朽之言作为儿戏。"这位老者将话说完，一仰脖喝了一杯酒。

陈宝光在旁边一声冷笑，心中想道："孙师哥这是自招烦恼，吃完了饭就走够多么好，非要多管闲事，请这老头子一顿饭，其实他吃这顿饭也不要紧，还给人心里添堵，真是花钱找别扭。"不由得冷笑说道："谭老头，您说这话好没有道理。我们弟兄三人，与您初次会面，再者我们是行路的人，又不做犯法之事，您就吃您的酒，我们又不求您相面，您何必说出这种的言语，让我们弟兄心中不安。您偌大的年岁说这无稽之谈，有什么用呢，也就太不自量了。"说着话脸上带出不满之色。李进在旁一看，忙劝道："师兄您吃您的酒，这位老者又没跟您说话，咱们管这个事干吗。有孙师兄陪着他说话哪，咱们喝咱们的酒。反正……你又何必和他动气呢？"陈宝光一想，吵一回，老头也是白吃，又何必呢，遂伸手举起酒杯满饮了一杯。陈宝光遂不以此事介意。唯有那孙启华，定睛细看那陈宝光与李进的面部，面上的气色与老人所说的相法相同，自己暗想：不问可知，我的脸上气色也是如此。自己想到此处，不由得毛发森然。心中暗想：倘若我们弟兄再有遭遇，这便如何。自己一想，不由得一着急，酒往上一涌，险些吐出酒。只觉得头沉目眩，手扶着桌案，自己心中后悔，不当多贪几杯。那老人说道："三位公子休以老朽拙口为是，不过我按着相法的批判，但愿无事，倘若相法有验，老朽必当面质事实。"说罢，哈哈哈鼓掌大笑。跑堂的在旁边一看这个老头子吃饱了，乐起来啦。孙启华见老人说罢，鼓掌大笑，虽然是落魄的形容，双目开合之间，精光彩蕴，隐含着放荡形骸英雄的气态。遂接着向老人说道："这位老者所说之言，不过是我们弟兄脸上出现了一种晦气，叫我们弟兄谨慎。错非是您熟识相法，岂能看得出来呢。但凡我们行路之人，虽然不招灾惹祸，我们自当遵守谨慎二字，虽然我这二位兄弟不懂相法，我也觉得我们弟兄气色晦暗。我这里先谢谢你老的金石之言，天也不早啦，咱们吃饭吧，彼此都要往下赶路。"孙启华说着话叫道："堂倌。"伙计一听，赶紧来到桌案之前，笑嘻嘻地说道："众位爷台要什么饭菜，请您分派。"孙启华说道："可口的饭菜，来两盘，随着来饭。"伙计答应一声，转身出去，工夫不大，将饭菜一齐端上，孙启华大家将饭用毕，叫伙计算账。在这个工夫就见那谭老头站起身来抱拳说道："多蒙厚赐，恕老朽口直，我要与众位告辞了，咱们前途再会。"说着话提起小包袱抱拳告辞，出了饭馆扬长去了。

孙启华自己觉着吃酒过量，又兼这几日的奔波，觉着身体劳顿，自己打算在此住上一宿，明天赶路，遂与陈宝光、李进说道："二位贤弟，劣兄我饮酒过多，身体不爽，我打算与二位贤弟相商，在此店内住宿，明日再走，咱们可以住得吗？"李进一听，手扶着桌案看了看左右无人，低言说道："兄长，咱们离开这是非之地，不如强挣着往前赶路，我看此处危险。"李进这句话将说完，陈宝光在旁接着说道："李贤弟，你也太小心啦，据我想这个地方后面有店，也很清雅，再说我师兄身体不爽，就是在此住一宵，也没什么妨碍。"孙启华听了，看了看李进，自己心中又添上一分的难过。明知李进这个人谨慎，又想陈宝光不乐意走，他因我身体劳倦，实在难过，遂向陈宝光说道："论起来应当遵着李贤弟之言为是，怎奈我酒往上涌，不如咱们在此暂宿一宵，明早赶路。"李进道："师兄既然身体不爽，休息一日又有何妨？"孙启华遂叫道："堂倌。"伙计赶紧地过来向孙启华问道："爷台什么事？"孙启华向伙计问道："你们这店里，后面有闲着的房间吗？"伙计笑道："天将过午，又不是让客人住宿的时候，里面的客房全都闲着哪。您请随便住吧，您老愿意住哪间，您就住哪一间。有的是房子，有的是房子。"孙启华说道："既然如此，很好，你同我们到里面去，连饭账算在一处，明天早晨我们再开付。"伙计一听说道："就是吧，众位爷台随我到后面来吧。"

孙启华三人随伙计到了后边，挑了三间上房，那伙计连忙打了一脸盆水，请三人净面。孙启华等净面以后，就想要坐在炕上休息休息，只见伙计又扛了六床棉被，放在炕上俱都铺好，又泡了一壶茶放在炕桌之上，将杯斟满，遂向孙启华说道："众位爷台喝茶吧，我到前面照看照看，到用晚饭的时候，我就来伺候您哪。"孙启华摆手说道："你去吧，我们也得歇歇啦。"伙计转身出去。孙启华站在屋内用目一看，虽然是土房，后面有三个后窗户，倒觉着屋中很清亮。孙启华遂脱鞋上炕，在当中盘膝一坐。陈宝光、李进一边一个坐着喝茶，陈宝光喝了两杯茶，自己想着，这些日子，连一天舒服觉也没睡，今天好容易坐在炕上，底下铺着棉被，又喝着热茶，比较在荒山古寺之中，凄风冷雨之下，真是天渊之别，想到这里，不由得向孙启华说道："师兄您看，今天较比荒山古寺……"这一句话未说出来，将说到这个"比"字，孙启华手快，一反手把陈宝光的嘴捂住，孙启华用目瞪了陈宝光一眼，向外努嘴。陈宝光自知失言，脸上觉着烧得发赤。孙启华低言说道："二位贤弟，这事是随便说的吗。你真不谨慎，不过你我住在店房，明日还得早走，皆因小兄身体不爽，若不然咱们一刻也不能在此逗留，怎么着我们也得往下赶。等到用完了晚饭，咱们是早些睡觉，在这个店里，你们是少说闲话。"陈宝光往外看了看，只得低头不语。孙启华向陈宝光、李进说道："你们哥儿俩要是劳乏，你们就随便歇息，我觉着这个酒喝得很难过，你们睡一觉吧。"李进此时坐在那里，前仰后合有些困倦，嘴里唧唧咕咕，也不知说了些什么。孙启华看他歪在那里沉沉睡去。陈宝光这几日也沿路劳乏，随着也就躺在炕上睡着啦。

虽然孙启华酒没喝得甚多，只因谭老头的一句话，心里一烦，酒就涌了上来，酒一涌，就仿佛喝醉了似的。虽然看着他二人倒在炕上，自己觉着一阵心中难过，就要呕吐。随就赶紧由炕上下来，出了屋门，打算打个僻静地方把酒吐出来。站在台阶上看了看满院幽雅，非常洁净，不好意思吐，随即下了台阶，不由得身形乱晃，脚底下如同踩着棉花一般。就觉着头上发晕，荡荡悠悠的不好受，遂歪歪斜斜地奔了西边夹道。来在夹道内一看，也是扫得干干净净，怎么好意思吐呢，遂又顺着夹道往北，后面还有一个院子，靠着两面墙角有一个小门。自己一想，大概这门里必有厕所，倘若呕吐不出来，倒可以小便。自己想到这里，用手扶着西墙，慢慢地走到门口，往西一看，在小门里边有一个慢八字的木头影壁，在影壁当中挂着一个木头牌子，上头写着黑字，上边写的是武学二字。孙启华本是练武的，不由心中一动，莫非这里面还有把式场子，心中这里想着。两腿早不由己地走了过去，就听里面有人大声喊道："用心好好地练。"

孙启华一听，就知道有人练武，有心退出来，又想着要看看。正巧这个木头影壁有一道板缝，紧走两步，隔着板缝往里一看，就见里面好宽阔的一个空场子，四周围的土墙。满都是栽种的柳树。当中地势平坦，靠着北面五间土房，在上房门口外面，放着一张八仙桌子，两旁摆着条凳，在八仙桌中间有个茶具，在上首放着一个罗圈式的椅子，在椅子上坐着一人，长得相貌凶猛。大身材，穿着青绸子裤褂，脚下鹰脸洒鞋，白袜子，打着裹腿。往脸上看，青中透暗，两道抹子眉，一双金睛，大鹰鼻子，阔口，两耳如锥，花白剪子股小辫，额上连鬓络腮半部花白髯，坐在椅儿上腆胸叠腹，带出一种凶恶的形象。在身后站着五六个人，高矮不等，年岁不一，个个都是雄赳赳，威风凛凛。在条凳两旁，也有站着的，也有坐着的，都是三十来岁，个个俱都透着雄壮。每人穿戴打扮都是一样，都穿的是蓝布裤褂，脚下洒鞋白袜，纱包扎腰，蓝布巾包头，斜勒麻花扣。长得都是脖短颈粗，两旁约有五六十个，俱是精神百倍。孙启华看这个样式，当中坐的必是教师，两旁一定是徒弟。这个意思是教徒弟练功夫，我倒要看看练的是哪一家的拳脚。仔细一看，在西面摆着兵刃架子，上面十八般兵刃件件皆全。刀枪剑戟斧钺钩叉，鞭铜锤抓铛链拐棍橛棒，在旁边花枪单刀摆列两旁。孙启华正在观看之际，就听椅子上坐的那个教师向徒弟们说道："你们这些孩子们，教与你们打一趟拳脚都打不好，一点功夫也没有，腰不是腰，腿不是腿，可惜了我这点功夫。你们不想用工夫只想多学，一趟拳都打不好，还想着多学，一趟拳要是打好了，比练十趟还强。你们要这样，不把我气死吗，怎么练来的，这拳打了半趟就会忘啦，我再看看你这个小红拳，还记得住吗？"孙启华就听那人叫道："金魁你过来。"那人这句话未说完，由下首转过一人，身量不高，身穿也是一身蓝布裤褂，脚下洒鞋白袜，腿上打着裹腿，头上蓝手巾罩头，脸上长得凶顽。黄白的脸面，一脸的横肉，两道棒槌眉，一双吊角的二目，大蒜头鼻子，薄片嘴，连鬓络腮的胡须，两耳扇风，看着就不是良善之辈。就见这个人站在教师的面前，口中说道："老师唤弟子有何吩咐？"就见那位沉着脸说道："我叫你做什么？你练的那趟大红拳是怎么练的，把一趟拳都练散啦，一点劲也打不上，我叫你来是怕你的拳再忘了，你打趟小红拳我看看，练不好回头我让你在树底下跪着，我看你还要脸不要脸，下场子去练。"就见这个人答应一声："是。"就来到场子当中，两脚并齐，双手往外一伸。孙启华隔着影壁缝一看，不由得好笑。就见他伸腰拉胯，打出来的拳不是拳，腿不是腿，可惜这一趟拳，让他练了个乱七八糟。那人糊里糊涂练完了之后，站在当中，向着教师说道："师父你看看这趟拳打得好吧。"就见那个教师用手把桌子一拍，险些把桌子上的茶碗震落，把双眼一瞪，将要责罚练拳之人。就在这个工夫，由里面条凳后头奔过一人，爬在教师的耳边低言耳语了几句，就见这个教师点了点头，站起身来说了句："今天不练了，你们先别走，过一会儿还有话和你们说。"说完，那个人奔了后面去了。

孙启华见场子要散，恐怕叫他们看见，多有不便，自己就撒身顺着角门往回走，由夹道来到上房门首，慢慢地进了屋门。就见陈宝光、李进倒在炕上沉睡未醒。自己在外面走了一走，觉着心中很舒服。自己也脱鞋上炕，斜着身枕着包袱，稍微地倒了一倒，觉着一迷糊，就听陈宝光那里说道："天不早啦吧。"孙启华

136

睁眼一看，就见李进坐在那里揉着眼睛。孙启华往外看了看，跟着说道："大概是要黑啦。"这时李进问道："大哥，你身体好点了吧。"孙启华点头说道："这个时候心中很爽快，你们大概也睡够啦，咱们该用晚饭了。吃完了饭，咱们早睡，明日还要起早赶路。"李进听了孙启华之言，遂转身由炕上下来，到了外面，站在门口喊道："店里的伙计呢？"这句话尚未说完，就听前面有人答言说道："来了您哪。"李进一看，仍是前面那个跑堂的伙计，笑嘻嘻就来啦。伙计说道："爷台您唤我有什么事？"李进接着说道："你到屋里再告诉你。"说着话伙计跟着李进来到屋内。孙启华一看伙计来啦，遂说道："我们叫你没有别的事，你给来两个炒菜，一个汤，随着就上饭，酒我们是不用啦，吃完了，我们还要早些歇着呢，饭菜一齐来才好。"伙计闻听，笑嘻嘻地走出，不大的工夫端上饭菜。三人将饭用完，孙启华向伙计说道："店饭钱明天早晨再算，你把桌上收拾干净，我们要睡觉啦，没别的事，你也别惊我们。"伙计闻听，答道："是了，爷台你请早点安歇吧。"说着话就将桌上一切饭具，赶紧收拾完毕。伙计说道："还有事吗？"孙启华说道："你去吧，我们收拾就要歇着啦。"伙计答应了一声，直奔前面去了。

孙启华叫李进把房门关好，将门闩插上，重又把被褥收拾收拾。孙启华由炕上下来，将鞋穿好，低声向陈宝光、李进说道："你们睡觉，可别将衣服脱去，枕着兵刃包裹，头冲着里面，咱们是小心为妙。"陈宝光、李进二人点头，孙启华转身将桌上的灯烛熄灭，复又转身来在炕沿旁边，看了看他二人已经倒下啦，自己坐在炕沿上，深为后悔。离开是非之地不当贪酒，若不贪酒，哪能住在此处。自己应当警戒自己，从今后酒要少吃。又回思白昼，老人与我们谈话，看那个老人，又有些个奇怪，看起来江湖道上无奇不有。又想起店房的后院，又有这么一个把式场子，不问可知，这个开店的在本镇里，一定是个人物。自己坐在炕上，正然思想，又听得村镇上更鼓齐敲，天交初鼓。自己一想，莫若早些安歇，明天也好赶路。想至此处，往炕上一歪身，枕着包袱刚要睡，猛听着前面的窗户纸，就仿佛有人用手弹的一般，腾腾的乱响。

孙启华一惊，翻身爬起来，坐在炕上侧耳一听，只听得外面声音微细，有人说话，说道："里面有人吗？"孙启华不语，就要推陈、李二人，又听外面低声说道："别言语，我是白天相面的，你们住的是贼店，快快开门。"孙启华听着耳熟，好像是白昼之间相面老者的声音，遂用手按了按腰间所佩的兵刃，刚要答言，就听外面说道："你把门开开，我有要紧的事情与你相商。"孙启华在屋中答道："你稍等一等。"孙启华由窗缝偷看，果然是白天那个姓谭的，遂慢慢地来在屋门，轻轻地把门闩撤去，将门一开，身形向旁一闪，斜着身按着刀往外一看。外面明月将升，借着月色一看，果然是白昼的老叟，赤身伛偻而入，向里面摆手。老者低言说道："声音轻点，有话到屋中再谈。"孙启华按刀将身往后一撤，就见老者迈步进入，形若猿猴，就见他一转身，将门照样地关好，冲着孙启华点头，低言说道："你们三人祸到当头，还在这里盹睡不醒。"孙启华低声说道："谭老者，你夜间来此何为？"谭老头低声说道："我是特来报信，只因白昼之间，一饭之恩，我岂能忘报，此处乃蛇蝎之乡，豺狼之地，不可久留在此，迟则有祸，你先把他们二人唤醒，待我一同说知，你们好做防范。"孙启华一听，明知这位老者必是异人，遂点头说道："您稍等一等。"孙启华走到炕前，用手将陈宝光、李进推醒，此时这二人皆因连日的劳乏，倒在那里酣睡正浓，被孙启华一推，二人

138

坐起身来，就见白昼间那个谭老者与师兄站在炕前。他二人睡眼蒙眬，遂问道："师兄，什么事？"孙启华遂低声说道："谭老者前来报信，说此处危险，命我把你们叫起来一同说明，你们休要高声，恐怕别人窃听，多有不便。"陈宝光遂向谭老者问道："老先生有什么事只可请讲。"谭老者闻听，凑至三人的面前，低言说道："你们三位大概还认识我吧。"陈宝光说道："我们弟兄实在是眼拙，请问大名。"谭老者带笑："在下名叫谭光韬，我祖上乃是前明功臣之后，只因满清入关，占领中原，我才由家中起身，欲访挚友，行在湖广的地面，巧遇我一个当年的老友，此人已出家做了和尚。他本是大明的宗亲，此人姓朱双名德畴，只因大明的江山，一旦付于东流，他遂在福建双龙山少林寺削发为僧。人称痛禅上人，他的法名上宗下兴，我与他多年未见。此次一见，他就将明朝川湖总督何腾蛟，在西川设立宏缘会，在福建建宁府设立分会，并有先明的遗老功臣良将之后协力辅助的情形告诉我。并说必要时，恢复前明疆土，得以保全我们的民族，免受外人的压迫。事情将有头绪，尚未完全有效，他就问我欲往何处，又说道：'此事不宜宣传，理当严守秘密，阁下暂找一个幽僻之处，听候我的佳音，倘若事成，宏缘会会友，天下都有。倘若同志群起相应，阁下望风寻找，岂不是我们的膀臂吗，何必你奔驰徒劳无益。'我一想深为有理，我就问他。阁下欲想何往呢。他对我说，机密之事，岂能轻易泄露于人，阁下不必多问，请各自便。我也未敢往下深问，那痛禅上人，扬长而去。我见他去远，我就由湖广地面，来在此处。我看此地幽僻。我在山坡下结草成屋，暂为栖身之计。我遂做出放荡形骸，貌同乞丐，终日里胡言乱语，佯为疯癫之状，好令人不疑，作为隐匿藏身之计。不料今日清晨，由茅屋走出，欲到青阳镇，行在途中看见一人，面

139

貌相熟，想了多时，我才把他想起，他本是南阳府一带之大贼，此人姓汪单字名春，外号人称铁算盘。他今已年老，须发皆白，我当时不敢相认，我想此贼来到此处，必然有事。我在暗中就跟了下来，没想到，他就奔了这里而来。我早就知道这个店房的掌柜，不是安善良民，我在这里住了多日，这镇店里所有的人，没有我不知道的。这个掌柜的名叫赵如虎，外号人称野毛太岁。他有五个儿子，名叫赵金龙、赵金魁、赵金彪、赵金豹、赵金雄。本庄人称赵五虎，本镇上没人敢惹。前面开着饭馆，后边是店。他由前二年设立一个把式场子，招聚镇上的土棍，在场子里面练习棍棒刀枪，还有江湖之中的几个小贼，明着在他这里学艺，其实是在他家内躲藏。后来我打听出来，他是北派黑虎门的门徒。那个门户，原来讲究偷盗窃取，断道劫财。可好的，他在本地面没有案，我是深知，今天我是暗中跟着汪春，等我跟着他进了西镇口，就见他进了这个院内。我就想起来啦，他也是北派黑虎门的人。汪春到了店门，他正要往里走，忽然间又止住了步。他站在门外往里看，他往你们那个桌上一看，我就多了一点心儿。我可不知道你们跟他有什么事，我就见他问外面的伙计，问你们是刚来的，还是早来的。那伙计跟他说道：'他们是刚来到，工夫不大。'他这才转身由饭馆前面绕到后院。双手敲门，就见里面出来一人，问了他几句，这人就进去啦，想必是与他通禀。我在暗中观看，这时赵金魁就由院内走出，两人见面非常亲热，可就把他让进去了。他们只顾让人，可就没把后门关上。我在外面看着，我一想莫若我也跟着进去，暗中听听他们说些什么。就是有人看见我，都知道我疯疯癫癫，把我往外一轰，也没什么说的。我想到这里，我可就溜进去了，就在你们住的这个上房的后面，还有一个院子，也是上房三间。两边还有东西配房。西边就是把

140

式场子，我就在上房的后面，后窗下窃听。听他们说完了话，吓得我魂飞魄散。原来他在南阳府杜尊德署衙内充当教师，传习少爷杜新的武术，后来我听到陷害乡绅李殿元，并有焦通海助纣为虐，把个堂堂宏缘会的表率诱获押往郑州，行在方城山野狐岭，遇见抢囚车的五个人，汪春设计在后面接应，还有神手楚廷志。当场拿获二人，逃走了三人。汪春就派他徒弟快手刘华，在后面追踪涉迹，追赶下来。汪春这个时候，把受伤的官兵连差使，先送到牛家屯住宿然，后聘请名医调治。所有杀死的官兵，让乡正地保找大车拉到牛家屯，备棺掩埋，各立标记。汪春把事办完，告与张祺、何辉两个守备，并通知焦通海、楚廷志，带着受伤的徒弟，押着囚车，赶奔郑州，留下官兵扶持受伤的人，并请外科名医调治。汪春他也不放心快手刘华，他打算跟众人商量明白，如要追上这三个人，并不动声色，看着这干人，受何人所使，为何抢劫囚车。他这主意是想一网打尽，免去后患，他要独立其功，这才与官军分手，由牛家屯起身，一路上也没追上刘华。他打算赶到青阳镇，再说他与赵如虎又系同门，来到店前，可巧就看见你们三位啦，他没敢进来，怕你们看见他。他这才绕到后门，拜访赵如虎，并将前后事和赵如虎说明，并恳求赵如虎竭力帮忙。如若拿住你们三人，他还要在知府杜尊德的面前，保举赵如虎。我在后窗之下，听得明白，不知你三位是谁，我又一想，你们三人既劫囚车，搭救李殿元，必与宏缘会有关。在这个时候，我就由后门出来，绕到前面进到饭馆之内，仍然做出乞丐的形骸沿桌乞讨，没想到你们弟兄三人，慷慨大义，恤老怜贫，赠我一饭。我在吃酒之间，看见你们弟兄三人，印堂发暗，目下发青，我这才开口乱说相法，叫你们弟兄三人见笑。饭后我与三位告辞，其实我并未走，我就在外面暗中留神。你们三人不但不走反倒住宿，你们这岂不是自陷虎穴吗？我在外面看着不忍，绕到西院，我看四外无人，我才越墙而入，借着树影遮住我的身体。我这才由西面奔了后房，我看了看四下无人，就在后室外窃听。我在外面听他二人商议已妥，他们打算在三更时分，趁你们睡熟之际，率众到前面一同下手。我又听了，并没有别的主意，仍然顺着北面转至西面，我恐怕你们不知消息，特此前来与你们三人送信，早作防范，你们千万不可大意。还有一件事，若不然你们酌量着，趁此远逃，也是一条妙计，走为上策，我还得到后面去看看。"谭光韬将话说完，转身来到室门口，听了听外面没有动静，随手将门一开，探身往外，由门口之内，一纵身蹿到院中，脚尖点地，纵身房上，直奔后面去了。

此时孙启华、陈宝光、李进弟兄三人一看谭老头，虽然年迈，形若猿猴一般，一转眼踪迹不见。孙启华一面关门，暗自嗟叹，低声向李进说道："这就是你我弟兄的奇遇，临难的救星。他老人家偌大的残年，尚能如此的灵便，你我弟兄正在年轻，若讲究小巧之艺，咱们真比不了他老人家。看起来，强中自有强中手，刚才谭老前来报信，我有一句忘神未答，所说的让你我趁此脱逃，早离开这是非之场。可是你我弟兄，是等候听那谭老者的回信呢，还是赶紧走呢。"孙启华这句话尚未说完，那陈宝光初生犊儿不怕虎，冷笑答道："师兄你好胆怯呀，就是你我弟兄逃走，贼人岂肯相容，一定他们也要分头追赶，莫若依小弟的主见，祸到临头须放胆，咱们遇上了这个事，莫若先下手的为强，不如咱们大家亮兵刃分头放火，见了贼人便杀，先给他个措手不及，反正咱们也是一个跑，不如杀他几个也解消解消我们的怨气。"孙启华道："你太任性了，你不想想，彼众我寡，如有疏失，悔之晚矣。"陈宝光一听此言，不由得怒形于色，遂冷笑说道："师兄，你我若不下手制人，必得受人暗算，再者说这个开店的又有多大本领。谭老者前来泄机，此时正是天授于我，你我还不趁此下手，等待何时。"孙启华紧皱双眉，并不以陈宝光的话为然。那陈宝光尚未再言，就听李进在旁说道："孙师兄，或走或战，快拿定了主意，难道说你我坐而待毙吗？"孙启华说道："就是你我弟兄由此逃走，也得把兵刃预备在手下，将身上收拾利便了，倘若动手，也省得误事。"陈宝光、李进二人一听，把包袱拿过来，打开包袱把兵刃取出，背在身后，把长衣服折叠好了，包在包袱之内，勒在身后，弟兄三人才收拾齐毕，听外面村镇上更鼓三敲，正要破窗而走，就在这个工夫，耳听外面有脚步的声音。陈宝光一摆手，冲着李进低声说道："来啦。"孙启华回手亮剑，爬在门缝往外看，借着月色的光亮，看着东西两边的夹道，人来了不少，就要上房包围。

铁算盘汪春与野毛太岁赵如虎，他二人在后面商量计策，为的是捉拿他们三人。他哪里知道有人在背后偷听，他们一点不觉，仍然按着所定的计划进行。赵如虎让他的五个儿子赵金龙、赵金魁、赵金彪、赵金豹、赵金雄五人，还有五十余名徒弟，个个都带着随手的兵刃。唯有这五位少庄主，每人一条齐眉棍，武艺高强。棍的招数是泼风八打，三十六招行者棒，都是赵如虎的亲传，都有万夫不当之勇。

此时汪春见赵如虎将事分派完毕，汪春说道："贤弟，此事千万不可打草惊蛇，晚点儿倒不要紧，回头打发伙计到前面看看，等他们睡着了，再设法拿人。不过他们三个，也是笼中之鸟，跑也跑不了，回头先叫伙计到前面看看，只要他们睡着了，咱们大家再奔前面，先将上房关住，大家一拥齐上。"赵如虎说道："兄长只管放心，这事都交给我啦。"说着话，看着小伙计周三道："你到前面上房探听探听，三人睡着了没有，只要是上房没有动静，赶紧回来报信。"周三接着说道："遵命。"转身出去，轻轻地奔了前面，顺着西边夹道转到前面，上了台阶，往屋中一看，见灯光已熄，侧耳倾听，一听屋内有人说话，就听里边有人说道："天际不早，你我还是早睡的为是。"再往屋里听，什么也就听不见啦。这就是周三误事的地方，你倒要听明白了，你再回来报信哪，里面人是睡熟了没有？别看周三透着机灵，其实他是没办过事，就是这么一点小事，也未听明白，他就奔了后面报信去了。来到后面，正赶上赵如虎与汪春坐在那里说话。赵如虎见周三由外面进来，遂问道："你到前面探听得消息怎么样？"周三跟着说道："小子奉命到前面打探，正赶上他们三人要睡，再听可就没有什么动静啦，请东家自己定夺。"赵如虎未及答言，汪春在旁说道："俟等他们睡熟了，咱们的人也就聚齐啦，然后再为下手。"赵如虎点头说道："也好，周三你到后面看看，如果人都到齐了，赶紧禀报。"周三答应一声，转身出去。汪春、赵如虎正在吃茶说话，就在这个时候，猛听得更鼓三响，周三由外面进来，向赵如虎说道："外面已然把人调齐，都在后院等候。并有五位少爷带着五十余名徒弟，将兵刃俱都预备在手下，专听庄主爷的分派啦。"赵如虎一听，急忙说道："汪大哥，外面人齐啦，怎么样？"汪春说道："既是天已经到时候啦，你就让他们进来吧。"赵如虎向周三说道："你告诉五位少爷，叫他们众人进院，千万不可大惊小怪，将脚步放轻着些，在院中等候。"周三转身出去。赵如虎派他的下人预备他的齐眉棍，工夫不大，有俩人抬着齐眉棍，赵如虎接了过来。这时就听窗外有脚步声音，赵如虎回头向汪春说道："大哥，你老预备兵刃，后面人都到齐啦。"汪春把自己的包袱打开，将雁翎刀取出来，又拿出一根绒

144

绳，放在一边。这才把身上的大衣脱下来，折叠好了，用包袱包好，然后又用绒绳把刀鞘捆好，往背上一背，在胸前斜勒麻花扣，把自己的小包袱也背在身上。赵如虎手提着齐眉棍，汪春紧跟在后，二人双足垫劲，来到院中。见众人各擎木棍站立两边，在院中站着的，约有百十余名，俱都是蓝布裤褂，纱包扎腰，脚底下洒鞋白袜，打着裹腿，各擎木棍刀枪，一个个都是相貌狰狞，虎视眈眈。

赵如虎向众人低声说道："汪老兄带着龙儿、魁儿，由西面绕到前面院内。我带着彪儿、豹儿、雄儿由东面夹道，绕到前院集合。"赵如虎将话交代完毕，大家一同起身，奔了前院而来。虽然脚步儿轻，人多却是声音大。这时屋中孙启华、陈宝光、李进，三人把兵刃收拾齐毕，正要越窗而走。就在这个工夫，汪春他们已经赶到，孙启华一听院内有脚步声音，遂低声说道："二位贤弟，你听外面有了动作。"李进闻言，隔着门缝往外观看，借着月色光亮一看，人都满啦。陈宝光回手亮刀，遂向孙启华说道："师兄，您看外面这些人，可都是冲着我们来的，您打算怎么样？孙启华说道："莫若你我由后窗脱逃，还是不动手的为是。"陈宝光皱着眉说道："师兄您说什么，由后窗逃走，我想前面这些人，堵着屋门，后窗外面，也必有人把守，如今焉能逃走？据我看咱们就祸到临头须放胆，您打算在屋子里头等着吗？人家都拥上来啦，如若闯进屋中，那时候你我再想动手，也施展不开，倒不如咱们给他个先下手的为强。"说着话，陈宝光就将门闩撤去，把门一开，先扔出一条凳子，紧跟着一摆刀，蹿到院内，就听院内呐喊一声，叫道："不好，他们有预备，蹿出来啦。"孙启华知道难免动手，便和李进各亮兵刃，也就跟着蹿到院内。

145

陈宝光由屋中蹿出来，就听前面喊道："小子们不必乱动，待我派人擒他。"陈宝光举目一看，见说话的这个人，五官相貌在月下看不真。只见他手中擎棍，气派雄威，身旁站着五个人，俱都拿着齐眉棍。在他身后站着一个人，头上额发苍白，手擎雁翎刀。两边的人，刀枪密摆，就听当中擎棍的那人说道："雄儿，你还不上前，等待何时？"就听下首站立最末的那人答道："父亲休要性急，待孩儿上前捉拿此贼。"说话之间，直奔陈宝光而来。陈宝光与对面之人相近，借着月色一看，这个来人身量不高，身穿青绸子裤褂，脚下洒鞋白袜，打着裹腿。往脸上看，素绢帕罩头，斜拉麻花扣。青中透黑，一张脸面，两道浓眉。一张火盆口，酸枣似的眼睛，大鼻子，两耳扇风，项短脖粗，手擎齐眉木棍。陈宝光一看，高声一喊，大声说道："呔，来者报名，你爷刀下不死无名之鬼。"说着话将刀一晃，用了个外缠头，按刀塌腰，夜战八方藏刀式，说道："小子进招，刀下纳命。"来人听了，不由得气得高声乱叫，大声喊道："少爷赵金雄的便是，小辈看棍。"赵金雄双手举棍上左步，左手棍一晃，单手往上一举，右手棍用了个泰山压顶的架势，照准了陈宝光搂头便砸。陈宝光见棍临头切近，将身向左一闪，迈左腿，双手棒刀，斜着向赵金雄的肘下用刀刃一划。赵金雄见势不好，往回撤右步，用右手棍往回一带，跟着跳了起来，左手棍冲着陈宝光头顶便打。陈宝光见棍来得甚急，将刀往回一撤，随着一翻手，用刀尖向赵金雄的左胳膊便挑。赵金雄见刀来得急快，左手棍往回一撤，用了个二郎担山，右手举棍一矮身，向陈宝光腿部便扫。陈宝光脚尖一碾劲，身形向上一纵，顺着赵金雄的棍跳过来，一矮身将刀往后撩，直奔赵金雄的腹下便砍。赵金雄随手将棍一扫地，这一招名叫支篙赶船，陈宝光的刀险些磕伤，只听腾的一声，猛然一惊，

146

陈宝光复又翻身与赵金雄杀在一处。

此时孙启华早已亮剑，要想协助陈宝光，不料身旁跳过一人。孙启华一看，此人身量高大，细腰扎背，双肩抱拢。身穿蓝绸子裤褂，洒鞋白袜，素绢罩头。对面相近看得很真，黑漆漆的面孔，一脸的风疹，两道细眉，大鼻子，薄片嘴，两耳无轮，手提一条齐眉棍。见孙启华由屋中跳将出来，遂双手执棍，迎着孙启华，向上一蹿，一声呐喊，说道："尔小辈还不抛刃受死，等待何时？今有你家大少庄主赵金龙在此。"孙启华口中说道："无能小辈何必报名。"话到人到声音到，宝剑举起，对着赵金龙头顶便劈。赵金龙双手举棍向上一架，孙启华忙即收剑斜身，宝剑从底下往上一撩，此招名叫进步撩阴。赵金龙退步抽身，双手握棍身形往下矮，用棍一碾，用的是横下铁门闩的招数。孙启华用了个旱地拔葱，由棍上面一跃，跳在右面。孙启华脚刚落地，不料这小子的棍法出奇，用右手单臂，身形往左一撤，将棍抡起来擦着地皮，直奔孙启华的左腿腕。孙启华趁势往起一跳，才把这一招躲过去。赵金龙双手握棍，孙启华用了个疾行绕步捡金钱的招数，这一剑直奔赵金龙的面门而来。赵金龙将棍向外一磕，孙启华随手撤剑，金鸡独立的架势，右臂向上一举，剑尖冲下，左手一指赵金龙，这一招名叫魁星临斗。赵金龙随即撤步抽身，举棍相迎。孙启华、赵金龙，这二人杀了个难解难分。

李进持匕首要想协助孙启华，就在这个工夫，顺着西边转过一人，此人姓韩名申，是赵如虎的徒弟，正与李进走了个对面。他见李进年幼，手擎一对匕首尖刀，遂迎着李进喊道："这个小辈竟敢找死，你看枪。"随即一抖杆儿，枪尖直奔李进的胸膛而来，他哪里知道李进这对刀的厉害。李进见枪已到胸前，向右一

147

上步，用匕首刀，向枪杆上一贴，左手刀贴着枪杆往里一推，随着向前一上步，韩申喊声不好……那韩申的左手四指，被刀削落。韩申哎呀一声，撒手抛枪，就想逃走，好狠的李进，跟着向前一上步。举起右手的匕首刀，对准韩申的后脑往下一落，只听哗的一声，刀尖顺着韩申的太阳穴扎了进去，脑髓迸流，当时丧命。这时李进听着后面有人暗算，急转身，左手匕首照准来人的后脑，往下一落，就听扑的一声，鲜血暴流，此人死于非命。李进刚要转身，迎面扑过一人，手擎齐眉木棍，口中喊道："贼人竟敢拒捕官军，杀伤人命。"说着话举双棍照着李进便打。来人正是赵金魁，李进见来人五短身材，棍法来得势猛，李进一矮身向左一闪，右手刀往里就递，照准来人的右胁便扎。赵金魁见贼人身体灵便，遂用右手棍向回一挂，左手棍直奔李进的耳边便打。李进一矮身，棍就从头顶上过去啦，李进借势往前一纵，左手刀直奔赵金魁的小腹。赵金魁双手抡棍，用了个横下铁门闩，骑马式，用棍一砸李进的手腕。李进撒左刀，递右手刀，两个彼此往回一撒兵刃，李进往前一蹿，赵金魁用棍相迎，二人战在一处。这弟兄三人，与赵氏群寇争斗，分不出高低胜败。

铁算盘汪春一见三人骁勇无敌，若要单打单斗，难以取胜，遂向野毛太岁赵如虎说道："如此动手，谅难取胜，不如大家一拥齐上，活捉三盗。"赵如虎闻听，点头说道："此言有理。"遂吩咐手下的门徒，大家一齐拿贼，千万不可后退。赵如虎的主意，打算把三个贼人都捉活的，不可伤害他们性命。众人一听庄主谕下，一个个抖起精神，向前围攻，舍命似的往上冲。无奈孙启华等就如同生龙活虎一般，不肯束手就绑，死力抵抗。这时候庄兵伤了好几个，无奈弟兄三人，仰仗眼明手快，招数纯熟，正在紧急之际，里面一片喧哗。孙启华一看，内中有赵如虎的三子赵金彪，并有四子赵金豹，向前相助。野毛太岁赵如虎，也跟着蹿上来，喊叫着赵金彪协助赵金龙，捉拿使剑的孙启华，又令赵金豹帮着赵金雄，捉拿使刀的贼人，休要放他们逃走。汪春带着徒弟，与本地的四十名乡勇，各擎刀枪挠钩套索，一齐由外面往上围。这个时候伙计们掌起灯笼火把，在四外照耀着，照得满院光明，就如同白昼一般，又令徒弟们呐喊，喊叫拿贼，赵如虎亲自擎棍，在四外照料，恐怕他们三人逃跑。他这一喊不要紧，惊动了青阳镇的住户，真是惊天动地，海啸山摇。

唯有孙启华、陈宝光、李进弟兄三人被困中心，难以逃脱。没想到他们是人多势众，一拥齐上，虽然自己掌中刀上下翻飞，遮前顾后，观左看右，还得留神李进，替李进担心。只因他的兵刃太短，一面动手，一面留神。就见李进虽然年幼，这一身勇气，亚如活虎生龙一般，虽然是弟兄三人，动手甚勇，这个时候，只有招架之力，没有还手之力。又搭着赵家五虎，抢五条齐眉棍，真是风车相似，错非他三人气力勇猛，不然难以逃脱。他三人见势不好打算逃走，怎奈四周的长枪短刀挠钩套索，不住地往身上递来，一不留神，就得被获遭擒，哪有逃走的机会呢。汪春指挥着众人往上围，看这三人被困在内，犹如笼中之鸟，老贼汪春以为今日必得成功，手提雁翎刀，在外面欢欢喜喜，指挥着拿人。那老贼汪春正在得意之际，此时这弟兄三人都惊慌失措堪要被掳，猛然间就听得一声喊道："放着把式不练，怎么凑着伙儿打架呢，你们大家愿意把我掺上吗，咱们打一打，倒可以凑趣儿。"赵如虎听着房上的声音，不由得吓了一跳，抬头一看，借灯火之光看得甚真，就见在房上站着一个老叟，细看原来是在街上要饭的那个老头儿。

只见谭光韬今日与往日不同，在身上斜背一个小包袱，背上背着一个剑匣，双手捧着一口明亮亮的宝剑。赵如虎明知此人来历稀奇，遂高声说道："你这个老头子休要多管闲事，你可小心你的首级。"这位老者在房上金鸡独立的架势站着，哈哈哈一阵地狂笑，喊道："赵如虎，尔在此欺压乡绅，勾结盗贼，尔不思改过，反勾结老贼汪春，欲害三位小英雄，汝岂不知老夫暗中的动作，岂能受尔等的诡计。汪春与你合谋，尔等以为事在必成，老太爷心中放你不过。赵如虎放着买卖你不做，陷害英雄，老太爷今天多了一点事，我在后院给你放了一把火，大概这时候也着起来啦。"说着话站在房上，用手向后一指。赵如虎回头往后一看，就见后院火势凶猛，照得满天通红。

赵如虎一看，心中着急，有心后面救火，又怕这三人脱逃。如若不救，后面房子一烧，所有这些年的积蓄，皆在后面，想到此处，进退两难。看着房上老叟，咬牙切齿，用棍指着谭老头说道："我把你这老匹夫，你家赵太爷与你有何仇恨，你在后面放火，荡尽我的家财，尔还不报名来受死，等待何时，你还等你家太爷上房擒拿你吗？"老者闻听，仰面大笑，口中说道："你死在眼前还欲害我，老太爷乃无名氏是也。我掌中的宝刃，这几日欲吸人血，汝父子的血肉，当染我的剑锋，我不欲结果尔等性命，怎奈尔等誓不欲生，我将奈何。"说着话由房上一纵，向院中落下，正跳在赵金雄的面前。此时孙启华、陈宝光、李进正与赵家五虎，杀得难解难分，猛见谭老头在房上说出这言辞，持剑蹿了下来，赵金雄撇了陈宝光，摆棍向谭老头，劈头盖顶就是一棍。就见谭老头不慌不忙脚踏实地，微微一侧身向前一上步，用剑向

150

赵金雄的胸上一横，只听噗的一声，赵金雄的木棍折为两段。赵金雄见棍一折，转身要走，谭老头哪肯相舍，单手举剑，照着赵金雄头顶，向前一挫，用了个顺水推舟的招式，就把赵金雄的脑袋推下来啦，这时红光迸现，身首异处。谭老头刚要转身，后面赵金虎见五弟丧命，双足一蹿，用棍照准谭老头腰部便点，谭老头提剑，随即转身，用剑一横，后面赵金虎的棍，只听啪嚓一声，赵金虎的棍头，随声坠地，赵金虎就欲逃走。谭光韬手疾眼快，一翻手用了一个反臂劈丝，宝剑的剑锋，正劈在赵金虎的天灵盖上，只听啪嚓一声，将赵金虎的头颅劈为两半，当时丧命。赵如虎见二子丧命，急得牙齿乱咬，大声嚷道："此贼可恨至极，快快与我拿下。"众徒弟一个个奋勇当先，各乡勇挠钩套索，一齐向上乱递。谭老头一看众人齐上，挺身挥剑迎敌，身起剑落劈死数人。

谭光韬原不肯多杀无辜，怎奈这些无知的愚民，受赵如虎的指挥，竟不顾生死，向前抵御。谭光韬只得举剑向前。这一来不要紧，挨着死碰着亡，撩上筋断骨伤，眼看着人头顺着谭老头的剑锋乱滚。谭老头真亚如虎入羊群，剑刃过处，骨断筋折。这一阵厮杀，尸体满院，血溅庭阶。又搭着火光的照耀，那尸横满院，血迹淋漓，只杀得众人不敢上前。谭老头将剑舞动如飞，遂挥剑直奔赵如虎，一面向前动手，一面向孙启华三人说道："尔等还不逃脱，等待何时，后面自有老夫迎敌。"按江湖的黑话，就是让他们三个人快走。孙启华将话听完，把剑一摆，垫步拧腰蹿上东房。陈宝光、李进也随着蹿上房去。三个人由东配房蹿到东墙外，出离短巷，顺着镇街，一直奔了东镇口而来。

孙启华弟兄三人，由镇东口逃出来，顺着大道，一直奔了东南逃下来了。走了约有二里，弟兄三人回头一看，就是青阳镇内，火光未熄。弟兄们又往前走了约有一里多路，靠着北面有座树林，李进向孙启华说道："二位兄长，咱们先到树内暂为休息休息，再去不迟。"孙启华点头说道："也好。"三人刚进树林，就见林内有一人，手中提着明亮亮的利刃，倒把他弟兄三人吓了一跳。孙启华正要相问，就听树林里那个人说道："你们弟兄三个，怎么才来呀。"

第八章

郑州城盗狱劫牢

三人大吃一惊，止步细看那人，正是年迈的老叟谭光韬。孙启华遂向谭老头说道："老人家倒走到我们前面来啦。"谭老头微微含笑，对孙启华说道："只因我挡住群寇，让你们三人脱逃，并非是怕你三人被获遭擒，皆因我不忍多杀无辜，若不然就是我这口剑，可能将他们全都诛绝。我看你们三人走后，明着我跟他们动手，暗中我是不让他们救火，那后院的火光焰烈，贼人巢穴已遭回禄之下，老朽这才追赶你们三人。我看你们走得太慢，因此我在林内等候你们。其实贼人失却巢穴，万不能在此驻足，他们总得逃走，所以我为什么等你们呢，就是方才老朽在屋中，与你们谈话的时间仓促太短，没问你们根派门户，因何抢劫囚车搭救李殿元，可以对老朽说说吗，让老朽明白明白。"

孙启华闻听，赶紧向前抢步行礼，口中说道："老人家今日搭救我等性命，当谢活命之恩。"谭老头伸手相搀，口中说道："这点小事，何足言谢，你们的礼也太多了。"孙启华三人站起身来，往树外看了看四面无人，遂说道："承劳动问，提起来，大概也许晓得，恩师家住河南泗水县，姓余双名公明，江湖人称镇西方龙舌剑，在陕西华阴县的东关，开设永胜镖局。"遂把乱柴沟丢镖，李殿元遇难，以及李进报信，奉命在野狐岭劫抢囚车，误走深山白骨寺，巧遇悟通禅师，赠刀指路，经过青阳镇，方与老人相会，只因贪酒过量，才误入了他们的店内，夜晚之间多承老人相助的情形说了一遍，又道："不然，岂能逃出他人的毒手。"孙启华从首至尾说了一遍，谭老头将话听完，遂又问道："李老员外因何事犯，这事我真有些不明白。"孙启华遂又讲了白骨寺巧获快手刘华，逼问口供，刘华供出实情，都是那焦通海、铁算盘汪春二人主张，设谋共骗，以致李员外被获遭擒的经过。

就在这时，李进在旁边接着答言，遂又把自己勒死杜新，与华阴县报信之事，从头至尾说了一遍。谭老头一听，叹了一口气，遂说道："我量你等是谁，原来是余公明的弟子，我就知你们与宏缘会有些关系，我才伸手搭救，不知道这里还有这些情由，余公明并不是外人哪，你们听师父常说过吧，有一盟兄，是南派嫡传，玄妙观的剑客，你们可听你师父说过吗？"孙启华闻听老人之言，登时说道："老人家您原来就是谭老伯父吗，恕弟子眼拙，不敢相认，师伯在上，受弟子等一拜。"谭光韬伸手将他们搀起说道："别多礼啦，现在不是那时候了。"谭老头低声说道："那么你们弟兄现想何往呢？"孙启华道："我们奉师命赶奔宜昌，面见恩师，设法到郑州搭救李员外，与二位师兄，早日离开虎穴，不料中途巧遇师伯，不然我们弟兄岂不遭了毒手。"

谭光韬将话听完，遂点头说道："李进这个孩子倒有点儿志向，急中有智，深明大义，不避险恶，千里报信，舍命救主，可敬可佩，可惜只有这一团英勇，就是武术的根基太浅。我想收你做个徒弟，你看如何？"谭光韬这话，是爱惜李进。李进这时就当急忙叩首拜师，这真是个好机会呀。没想到他不但不磕头，而且站在那里看着老人发愣。陈宝光是个性紧的人，看着也是很高兴，今见李进发愣，在旁答道："兄弟，老剑客要收你为徒，还不快快磕头吗。"李进闻言，遂说道："少镖头有所不知，老剑客收我为徒，我当然是求之不得呀，怎奈我是做下人的身份，我怎敢高攀，如让我家主人知道，我也担不起呀。"谭光韬一听李进之言，叹了口气说道："此子可见临难不失主仆的身份，不乱主仆的礼节，可称得起是异人，你今拜我为师，日后我见着你的主人，我把你赴汤蹈火，临难不避，这种忠义，与他说明，让他收你作为义子，大概就没有别的说的啦。"李进一听，赶紧双膝跪倒，口中说道："老师既肯如此，弟子敢不从命。恩师在上，受弟子大礼参拜。"谭光韬并不相搀，口中说道："好小子，你磕头吧，为师受你大礼。"李进大拜完毕，孙启华在旁说道："师伯今天收了弟子，我给你老人家叩喜啦。"谭光韬用手相搀，大家彼此见礼已毕，孙启华遂向谭光韬说道："师伯，天不早了，弟子要跟你老人家告辞，师伯你想何往呢?"谭光韬叹了一声。说道："我应当回归青阳镇，我那个小屋子里，还有我的行囊，我又舍不得你们三人。今天我送你们三人几站，以免我放心不下。"孙启华赶紧说道："既是如此，弟子等求之不得。"谭光韬遂命孙启华三人将兵刃包在包袱之内，将身上的衣服整理整理，一同出了树林，奔了东南的大道，向下赶路。此时天气也不过刚亮。

这时众人正往前赶路，四人直走了一天，眼看着日色西斜，路上行人稀少，已然到了入店的时候了，爷儿几个打算住宿，怎奈这个地方并没有旅店，只得向前赶路。又往前走了约有十数里地，就见前面崇山阻路，都是高山峻岭，并没有住户。谭光韬止步，向孙启华说道："孙贤侄，你可认得这条山路吗?"孙启华答言说道："弟子走过这条道。"谭光韬闻听，哈哈大笑。孙启华道："老人家你笑什么?"谭光韬说道："今天我行到此处，我想起一件可笑的事迹。前次我在青阳镇时，我不是与你们说过吗，我在汉阳遇见了痛禅，我二人分手，投奔河南。也兼着天稍晚一点，我经过这个山岭，这座山，属确山县所管，名叫确山。这条道是奔信阳的大道，素日我就知道这条道路难走，是贼人出没的所在，我正往前走的时候，由南边树林里，窜出一人，手持钢刀，断道抢劫。我一看这人四十来岁，身上穿得很整齐，长得相貌凶恶，我一想，这可是喜事到啦，可喜的是什么呢，皆因我这些个日子走道的盘费缺少，他这一劫我，我的盘费可有主啦，我想到这里，心中说道，咱们来个贼吃贼，我先哀求，让他放我过去，没想到这个贼人，非要我的性命不可。他蹿了过来，给了我一刀，我一上右步，左腿抬起，用了个十字摆莲腿，就把贼人的刀踢飞啦，跟着往前一进步，使了个玉环步，鸳鸯脚，正踢在贼人胸膛之上。我过去把他按住，把匕首尖刀，放在他的脖颈之上，我跟他要断道的银钱。"谭光韬说道："这小子苦苦地哀告，他说他叫陆云，没看出太爷是个能人，饶命吧！本应当将他结果性命，奈因他哀求的可怜，我这才在他的兜子里摸出三十多两银子，我就把他放啦。今日我走到这里，想起前番的事，不觉可笑，今日咱们又到了这里，你们三个人跟着我走，不要紧，可也得留点儿神。"

谭光韬一面谈着话，就来到东山口，天已快掌灯啦。孙启华在旁边说道："师伯，天不早啦，咱们找店住下吧，明天一早咱们再赶路。"谭光韬说道："那么也好。"又走了不远，越过树林，就听前面有人说道："客官老爷们别往前走啦，再走就错过了宿头啦，您住在我们店里，房屋也洁净，伺候也周到，几位往里请吧。"谭光韬听伙计往店里让，抬头一看，坐南的大门，门口儿挂着一个灯笼，上面有红字，写的是迎宾客店。店里的房子不

156

少，谭光韬心中想道:这个店看着令人心疑。一看这伙计也太伶俐，身量不算高，身上穿着蓝布裤褂，腰中系着一个围裙，脚底下穿着白袜洒鞋。从脸上看，长的刀条子脸儿，两道小眉毛，一双小圆眼，小鹰鼻子薄片嘴，看着那个样儿，很透着精神。谭光韬看着说道:"我们倒是有意住店。可有干净房间吗。"伙计一听，笑着说道:"请进去看看，房子不相宜，您再走，请进来吧。"谭光韬遂向孙启华说道:"咱们进去看看去。"孙启华抢步上前，来在谭光韬的耳边，低言说道:"老伯父，这个店近不靠村，这个地方又僻静，行路的人又少，这个地方真危险。"谭光韬向孙启华低声说道:"不要紧，你不要管，什么事都有我哪。"说着话谭光韬往前走，弟兄三人在后相随。店内伙计用手一指南上房，遂向谭光韬说道:"老爷子，你老人家看看，这三间上房怎么样，三位爷台，可以将就着住下吗?"谭老头向伙计说道:"这三间没有客人吗? 我看着不错，我们就住这三间吧。"伙计一听，向前抢步，口中说道:"几位爷台，就往屋里请吧。"爷儿几个跟着进到屋内，伙计出去给众人拿灯取水去。

孙启华低声向谭光韬说道:"老伯父，我看着这个店不安稳吧。"谭光韬带笑说道:"你太细心，安稳不安稳，咱们爷儿四个还怕什么? 都有我啦，你不要多说。"孙启华只得不敢多言。就在这个时候，伙计从外面进来，端着一盏蜡灯，后面跟着一个伙计，端着一脸盆水。就见前面的伙计将灯放在桌上，后面的伙计将脸水放在地上，转身就走。临出门的时候，复又回头向里一看。孙启华在旁边看着这个伙计，两眼发贼透着可疑，就听谭光韬说道:"你我大家先洗脸，然后再叫伙计预备酒菜，吃完了饭咱们好早早地休息。"孙启华赶紧站起，这时，三人洗脸已毕，谭光韬把胡须也洗了洗，一面与伙计说道:"伙计你贵姓啊?"伙计说:"小子不敢担这贵字,我姓张,我叫张二,请您多关照吧。请问四位爷台贵姓?"谭光韬闻听,遂说道:"我叫谭光韬。他们三个人是我路遇的同伴,皆因我们爷几个,尽顾向前赶路,连早饭也没有吃,我们都饿啦。"伙计一听,说道:"今天我们客人也少,这个酒菜误不了,稍等就齐。"说着话转身出去,工夫不大,就见张二端着一个黑漆托盘,随手将杯箸放在桌上,托盘里面四样凉菜,两壶酒,一齐摆在桌上。伙计遂说道:"还有什么分派?"谭光韬向伙计答道:"我们暂且先喝酒,不必在此伺候,张罗别的客人去吧。"伙计一听,转身出去。谭光韬往外看了一看,冲着李进使眼色,低言说道:"你到外面看看。"李进知道有事,随即站起身来,隔着帘子往院观看,那孙、陈二人也在窗前听了听。李进转身来到桌前向谭光韬说道:"师父,外面无人。"说完了话随即落座,谭光韬向孙启华低声说道:"你三人看这酒杯里有什么毛病。"说完了话用手指着酒杯,孙启华三人一看,原是很清亮亮的一杯酒,遂低声说道:"师伯,弟子看视不出。"谭光韬微然含笑低声说道:"酒倒是酒,就是里面有点药。这酒虽然清亮,酒在杯中乱转,不信你们用鼻子闻闻,隐隐地有些个药性气味。"孙启华端起酒杯一闻,气味芬芳,遂向谭光韬说道:"师伯既看出酒内有药,应当怎么办呢?"谭光韬说道:"我还得试试他这酒菜。"说着话由腰中取出银匙一个,往菜里一挑。孙启华看得明白,就见银匙撤出来随着下面都是些黑色,在菜里一试均然一样。谭光韬向孙启华说道:"这个酒菜,万不可用,你们看见没有。"孙启华说道:"那怎么办呢?"谭光韬说道:"不要紧,咱们把他这个酒菜全倒在炕席之下,店里伙计要问咱们要什么饭的时候,就提咱们喝了酒,心中都不舒服,我们要早些睡觉,容他把空盘托出去,咱们就关门睡觉,暗中收拾利便,将兵刃放在手下。你们三人不要忙，听着他们外面一有动作，这可就不怨咱们爷们；就此把店内的匪人杀个干净，给本处去个大患，免得旅客到此遇害。李进你先到外面看看有无来人。"李进站起身来，隔着帘儿向外观看，见院内无人，李进向里一打手势，陈宝光忙把菜盛端起。孙启华伸手将西面炕席揭开，陈宝光将菜倾下，孙启华又把炕席盖上，外面一点儿也不露形迹。孙启华、陈宝光复又就座。这时李进向炕前紧走了二步，一面用手向门外一指。

在这个时候就听外面有脚步的声音，又听得外面有人说道："众位客人酒喝得怎么样啦？"话未说完，随着声音进来一人，谭光韬一看正是送菜的那个伙计。谭光韬就假装着前仰后合，身体摇晃，向伙计说："我们爷儿四个，喝得头直发晕，我们再也吃不下去啦，也许我们走路，上了火啦，你把家具捡下去吧，我们还要睡觉，为的是早些休息。"伙计说道："我们店里向来卖的都是好酒，也许你老上了火啦，早点儿休息吧。"说着话将桌上的碗筷都捡出去了，复又泡一壶茶，放在桌上，跟着说道："众位爷台，早点儿休息吧。"说着话往外走，临走到门口的时候，又看了看他们爷儿几个，伙计心中暗想：怎么他们爷儿几个喝了酒不露形迹呢，莫非把药下错了，也许是药受了潮湿啦。伙计一面想着一面往外走。

谭光韬遂高声向李进说道："你把门关上。"李进站起身来将屋门关好，插好了门闩。谭光韬将灯熄灭，低声向孙启华三人说道："你们在里面炕上收拾你们的兵刃，咱们看他夜晚怎样下手，此时天气还早，大概他们这个时候不能动手。我由后窗跃出，到外面看看，你们可千万别动，不要性急。"谭光韬伸手把后窗子的划子撒开，听了听外面没有动静，将窗向外一推，用手扶着里面的窗台，探身向外一看，跟着往外一跃，身若长蛇，就蹿到外面去了。孙启华在里面一看，这老人如此的灵便，遂低声向陈宝光、李进说道："老人偌大的年纪，从后窗跃出，一点声息也没有，你我弟兄正在青年，我看着真是惭愧，从今以后，必要留心用功，追随老人的足迹。"说罢叹息。

这位飞行剑客谭光韬，由后窗蹿出，其快如飞，施展大鹏摩云式的功夫，跃到院中。谭光韬向四外留神，就见院中并无灯光，黑暗沉沉，又一跃身施展蛇行式，蹿到后院，留神一看上房屋内，灯光明亮，里边站有七八名彪形大汉，都着蓝布裤褂，蓝布巾包头，一个个虎视眈眈。这屋子里面并无隔断，粉白墙壁，上面都挂着兵刃，借着灯光，看着甚真，在桌案下首坐着五人，头一个看着很眼熟，猛然想起，此人正是陆云。

在桌案上首也坐着五位。老剑客举目留神，不由得心中动怒，此人正是那老贼汪春与赵如虎，还有赵如虎的三个儿子。谭光韬看着心中纳闷。

且说汪春见飞行剑客谭光韬纵火后，那孙启华三人又逃出青阳镇，汪春一看火势甚烈，由后院已接燃到前院，院内尸身横卧。汪春一看，这些条人命怎么办，不如先将赵如虎父子骗到村外，再作计议，汪春便大声喊道："可千万别让这贼盗们跑了，赵贤弟你我携同三个侄男前去拿贼，快让众人救火。"汪春说完冲着赵如虎一递眼色，赵如虎一看这个事情也不好办，赵如虎随即叫道："徒弟们赶快救火，我们前去捉贼，如把贼人拿回，好与众位复仇。"将话说完，冲着他三个儿子一摆手道："孩子们随我快快追贼。"赵如虎将棍一摆，顺着大街向正东而来。后面汪春紧跟，众人出了东镇口，往南走了不远，来到松林之内，赵如虎一看青阳镇的火，烟气冲天，不由得双足乱跌，叹声说道："汪大哥，我闯荡江湖这些年来，今天被这老匹夫一火而焚，我岂能甘心。"汪春说道："家产还是小事，被杀的二十来条人命，岂能与他甘休。"赵如虎一想，财产荡尽，二子被杀，只急得两泪交流，我怎能担得起这二十来条人命呢。赵如虎想到这里，只剩了两眼垂泪，双足乱跺。汪春急忙说道："事已如此，我们赶快离开此地，咱们先投奔确山陆云弟那里，到时再计议复仇。"赵如虎只得随从，众人即行动身。

赵如虎、汪春等这天来到确山，见店门口站着一人，看像伙计模样，汪春向前说道："你们陆云在家吗，请你通知一声，就说我汪春前来拜谒。"伙计应声进去，汪春在外等候，工夫不大，就见由里面走出一人，汪春一看正是陆云。只见他身上穿着宝蓝绸子大褂儿，青缎鞋白袜，身量魁伟，老远看见汪春，就上前抢步行礼，口中说道："大哥许久未见，老哥哥头都白啦。"说话之间哈哈大笑，说罢忙向汪春行礼。汪春带笑还礼说道："我也是想念贤弟，咱们到里边再说罢。"说着话，一转身向赵如虎父子一点手。赵如虎紧上一步冲着陆云一躬身，陆云抱拳还礼，口中说道："里边儿请吧。"陆云在前引路。

众人进了客厅，就见里面还站着几位少年。汪春道："我先给你们二位介绍介绍。"转身用手一指赵如虎说道："这位家住青阳镇，姓赵双名如虎，人称野毛太岁。"又用手一指陆云说道："这位就是陆贤弟。"赵如虎与陆云彼此行礼。陆云向汪春说道："这三位贵姓呢。"赵如虎回头叫："金龙、金彪、金豹过来，与你陆叔父行礼。"小哥儿三个往前抢步叩头。陆云伸手相搀，三人站起，闪在一旁垂手侍立。陆云带笑向汪春说道："大哥这两位您不认识吧。"汪春闻听，带笑说道："眼拙得很。不认识。"陆云用手一指那两个穿蓝褂儿的道："这一个是我二弟陆霖，这个是三弟陆德。"然后又与赵如虎父子等相见已毕，然后彼此让

161

座。伙计献茶，众人入座吃茶。茶罢，陆云向汪春抱拳说道："老哥哥这些年未见，您可好？"汪春说道："总不见太好，如今又把赵贤弟连累在内。"陆云说道："什么事呢，请兄长说明。"

那汪春叹了一口气，就把自己在南阳府内充当教师，奉命护送要犯，野狐岭遇匪，官兵大战野狐岭，追赶匪盗，来到青阳镇的情形说了一遍，又道："只落得如此狼狈，无奈前来求助，请陆贤弟多多帮忙。不知众位兄弟意下如何，可能帮老哥哥一场吗？"陆云说道："只要是能办，绝不能含糊，何况是这点小事。可有一样，你得派人前去探听，只要是他们由确山经过，认准他们的面目，我就能引诱他们进店，只要他们进入店内，这点儿事就算办完啦。如果进了店，还能让他们跑得了吗。"汪春一听陆云之言，遂站起身来抱拳作揖，口中说道："贤弟如此仗义，受兄一拜。"陆云含笑抱拳说道："老哥哥，太客气啦。"

陆云预备酒菜，与汪春、赵氏父子接风洗尘。一夜晚景无事。到了第二天的早晨，汪春与陆云二人秘密商议，先派店里的伙计同着金彪、金豹，顺着大路打听匪徒的消息。第二天中午，打探的伙计来到后院回话。伙计说道："彼等大概今天晚上能到确山。"汪春闻听点头说道："你们歇着去吧。"汪春与陆云商议，就命伙计今日在店内殷勤照看，等他等到来之时，只要把他们引诱进店，自有道理。千万不要把他们放过去。说话之间，工夫不大，就听外面一片声喧。就见店门外有十几头骡马，后面一乘驮轿，最后跟着两匹马。前面骑马的约有六十上下，白发银须，身穿米色绸衫，腰中系一根绒绳，手拿着藤鞭，精神百倍。后面那个骑马的约五十上下的年岁，黄色面孔，掩口胡须，此人长得透着精神。汪春一看这两个人，赶紧把身子往后一退，不由得大吃一惊，来者非是别人，正是老英雄镇西方龙舌剑余公明，后面跟着追风腿徐顺。

书中暗表，那余公明由乱柴沟与孙启华等众人分开，自己计算着这弟兄几个的本领，若在野狐岭抢劫囚车，是伸手必得。这才放心，带着徐顺回归泗水县余家村，路上非止一日，这天来到余家村回到自己家中，老夫妻相见，也搭着余公明二三年没回家，夫妻见面自然是各叙衷情，不必细表。余公明休息了一天，直到夜静更深之时，余公明才秘密地把乱柴沟丢镖，遣徒抢劫囚车，康家村聚会的事，细细说了一遍。夫人闻听吃了一惊，遂问道："此事应当怎么办呢。"余公明遂向夫人说道："只好将房产地契交与亲友们经管，此处万不可久居，离开这是非之地，只可投奔宜昌康家村，到了那里再作计议。"夫人只得应允。夫妻们商议已毕，一夜晚景无事。次日清晨，余公明梳洗已毕，拜会本村的贵老，就便托付亲友，照看自己的房产，声言到外省投亲，一月内准能返回。所有的亲友点头答应。余公明办完了手续，夫人已将细软及应用的东西，俱都收拾齐毕，此时徐顺早把驮轿雇妥，将事办完，与众亲友告辞。夫人乘坐驮轿，余公明帮着徐顺，押着车辆，就由泗水县起身，沿路更换驮轿，晓行夜宿，不必细表。这一天来到野狐岭附近，暗中命徐顺打听劫车的动作，俟等徐顺打听明白，余公明一听可就愕然，原来劫车未成，反被擒去两人。余公明明知事败，然此时亦束手无策，被擒之人，已经押在郑州，所幸总没有性命的危险，只可赶路，俟到康家村，再作计议，这才催着众人赶路。若论起来，余公明应当赶到孙启华他们的前面，只因沿路上的耽搁，这天才到确山。余公明知道此地是贼人出没的所在，只因天晚赶不上村镇，来到店铺，伙计们殷勤相让，余公明一想自己还怕什么，这才叫他们进店。伙计往上房相让，余公明说我们有内眷，须僻静的地方才好。伙计说

163

道："您看看后院的房好不好，房子里面又干净。"余公明来到后院，一看房舍洁净，随即住下，众人梳洗已毕，等了不大的工夫，伙计把热茶与蜡烛，俱都送来，放在桌案之上。余公明向伙计说道："我们等一会儿就安歇，叫你的时候再来。"伙计答应一声，转身出去。余公明低声向夫人说："喂，你看这小子真是贼眉贼眼。"夫人闻听，笑嘻嘻地说道："回头我叫丫头把我的兵刃备齐，我也叫他们知道我的双刀的厉害。"这位夫人也不好惹，这位老夫人的先父，在世之时，威名天下，保了一辈子镖，名震江湖，江湖人称铁臂双鹰张魁，这位夫人的武艺是父传女受。余公明听了微然含笑，说道："何必呢，你不要生气，你只要自己保护着自己就得啦，外面的事皆有我一面承当。"

老夫妇二人在屋中收拾齐备，老英雄身佩龙舌剑，夫人吩咐丫鬟们听到外面如有动作，你们小心。此时天不到初更，余公明正把灯光熄灭，猛听得前面窗外，噔的一声，仿佛有人跃上他的住房。余公明向夫人一摆手，侧耳细听，又往外面一看。就见后窗外，站着一人，扭动臂膀蹿上后面花瓦墙。余公明定睛细看，心中暗喜，非是别人，正是多年未见的老盟兄谭光韬。心中暗想，这老头子还是当年的相貌。余公明忙由几凳上跳下来，低声向夫人说明，又嘱咐夫人在屋中等候："待我看看老人的行踪。"余公明仍然蹬着几凳，把后窗打开，身形往外一跃，跳在外面。余公明奔了西面去了，隐身形往院内一看，就见飞行剑客谭光韬站在南房檐上，正往屋里观看。且说客厅之内汪春与野毛太岁赵如虎、赵金龙、赵金彪、赵金豹，下首是陆云、陆霖、陆德，两边站立着二三名小贼，正在里面高谈阔论。老英雄谭光韬闻听汪春在里面说道："赵贤弟、陆贤弟你们看，这事就是神差鬼使，你我只望拿住那个姓谭的跟这三个小辈，押往郑州，没想到一箭

164

双雕，可巧余公明的一家子又赶到咱们店里来啦。前次在鹰爪山，盟弟姜天雄在前几年，被那余公明一剑刺中肩头，一剑之仇无法可报，后来姜天雄在乱柴沟率众劫镖，才报此仇，在乱柴沟，石块砸死了他十数名镖伙，内中还有他的一个得力的镖师李占成，外号人称猛金刚，听说已死在沟内，还累坏了一个镖师潘景林。此仇虽然已报，但是在青草坡鸳鸯岭，这一战伤了三条好汉，这三个都是我的至近的朋友。"陆云在旁道："这也是天网恢恢，疏而不漏。老贼余公明今日住在咱们店里，他也是自投罗网。"说罢仰面大笑，这个笑声还未住，赵如虎在旁咬牙切齿说道："我最可恨那个相面的姓谭的老头子，若要没有他，我岂能把青阳镇的家产化为瓦解。我要拿住这个老贼，必当将他碎尸万段，方解我心头之恨。"谭光韬一听贼人之言，心中动怒，就要回手亮剑。猛觉着后面有人一扯他的衣襟，谭光韬扭头一看，在身后蹲着一人，留神一看，正是那镇西方余公明，谭光韬不由大喜。

余公明皆因看见谭光韬，转至南上房的后坡，跃过房脊，见谭光韬回手要亮剑，遂向前用手一拉谭光韬的衣襟，谭光韬回头一看，见是余公明，心中一喜，遂一伸腰用脚尖找瓦楞，来到房脊。此时余公明远望四外无人，谭光韬冲着余公明一打手势，往西一指，余公明只得在后相随，谭光韬立住了脚步，余公明只得也跳将下来。余公明忙向前行礼，口中说道："兄长数年未见，小弟参见。"谭光韬伸手相扶说道："贤弟你由何处而来？"余公明不由叹了一口气，低声向谭光韬把同家眷逃往康家村事，前后细说了一遍。余公明又问谭光韬道："兄长你因何到此呢？"谭光韬闻听含笑说道："如今还有你的两个徒弟跟我在一处。"余公明听着就是一愕，遂问道："我的徒弟，因何与兄长会在一处？"谭

165

光韬遂不慌不忙，就把青阳镇与孙启华、陈宝光、李进相遇，对余公明道了一遍，又说："如今我随他们奔宜昌，我在途中收了李进为门下弟子，行到确山，我打算把此处的贼人剪草除根。我们住在前面厅房内，我出来就为探听贼人的动作，不料与贤弟相遇，兄弟你的家眷，在哪屋里住着哪。"余公明低声说道："就在前面这厅房内，只因小弟看出贼人的破绽，故而前来窥探，没想到在此处邂逅相遇。"谭光韬对余公明说道："既然你我今日相见，总算又得着膀臂，不如你暂且回归屋中保护弟妹，如若到了我们与他动手之时，请贤弟亮兵刃示威，谅他这几个小贼，也难逃你我手内。"余公明向谭光韬点头说道："兄长既然吩咐，小弟遵命。"

余公明这才明白，自己的镖车，在乱柴沟被劫失事，却是那姜天雄所做，定是老贼汪春的计划。那李殿元被俘之事，也由汪春身上所起。这时余公明向谭光韬道："这些贼盗，丧心病狂，无恶不作，你我兄弟，就在三更时分，一齐动手，我们要剪草除根，一个都不留。"谭光韬应了一声。余公明双手抱拳，屈膝一礼，双足垫劲，纵身越墙而去。那谭光韬见四外无人，越过短墙，纵上后窗，回到自己屋内来了。

这个时候外面更鼓二响，谭光韬与孙启华等正要预备动手，这时就听院内哎哟的一声。谭光韬忙拉开后窗，向外一看，见一人双手捂脸，鲜血淋漓，飞奔而来。

只因汪春与陆云计划先派人去到前院，探听余公明等是否睡熟，外院如无动静，他们就动手陆云忙派那独眼龙冯达远，去到前院探听。冯达远乃江湖毛贼，他没把余公明放在心上，那冯达远就由后院蹿跃，来到余公明的住房，在余公明的窗外偷听，用手指戳破窗纸，用一只眼睛从窗纸洞往里观看。这时余公明正与夫人低声谈话，此时夫人早就收拾齐备，将双刀放在身边，把左右手双筒袖箭装好。正在这个时候，就见窗外人影一晃，在窗纸上发现了一个小洞口。夫人就知道有贼人在外窥探，好狠的张氏，一语未发，将右手向前一指，对准窗框纸上的小洞一按崩簧，只听嗖的一声，这只袖箭正钉在冯达远眼上，疼得他哎呀一声，这个独眼龙就成了没眼鬼啦，眼睛上还带着一支袖箭。谭老头已然从后窗跃出来，手起剑落将首级砍掉。谭光韬在院中，叫道："贤弟快到后面捉贼，我们已经动手啦。"就这一嗓子尚未喊完，就见余公明蹿出院来，孙启华、陈宝光、李进此时早由后窗内蹿出，忙向师父行礼。余公明一摆手说道："快跟你师伯到后面，捉拿贼盗。"三个人答应遵命。这句话尚未说完，就听后面锣声响亮，谭光韬在前，众人在后，就见院中灯笼火把已满。众贼盗都来在院内，各拿刀枪，约有数十余名，灯亮如华。那汪春本想杀害他们的性命，后又派人探听前院的消息，此时不料有人报称："冯达远遇害，请寨主下令定夺。"陆云一听就是一愣，陆云忙向汪春说道："老英雄此事当怎样？"汪春遂说道："这有什么，你我既是暗杀不成，不如先下手的为强，先将手下人召齐，杀上前去，将他们全都杀死，咱们是倚多为胜，难道说咱们还怕他们这几个人不成吗？"此时陆云明知被汪春利用，可是事到如今也无可奈何，只得鸣锣齐众各亮兵刃，站在两边，耀武扬威。汪春手中持刀，在中间站立，上首赵氏父子，下首陆氏昆仲。就见谭光韬、余公明与三位小英雄转了过来。此时余公明一见汪春，想起此贼蛊惑姜天雄，抢劫我的镖银，陷害我镖店的伙计，暗害李殿元，都由他身上所起，以至邹雷、姚玉被擒在野狐岭，也是受了他的暗算。我与他远无仇恨，因何与我作对，遂高声叫道："汪春此贼可恨至极，待我将此贼结果了性命。"余公明飘飘

167

银髯，一摆龙舌剑跳在当中，喊道："老贼汪春，还不剑下纳命，等待何时。"汪春哈哈大笑道："余公明老匹夫，你一剑伤我的盟弟姜天雄，我当拿你雪仇，尔竟敢勾串宏缘会，在野狐岭抢劫囚车，竟敢明目张胆。众位贤弟与我捉拿此贼。"这话尚未说完，就听身后一人说道："小弟愿往。"汪春一看，正是陆霖，抖花枪直奔余公明前面就扎，余公明夜战八方的架势，见枪尖儿临近，往左一上步，一扫枪杆，回首照准陆霖胸上穿来，陆霖当时丧命。陆德一见兄长丧命，蹿过来搂头盖顶就是一刀。余公明并不着忙，见刀临近，撤右腿用剑一截他的手腕，陆德将要撤刀，不想余公明手急剑快，一抖腕子，冷气嗖嗖，剑光一闪，推窗望月，直奔陆德的头顶而来，只听得一声，死尸翻身栽倒。余公明刚要撤剑，就听身后嗖的一声，余公明自知有人暗算，遂将剑头冲下，大转腕，随着一转身，这一招名叫反臂钓鱼。余公明一看正是陆云，老英雄抬右腿，大上步，斜剑往回搂，一推兵刃，就将陆云前手的手指削落。贼人转身要跑，余公明岂能相容，龙舌剑对准贼人陆云的后心，穿膛而过，只听噗的一声，陆云应声倒地，一阵脚手乱舞，死于非命。

汪春一看，大吃一惊，忙向赵如虎说道："你我上前先杀死余公明这老匹夫。"这话尚未说完，赵金龙大喊一声嚷道："万恶凶贼休要逞威，小少爷赵金龙前来杀尔。"赵金龙双足抬起，往前一纵，蹿到余公明面前，抬左手大翻腕，手起棍落，照准余公明头顶打来，余公明撤右腿，大斜身，让身一纵，赵金龙一棍击空，余公明抬右腿照准赵金龙手腕，就是一脚，正踢在赵金龙的腕头之上，赵金龙叫声不好，撒腿便跑。余公明大上步，照着贼人拦腰一剑，赵金龙难以躲避，只听嚓的一声，赵金龙身为两段。赵如虎一看大吃一惊，大声喊道："尔等还不动手，等待何时，休让彼等逃跑。"汪春、赵如虎各举枪刃，往上围攻。

就在这时，谭光韬率领孙启华、陈宝先、李进，亦一攻而上。正在动手之际，就听前院杀声突起，余公明顿时一惊，以为是贼人由外杀来，细一留神，才看出是徐顺带着车夫、伙计等，手持木棍由外面杀来。声势壮大，杀声震天，这么一来可把汪春等吓住了，他们也不知道外面有多少人接应，谅是余公明等早有预备，遂向赵氏父子喊道："风势太紧，咱们速走。"众人一听，纵身上房，往南面逃脱去了。

这时孙启华等就要追赶，余公明急忙喊道："众贼已逃，彼辈业已丧胆，尔等不可追赶。"余公明眼见这帮贼人已经逃走，唯恐自己人孤势单，故不让孙启华追赶。余公明这时便向谭光韬说道："贼人已逃，院内尸体如何，此事如何办理。"谭光韬说道："这有何难，不如速将贼人巢穴以火烧之。"谭光韬便吩咐孙启华等焚火烧房，众人一齐纵起火来。

余公明吩咐徐顺，急忙将车轿预备妥当，请夫人等大家上车，咱们就此动身。徐顺将车轿已经备妥，夫人已经上车，然后大家动身出店，谭光韬说道："大家请先头里走，我在后面再赶，因恐贼人暗算，咱们前边见。"这时大家顺着大道往前赶路，余公明走出很远，又回头一看。只见迎宾店内，火光四起，冲云直上，正在此时，就听后面脚声阵响，踏、踏、踏由远而近。余公明止住脚步，往后一看，见是谭老头与孙启华跟踪而来。余公明急忙问道："事情如何?"谭光韬说道："果然不出预料，贼人还在暗中跟踪，已被杀退，汪春老贼逃走无踪，赵如虎父子均死剑下。"众人随即叹了一声，这才一同赶路。

这一天余公明等来到康家村，刚到康锦栋的门首，就见家人迎了出来。问明来意，忙往里相让。这时康锦栋也由院内迎了出去。那康锦栋果然非俗，只见他赤面黑须，蚕眉阔目，鼻正口方，身穿绸子裤褂，足下白袜云鞋，举止大方。大家彼此见礼，大家礼毕，早有家人预备脸水，大家净面梳洗已毕，康锦栋抱拳一揖说道："众位因何一路而来？"余公明站起身来说道："因在途中巧遇。"遂把李进下书，乱柴沟失镖银，孙启华野狐岭劫车之事说了一遍，康锦栋这才回头又向谭老剑客说道："老剑客足智多谋。李殿元所遭之事，如何办理呢？日期一久，恐有性命之忧，众位有何高见，赶紧设法，早早救出李员外，得脱缧绁。"谭光韬手捻着胡须说道："此案案情重大，若一耽搁，恐怕连累多人，据我之见，此事刻不容缓，众人随我去郑州，夜入监牢，将李员外救出，回归康家村，咱们再作计议。还有一件要事，须在郑州城内找一落足之处，如有落足之地，这事就好办了。"康锦栋闻听，说道："老剑客之言甚佳，此事固然刻不容缓，我在西关外有一挚友，此人姓王名长钧，亦是咱们会中的会友，我写信介绍众位，如在那里落足，万无一失。需用什物，他都可以措办，不知老剑客意下如何。"谭光韬闻听，站起身来说道："若有这个所在，此事必成。今日大家暂且休息一宿，明日清晨起身，速奔郑州，不知众位意下如何？"此话尚未说完，大家站起，遂向谭光韬说道："我等愿往。"

次日早晨，众人离了康家村，日暮的时候，便到了郑州，众人便分路，赶往西关外，谒见王长钧。俟与王长钧老先生一见面，那王长钧便吃了一惊，因见众人举止不一，心中顿觉惊怯。那谭光韬急忙说明来意，又由怀中取出一信，双手递与王长钧说道："此乃康先生手谕，请要严守秘密。"王长钧将信接过来，拆开一看，看完了，将信用火焚化，纸灰拨碎。王长钧含笑对大家说道："大家的来意我已明白，自从李先生被押解到郑州，只因我人孤势单，无法动手，今有众位到此，那好极啦。昨天我派人打听消息，那李殿元主仆，尚未吐露实情，余公明二位高徒，在堂并无隐瞒，原实供出，现在人已经收押入狱了。或是押解进京，或就地正法，均待上文，要是公文一到，这事就不好办了。诸位要是动手，须在这一二日内，迟则生变。"谭光韬说道："我们今夜就要动手，请王老先生给我们预备大车两辆。"王长钧答道："这点事都由我给办了，明天绝不误事。"王长钧叫伙计预备茶饭，大家用饭已毕，各自安歇。

天到了二更时候，谭老剑客亲自进城探道，探罢急忙返回，便与众人计议动手，随即收拾妥当，并将兵器随身带好，众人一齐来到院内。只见星月满天，谭老剑客头前带路，蹿房越脊，来到郑州西关吊桥，此时郑州城门，早已关闭，街上无行人。众人来到城下，谭老剑客率众，顺着城墙爬进城去，后面余公明跟随，不多一时，众人来到监狱后面，谭老剑客一看四外无人，遂向孙启华说道："就是你可以随我进狱，你的一口孟劳宝刀，可以断他的铁链，余贤弟你在外面等候接应，听候我们的动静。"

谭老剑客在前，孙启华在后，二人相随蹿上狱墙。谭光韬举目往里一望，狱内静静无声，二人纵身跳了下去，谭光韬用手摸了摸腰中的绒绳，二人绕过狱神庙，又越过二道监门，就见一排排的牢房，每个房门都钉着牌子，上面写着第一号、第二号等等字样。就见第三号门外有两个看守，在那里守卫。谭光韬双足垫劲，嗖的一声，蹿了过去，手起剑落，两个看守当时丧命。谭光韬将门锁打开，让孙启华在外面巡风，谭老剑客蹿入牢房，就见一个差犯，蓬头垢面，披锁带镣。谭光韬走到近前，用剑将刑具削落，命孙启华将李老先生背起，出了牢房。在这时又见谭老剑客将书童携出，那谭老剑客又由腰中将绒绳取出来，捆在李殿元

171

的腰间，孙启华接着绳头，将李殿元系下狱墙以外，由余公明众人接应，后又把书童、邹雷、姚玉等均行救去，在这人不知鬼不觉的时候，这几个要犯就被人救走。

大家由牢狱外动身，不多时来到郑州西门，大家按序将李殿元主仆系下城去，众人绕走吊桥。大家一路狂奔，不觉来到王长钧家中。王长钧问道："怎样了？"谭老剑客低声说道："人已救出。车辆如何？"王长钧答道："现已预备妥当。"随即将李殿元送到车上，又将车帘挂好，由大家保护着，就奔了宜昌康家村而来。不多时大家来到康家村，康锦栋与李氏夫人，皆大欢喜，随即预备酒宴，与李殿元贺喜。众人欢叙一夜。李氏阖家自此团圆。

附　　录

末路英雄咏叹调

——白羽之文心

叶洪生

一个人所已经做或正在做的事，未必就是他愿意做的事，这就是环境。环境与饭碗联合起来，逼迫我写了些无聊文字；而这些无聊文字竟能出版，竟有了销场，这是今日华北文坛的耻辱！我……可不负责。

说这话的人，是上世纪三十年代中国武侠小说界居于泰山北斗地位的白羽；所谓"无聊文字"指的就是武侠小说！以其当时的声名、成就，竟在自传《话柄》中发出如此痛愤之语，这就很可使人惊异且深思的了。那么，他又是怎样"入错行"的呢？

白羽其人其事其书

白羽本名宫竹心，清光绪廿五（1899）年生于天津马厂（隶属今河北青县），祖籍山东省东阿县。父为北洋军官，家道小康，故其自幼生活无虞，嗜读评话、公案、侠义小说。1912年民国建立，宫竹心随其父调职而迁居北平，遂有幸接受现代新式教育。

175

中学时期因受到新文学运动影响，兴趣乃由仿林（纾）翻译小说转移到白话文学上来，并立志做一个"新文艺家"。

宫氏中英文根底极佳，十五岁即开始尝试文艺创作；向北京各报刊投稿，笔名"菊庵"。他的才华曾深得周树人（鲁迅）、作人兄弟赏识，并慨然给予指导及帮助，鼓励他从事西洋文学译述工作。奈何其十九岁时不幸丧父，家庭遭变；即令考上北平师范大学亦不能就读，反倒要为养活七口之家而到处奔波——他干过邮务员、税员、书记、教师、校对、编辑、记者以及风尘小吏；甚至在穷途末路时，还咬着牙充当小贩，卖书报——一直挨到他贫病交加，吐血为止；除了一支健笔，可说是身无长物。

1926 年是宫竹心生命中的一大转折。此前由于他终日为生活忙碌而与鲁迅失联，遂陷于精神、物质上的双重人生困境。恰巧言情小说名作家张恨水亟需为自己担纲主编的北平《世界日报》副刊《明珠》版找一名写手，以分任其劳，乃公开登报招聘"特约撰述"。此时宫竹心正为"稻粱谋"所苦，看到招聘广告，当即连夜赶写了七篇文史小品稿件投寄应征；方于众多自荐者中脱颖而出，成为一名每日皆要奋笔书写各类文稿的"特约撰述"。

这工作其实是低酬劳、高剥削的文字苦力活。它唯一的好处是有固定稿费可领，生活相对安定；而其边际效用则是借着《世界日报》这块艺文园地"练功"的机会，把宫竹心的文笔给磨炼出来，且炼成一支亦庄亦谐、亦雅亦俗而又刚柔并济的生花妙笔。这倒是他始料未及的意外收获。

如是经过一段时日的磨笔磨剑，以及亲身经历种种世态炎凉的残酷现实，他的思想观念乃逐渐产生了微妙的变化。在他悲叹"新文艺家"之梦难圆的同时，也清楚地看到张恨水是如何在通俗小说领域里呼风唤雨、财源广进的！理想与现实的冲突迫使他不得不选择后者。于是张恨水写作模式（通俗小说连载）及其名利双收的丰美果实遂成为青年宫竹心梦寐以求的人生目标，因为这可以立马解决养家活口的实际问题。

他明白言情小说是张恨水的"禁区"，最好别碰；却不妨用"借古讽今"的手法来写"卑之无甚高论"的武侠小说——这就是他初试啼声的武侠处女作《青林七侠》，连载发表于《世界日报》副刊。然而这次的试笔却是一篇失败之作。因为作者企图反讽政治现实竟失焦，而读者反应冷淡则更令人气沮；故连载数月后即被"腰斩"，不了了之。而据通俗文学研究者倪斯霆的说法，直到1931年，《青林七侠》方交由天津报人吴云心主编的《益世晚报》副刊连载续完。

1928年夏天宫氏重返天津，转往《商报》任职。此后迄至对日抗战前夕，约莫八九年间，他都流转于天津新闻圈中厮混；除了曾独家报导女侠施剑翘（因替父报仇而枪杀军阀孙传芳）刑满出狱真相的新闻，引起社会轰动外，可谓乏善可陈。

1937年7月7日因"卢沟桥事件"而引爆中国全面抗日战争，平、津随之沦陷。宫竹心一家于战乱中迁居天津二贤里，由于困顿风尘，百无聊赖，遂与友人合作开办"正华补习学校"；打算一面办学，一面卖文，以弥补日常生活开销。那么，到底该写哪一类题材的小说才好呢？却煞费思量。就在这个节骨眼上，昔日旧识小说家何海鸣忽找上门来，代表天津《庸报》邀约撰稿。当下宫氏喜出望外，一拍即合，遂决定撰写武侠小说以投读者所好。

当时正值抗战军兴，华北沦陷区人心苦闷，皆渴望天降侠客予以神奇的救济，而由著名评书艺人张杰鑫、蒋轸庭演述的镖客故事《三侠剑》（按：其主要人物多脱胎于《施公案》、《彭公

177

案》等书）在北方已流传了一二十年，人多耳熟能详。宫氏灵机一动，何不结撰一部以保镖、失镖、寻镖为主题的镖客恩怨故事，以顺应读者阅读习惯及审美需求；只要能摆脱俗套，翻空出奇，在布局上下功夫，则以其生花妙笔与文字技巧，小说焉有不受读者欢迎之理！

于是他精心构思故事情节，并找来深谙技击的好友郑证因做"武术顾问"；务求所描写的江湖人物言谈举止惟妙惟肖，各种兵器用法乃至比武过招的手、眼、身、法、步，一招一式都能画出来。在如此认真写作之下，1938 年春天宫氏即以"倒洒金钱"手法打出《十二金钱镖》（原题《豹爪青锋》），连载于《庸报》。他选用"白羽"为笔名——取义于欧俗，对懦夫给予白羽毛以贬之；或谓灵感来自杜甫诗句"万古云霄一羽毛"，亦有自伤自卑、无足轻重之意。（宫氏所撰武侠小说，均署名"白羽"，而无署"宫白羽"者！）

孰料这"风云第一镖"歪打正着！白羽登时声名大噪，竟赢得各方一致好评。于是不等《钱镖》正传写完，即应邀回头补叙前传《武林争雄记》，又续叙后传《血涤寒光剑》、《毒砂掌》，并别撰《联镖记》、《大泽龙蛇传》、《偷拳》等书，共二十余部。他那略带社会反讽性的笔调，描摩世态，曲中筋节，写尽人情冷暖；而文笔功力则刚柔并济，举重若轻，隐然为"入世"武侠小说（社会反讽派）一代正宗——与"出世"武侠小说（奇幻仙侠派）至尊还珠楼主双星并耀；一实一虚，各擅胜场。

但白羽不以为荣，反以为耻。因此他除将卖文（武侠小说）所得移作办学之用外，待生活稍定，即减少乃至终止武侠创作；同时自设"正华学校出版部"，陆续印行回忆录《话柄》，自传体小说《心迹》，社会小说《报坛隅闻》，短篇创作集《片羽》，小品文集《雕虫小草》、《灯下闲书》、《三国话本》及滑稽文集《恋家鬼》等等。余暇则从事甲骨文、金文之研究，自得其乐。

据白羽已故老友叶冷（本名郭云岫）在《白羽及其书》一文中透露："白羽讨厌卖文，卖钱的文章毁灭了他的创作爱好。白羽不穷到极点，不肯写稿。白羽的短篇创作是很有力的，饶有幽默意味，而且刺激力很大；有时似一枚蘸了麻药的针，刺得你麻痒痒的痛，而他的文中又隐含着鲜血，表面上却蒙着一层冰。可是造化弄人，不教他做他愿做的文艺创作，反而逼迫他自掴其面，以传奇的武侠故事出名；这一点，使他引以为辱，又引以为痛……"

1949 年后，白羽以其享誉大江南北的文名，获任天津作家协会理事、文联委员、文史馆员；并一度出任新津画报社长及天津人民出版社特约编辑。他"最痛"的武侠小说固然已全部冰封，但"工农兵文学"他也不敢碰——因为一则缺乏这方面的生活体验，很难下笔；二则政治气候变化无常，思想束缚更大。试想，他半生服膺并力行文艺创作上的写实主义，可当时的社会现实该怎么写呢？

1956 年香港《大公报》通过天津市委宣传部的关系，约请白羽重拾旧笔，"破例"给该报撰一部连载武侠小说。他力辞不获，遂草草写了最后一部作品《绿林豪杰传》——自嘲是"非驴非马的一头四不像"！其无奈之情，溢于言表。

白羽晚年罹患肺气肿，行动不便，却仍一心一意想出版他的考古论文集。惜此愿终未得偿，而在 1966 年 3 月 1 日晨含恨以殁，享龄六十七岁。

"现实人生"的启示

诚如白羽所云，他是为了"混饭糊口"迫不得已才写武侠小说。但即令是其所谓"无聊文字"亦出色当行，不比一般。单以文笔而言，他是文乎其文，白乎其白，文白夹杂，交融一片；雄深雅健，兼而有之。特别是在运用小说声口上，生动传神，若闻謦欬；亦庄亦谐，恰如其分。书中人物因而活灵活现，呼之欲出！

另在处理武打场面上，白羽本人虽非行家，却因熟读万籁声《武术汇宗》一书，遂悟武学中虚实相生、奇正相间之理；据以发挥所长，乃融合虚构与写实艺术"两下锅"——举凡出招、亮式、身形、动作皆历历如绘，予人立体之美感。尤以营造战前气氛扑朔迷离，张弛不定；汲引西洋文学桥段则"洋为中用"，收放自如……凡此种种，洵为上世纪五十年代香港以降港、台两地一流作家如金庸、梁羽生、司马翎等之所宗。这恐怕是一生崇尚新文学而鄙薄武侠小说的白羽所意想不到的吧？

认真推究白羽所以"反武侠"之故，与其说是受到"五四"一辈西化派学者的负面影响，不如说是他目睹时局动荡、政治黑暗，坚信"武侠不能救国"的人生观所致。因此，若迫于环境非写不可，则必"借古讽今"，方觉有时代意义。据白羽在《我当年怎样写起武侠小说来》一文的说法，早在其成名作《十二金钱镖》问世前，就写过两篇失败的武侠小说：

一是《粉骷髅》（原名《青林七侠》；1947年易名《青衫豪侠》出版），内容影射媚日汉奸褚民谊；"因为反对武侠，写成了侦探小说模样"——时在"九一八事变"之前。

二是《黄花劫》，"写的是宋末元初，好像武侠又似抗战"；对"前方杂牌军队如何被逼殉国"传闻深致愤慨——时在"九一八事变"之后。（按：《黄花劫》系 1932 年天津《中华画报》连载时原名，1949 年被不肖书商改名《横江一窝蜂》出版。）

正因有此前车之鉴，故抗战第二年他着手撰《十二金钱镖》时，虽一样是采用"借古讽今"的创作手法，却将"讽今"的焦点由政治现实转移到社会现实上来。他在《话柄》中曾就此说明其创作态度：

> 一般武侠小说把他心爱的人物都写成圣人，把对手却陷入罪恶渊薮。于是设下批判：此为"正派"，彼为"反派"；我以为这不近人情。我愿意把小说（虽然是传奇小说）中的人物还他一个真面目，也跟我们平常人一样；好人也许做坏事，坏人也许做好事。等之，好人也许遭恶运，坏人也许得善终；你虽不平，却也无法。现实人生偏是这样！

如此这般面对"现实人生"，进而加以无情揭露、冷嘲热讽，便是《十二金钱镖》一举成名，广受社会大众欢迎且历久不衰的主因。例如书中写女侠柳研青"比武招亲"却招来了地痞（第九章）；一尘道长仗义"捉采花贼"却因上当受骗而中毒惨死（第十五章），这些都是活生生、血淋淋的冷酷现实。至若白羽屡言此书得力于"旦角挑帘"——让女侠柳研青提前出场，与夫婿杨华、苦命女李映霞之间产生亦喜亦悲的"三角恋爱"——则系"无心插'柳'柳成荫"之故。

笔者有鉴于此，因以其成名作《十二金钱镖》为例，针对书中故事、笔法、人物、语言及其独创"武打综艺"新风等单元，加以重点评介；聊供关心武侠创作的通俗文学研究者及广大读者参考。

小说人物与语言艺术

众所周知，《十二金钱镖》系白羽开宗立派之作。此书共有十七卷（集），总八十一章，都一百廿余万言。前十六卷约略写于抗战胜利之前，故事未结束；是因白羽业已名利双收，不愿再写"无聊文字"。1946 年国共内战再起，白羽为了维持生活，不得已重做冯妇；遂又补撰末一卷，更名为《丰林豹变记》，连载于天津《建国日报》，乃总结全书。

持平而论，《十二金钱镖》的故事情节并不复杂，主要是描写辽东"飞豹子"袁振武为报昔年私人恩怨，来找师弟俞剑平寻仇；因此拦路劫镖，而引起江湖轩然大波的故事。说白了，不外就是"保镖—失镖—寻镖"这码事；却因为作者善于运用悬疑笔法，文字简洁生动，将保镖逢寇的全过程——由探风、传警、遇劫、拼斗、失镖、盗遁以迄贼党连同镖银离奇失踪等情——曲曲写出，一步紧似一步！书中的"扣子"搭得好，语言亲切有味，情节又扑朔迷离；因而引人入胜，欲罢不能。

诚然，一部小说若想写得成功殊非幸致；在相当程度上须取决于人物塑造，以及相应的小说语言是否生动传神而定。这就要看作者驾驭文字的能力究竟可达何等境地，方能产生"烘云托月"的艺术效果。

书中主人翁"十二金钱"俞剑平是作者所要正面肯定的角色。此人机智、老辣、重义气、广交游，兼以武功超群，生平未逢敌手；但每念"登高跌重，盛名难久"，则深自警惕；因而垂暮之年封剑歇马，退隐荒村。今即以铁牌手胡孟刚奉"盐道札谕"护送官帑，向老友俞剑平借去"十二金钱"镖旗压阵，路遇无名盗魁劫镖一折为例，看作者是如何刻画俞剑平这个侠义人物的表现。

当时被派去护镖的俞门二弟子"黑鹰"程岳，哭丧着脸奔回俞家报讯，说是："师傅，咱爷们儿栽啦！"俞剑平骤闻失镖，把脚一跺，道："胡二弟糟了！"（因失镖者必然要负连带责任。）再闻镖旗被拔，登时须眉皆张道："好孩子！难为你押镖护旗，你倒越长越抽搐回去了！"——这是先以朋友之义为重，其后方顾到个人荣辱。一线之微，即见英雄本色，毫不含糊！

随后当他看到那"无名盗魁"留下的《刘海洒金钱》图，上面画着十二枚金钱散落满地，旁立一只插翅豹子，做回首睨视之状；并有一行歪诗，写着："金钱虽是人间宝，一落泥涂如废铜！"当即了然，不禁连声冷笑道："十二金钱落地？哼哼，十二金钱落不落地，这还在我！"

在这些节骨眼上，作者用急、怒、快、省之笔将俞剑平那种虎老雄心在、荣辱重于生死的"好胜"性格刻画入微；令读者如见其人，如闻其声！错非斫轮大匠，焉能臻此！

插翅豹子天外飞来

"飞豹子"袁振武这个隐现无常的大反派，在小说正传里称得上是扑朔迷离的人物。他除了拦路劫镖时一度亮相以外，便豹隐无踪，改以长衫客的姿态出现；声东击西，神出鬼没！充分显露出豹子的特性。

作者写袁振武种种，全用欲擒故纵法，口风甚紧。前半部书只说豹头老人如何如何；直到第四十三章，始初吐"飞豹子"之号，仍不揭其名；再至第五十九章，方由一封密函透露"飞豹子"的来历，却是"关外马场场主袁承烈"！难怪江南武林无人知晓。如此这般捕风捉影，教读者苦等到第六十一章，才辗转从俞夫人托带的口信中和盘托出"飞豹子袁承烈"的真实身份——竟然是三十年前俞剑平未出师门时的大师兄袁振武！此人心高气傲，曾因不愤乃师太极丁将爱女许配师弟俞剑平，并破例越次传以太极掌门之位，而一怒出走，不知所终……本书"捉迷藏"至此，始真相大白。

一言以蔽之，此非寻常庸手所用"拖"字诀，而是白羽故弄狡猾的"蓄势"笔法；曲曲写来，行文不测，乃极波谲云诡之能事。正因这头"插翅豹子"天外飞来，飘忽如风，扬言要雪当年之耻，非三言两语可以交代；故白羽特为之另辟前传《武林争雄记》（1939 年连载于北平《晨报》），详述袁、俞师兄弟结怨始末。由是读者乃知其情可悯，其志可佩！袁振武实为本身性格与客观环境交相激荡下所造成的悲剧人物。至于《武林争雄记》续集《牧野雄风》，则系白羽病中央请好友郑证因代笔所撰，固不必论矣。

最具喜感的"小人物狂想曲"

前已约略提过，白羽创作武侠小说，极讲究运用语言艺术。其客观叙述故事的文体固力求风格统一，而杜撰书中人物的对白则千变万化，端视其身份、阅历、教养、个性而定；或豪迈，或粗鄙，或刁滑，或冷隽，或笑料百出，不一而足。

在本书林林总总的小说人物中，描写得最生动有趣的是"九股烟"乔茂。这虽是个猥琐不堪、人见人厌的镖行小丑，却是小兵立大功，起到"穿针引线"和"药中甘草"的作用；特具喜感，很值得一述。

按：书中写"九股烟"乔茂这个小人物的言行举止，活脱是西班牙骑士文学名著《魔侠传》（Don Quijote，或译《唐吉诃德》即"梦幻骑士狂想曲"）的主人翁吉诃德先生（按：Don 音译为"唐"，是西班牙人对先生的尊称）之化身。若无此甘草人物穿针引线，误打误撞地追踪到贼窟，也许咱们的俞老英雄就真格让飞豹子给"憋死"了。而在作者正、反笔交错嘲讽下，乔茂的刻薄嘴脸、小人心性以及色厉而内荏的思想意识活动，几乎跃然纸上；堪称是"天下第一妙人儿"！

据称，此人原是个积案如山的毛贼，专做江湖没本钱的买卖；长得獐头鼠目，其貌不扬。他生平没别的本领，却最擅长轻功提纵术，有夜走千家之能。曾有一宵神不知鬼不觉地连偷九家高门大户，遂得诨号"九股烟"；兼又姓乔，故又名"瞧不见"。

这乔茂混到铁牌手胡孟刚的振通镖局做镖师，因嘴上刻薄，常得罪人，谁也看他不起。譬如在起镖前夕，他一开口就说："这趟买卖据我看是'蜜里红矾'，甜倒是甜——"别人拦着他，不教他说"破话"（不吉利）；他却一翻白眼道："难道我的话有假么？人要是不得时，喝口凉水还塞牙！"等到押镖行至中途，贼人前来踩探，他又龇牙咧嘴说着风凉话："糟糕！新娘子给人相了去，明天管保出门见喜！"

果然，"飞豹子"四面埋伏，伤人劫镖，闹了个"满堂红"，人人挂彩！乔茂死里逃生，心有不甘；为求人前露脸，遂冒险追蹑敌踪，却又教人给逮住，身入囹圄。好不容易自贼窝逃生，奔回报讯；众家镖客正为那伙无影无踪的豹党发愁，急着要问镖银下落，他老小子可又"端"起来啦——"找我要明路？就凭我姓乔的，在镖局左右不过是个废物！咱们振通镖局人材济济，都没有寻着镖，我姓乔的更扑不着影了！"活脱一副小人得志之状，溢于言表。

于焉经过众镖客一番灌迷汤、戴高帽，总算在"乔大爷"口中探得了镖银下落；再派出三侠陪他前去进一步探底——这下姓乔的可不能说是"瞧不见"啦！孰料三侠皆看不起乔茂为江湖毛贼出身，乃背着他自行踩探敌人虚实。作者在此描写乔茂自言自语的心理反应，有怨愤，有讥诮，有得意，精彩迭出，令人不禁拍案叫绝。且看乔茂躺在床上假寐，是怎么个骂法：

> "你们甩我么，我偏不在乎，你们露脸，我才犯不上挂火。你们不用臭美，今晚管保教你们撞上那豹头环眼的老贼，请你们尝尝他那铁烟袋锅。小子！到那时候才后悔呀，嘻嘻，晚啦！我老乔就给你们看窝，舒舒服服地睡大觉，看看谁上算！"……忽然一转念："这不对！万一他们摸着边，真露了脸，我老乔可就折一回整个的！……教他们回去，把我形容起来，一定说我姓乔的吓破了胆，见了贼，吓得搭拉尿！让他们随便挖苦。这不行，我不能吃这个，我得赶他们去……"

可"九股烟"乔茂说的比唱的还好听！一旦遇了敌，只有逃命逃得"一溜烟"的份儿。请再看他躲在高粱地里恨天怨地的一折：

九股烟乔茂从田洼里爬起来，坐在那里，搔头，咧嘴，发慌，着急，要死，一点活路也没有。又害怕，又怨恨紫旋风、没影儿、铁矛周三个人："这该死的三个倒霉鬼，你们作死！若依我的意思，一块儿奔回宝应县送信去，多么好！偏要贪功，偏要探堡。狗蛋们，你妈妈养活你太容易了。你们的狗命不值钱，却把我也饶上，填了馅，图什么！

值得特别注意的是，作者系以乔茂的"单一观点"贯穿本书第三十六、三十七章来叙事；所有的故事情节皆通过其心中想、眼中看、耳中听分别交代。这种主观笔法洵为现代最上乘的小说技巧；而白羽运用自如，下笔若有神助，的确妙不可言。

向《武术汇宗》取经与活用

据冯育楠《泪洒金钱镖——一个小说家的悲剧》一文的说法，当初白羽同道至交郑证因曾推荐一本万籁声所著《武术汇宗》给白羽参考。万氏曾任教于北平农业大学，为自然门大侠杜心五嫡传弟子；其书包罗万象，皆真实有据，为国术界公认权威之作。白羽仗此"武林秘笈"走江湖，并以文学巧思演化其说，遂无往而不利矣。

《十二金钱镖》书中除一般常见的内外家拳掌功夫、点穴法、轻功、暗器以及各种奇门兵器的形制、练法外，还有著名的"弹指神通""五毒神砂"和"毒蒺藜"三种，值得一述。其中白羽杜撰的"弹指神通"功夫曾在二十年后金庸《射雕英雄传》（1957）与卧龙生《玉钗盟》（1960）中大显神威；但系向壁虚构，不足为奇。而另两种毒药暗器则实有其事，殆非穿凿附会之说。

经查万籁声《武术汇宗》之《神功概论》一节所云："有操'五毒神砂'者，乃铁砂以五毒炼过，三年可成。打于人身，即中其毒；遍体麻木，不能动弹；挂破体肤，终生脓血不止，无药可医。如四川唐大嫂即是！"此书写于民国十五（1926）年，如非捏造，则"四川唐大嫂"至少是存在于清末民初而实有其人。于是"四川唐门"用毒之名，天下皆知；而首张其目用于武侠小说者，正是白羽。

如本书第十四章侧写山阳医隐弹指翁华雨苍生平以"弹指神通""五毒神砂"威震江湖！第十五章写狮林观主一尘道长武功绝世，却为毒蒺藜所伤，不治身死；后来方追查出此乃四川唐大嫂一派独门秘传的毒药暗器。而另据《血涤寒光剑》第八章书中暗表，略谓"毒蒺藜"与"五毒神砂"系出同源，皆为苗人秘方；"真个见血封喉，其毒无比"！而四川唐大嫂更据以研制成多种毒药暗器，结怨武林云。

此外，谈到轻身术方面，过去一般只用飞檐走壁、提纵术或陆地飞腾功夫，罕见有关轻功身法之描写（还珠楼主偶有例外）。而自白羽起，则大量推出各种轻功身法名目；例如"蹬萍渡水""踏雪无痕""一鹤冲天""燕子钻云""蜻蜓三点水"及"移形换位"等。究其提纵之力，则至多一掠三数丈；此亦符合《武术汇宗》所述极限，大抵写实。

再就描写上乘轻功所产生的特殊效果及用语而言，像"疾如电光石火，轻如飞絮微尘""隐现无常，宛若鬼魅"等，皆富于文学想象力与艺术感染力。凡此多为后学取法，奉为圭臬；甚至更驰骋想象，渲染夸张无极限。恕不一一举例了。

开创"武打综艺"新风

白羽在《十二金钱镖》第七十二章作者夹注中说："羽本病夫，既学文不成，更不知武。其撰说部，多由意构，拳经口诀徒资点缀耳。"然"文武之道，一张一弛"，实无可偏废。因此白羽既不能完全避开武打描写，乃自出机杼，全力酝酿战前气氛；对于交手过招则兼采写实、写意笔法，交织成章，着重文学艺术化铺陈。孰知此一扬长避短之举，竟开创"武打综艺"新风，殆非其始料所及。

在此姑以第四十章写镖客"紫旋风"闵成梁夜探贼巢，以八卦刀拼斗长衫客（即飞豹子所扮）的一场激战为例；便知作者虚实并用之妙，值得引述如次：

> 紫旋风收招，往左一领刀锋，身移步换；脚尖依着八卦掌的步骤，走坎宫，奔离位。刀光闪处，变式为"神龙抖甲"，八卦刀锋反砍敌人左肩背。长衫客双臂往右一拂，身随掌走，迅若狂飙。……一声长笑，"一鹤冲天"，飕的直蹿起一丈多高；如燕翅斜展，侧身往下一落。紫旋风微哼一声，"龙门三激浪"，往前赶步，猱身进刀；"登空探爪"，横削上盘。这一招迅猛无匹，可是长衫老人毫不为意，身形一晃，反用进手的招数，硬来空手夺刀。倏然间，施展开"截手法"，挑、砍、拦、切、封、闭、擒、拿、抓、拉、撕、扯、括、抹、打、盘、拔、压十八字诀。矫若神龙掠空，势若猛虎出柙；身形飘忽，一招一式，攻多守少。

像这种轻灵、雄浑兼具的笔法，奇正互变，实不愧为一代武侠泰斗！因为此前没有人这样写过，有则自白羽始。特其因势利导，将八卦方位引入武打场面，且活用成语化为新招，则又为说部一大创举。后起作家凡以"正宗武侠"相标榜者，无不由此学步，始登堂入室。惟白羽地下有知，恐亦啼笑皆非——原来"现实人生"之吊诡竟一至于此！念念"怕出错"的比武却成为康庄大道！这个历史的反讽太绝太妙，实在不可思议！

结论：为人生写真的武侠大师

综上所述，白羽所谓"无聊文字"——武侠小说竟获致如此高超的艺术成就，诚为异事。然"无聊"不"无聊"仅只是某种道德观或价值判断，并非意味下笔时无所用心，便率尔操觚！相反地，像白羽这样爱惜羽毛、恨铁不成钢的文人，即令是游戏之作，也要别出心裁，不落俗套；况其武侠说部以"现实人生"为鉴，有血有肉乎！

著名美学家张赣生在《民国通俗小说论稿》（1991）一书中曾说："白羽深感世道不公，又无可奈何，所以常用一种含泪的幽默，正话反说，悲剧喜写。在严肃的字面背后，是社会上普遍存在的荒诞现象。"此论一针见血，譬解极当。用以来看《偷拳》写杨露蝉三次"慕名投师"而上当受骗，洵可谓笑中带泪。

白羽早年受鲁迅影响甚深，所以在《十二金钱镖》一举成名后，犹常慨叹："武侠之作终落下乘，章回旧体实羞创作"。其实"下乘"与否无关新旧。试看鲁迅《中国小说史略》亦曾明确指出："是侠义小说之在清，正接宋人话本之正脉，固平民文学之历七百余年而再兴者也。"平民文学即今人所称民俗文学或通俗文学；只要出于艺术手腕，写得成功，便是上乘之作。岂有新文学、纯文学或所谓"严肃文学"必定优于通俗文学之理！

毕竟白羽在思想上有其历史局限性，没有真正认清武侠小说的文学价值——实不在于"托体稍卑"（借王国维语），而在于是否能自我完善，突破创新，予人以艺术美感及生命启示。因为只有"稍卑"才能"通俗"，何有碍于章回形式呢？即如民初以来甚嚣尘上的新文学，其所以于近百年间变之又变，亦是为了"通俗"缘故。惜白羽不见于此，致有"引以为辱"之痛！

但无论如何，他的武侠小说绝不"无聊"；其早年困顿风尘、血泪交织的人生经验，都曾以各种曲笔、讽笔、怒笔、恨笔写入诸作，实无殊于"夫子自道"。据白羽哲嗣宫以仁君在《论白羽》一文中透露："《武林争雄记》拟以其本人曲折经历为模特儿，故在写作过程中反复改动，多次毁稿重写。郑证因曾对白羽家人叹息说：'竹心（白羽本名）太认真了！混饭吃的东西，何必如此？'……"见微知著，料想其他诸作亦曾大事修删，方行定稿。是以报上连载小说与结集出版后的成书内容、文字颇有不同。

由是乃知白羽珍惜笔墨逾恒；其文心所在，莫非为人生写真！无如社会现实太残酷，"末路英雄"悲穷途！只好用"含泪的幽默"来写无毒、无害、有血、有肉的武侠传奇；聊以自嘲，聊以解忧。

清代大诗家龚自珍的《咏史》诗有云："避席畏闻文字狱，著书只为稻粱谋。"白羽写武侠书可有定庵先生"正言若反"之意？也许除了"为稻粱谋"外，他的潜意识中还有为武侠小说别开生面的灵光在闪耀；因能推陈出新，引起广大共鸣。

其故友叶冷是最早看出白羽武侠传奇"与众不同"的行家。

1939 年他写《白羽及其书》一文，即曾把白羽和英国传奇作家史蒂文森（R. L. B. Stevenson，以《金银岛》小说闻名）相比，认为白羽的书真挚感人，能"沸起读者的少年血"。实非过誉之辞！

整理后记

1948 年 2 月上海正气书局初版，一册，共八章。还珠楼主题写封面。

图书在版编目(CIP)数据

龙舌剑 / 白羽著. — 北京：中国文史出版社，
2017. 1

(民国武侠小说典藏文库·白羽卷)

ISBN 978 – 7 – 5034 – 8377 – 6

Ⅰ. ①龙… Ⅱ. ①白… Ⅲ. ①侠义小说 – 中国 – 当代
Ⅳ. ①I247.5

中国版本图书馆 CIP 数据核字(2016)第 256740 号

整　　理：周清霖
责任编辑：马合省　　卢祥秋

出版发行：**中国文史出版社**
网　　址：http：//www. chinawenshi. net
社　　址：北京市西城区太平桥大街 23 号　邮编：100811
电　　话：010 – 66173572　66168268　66192736（发行部）
传　　真：010 – 66192703
印　　装：北京盛彩捷印刷有限公司
经　　销：全国新华书店
开　　本：720×1020　1/16
印　　张：13. 25　　　字数：147 千字
版　　次：2017 年 1 月第 1 版
印　　次：2018 年 6 月第 2 次印刷
定　　价：38. 00 元